경주산책

경주남산 삼릉골의 석불좌상.

경주산책

삼화령에서 내려오다

글 김유경
사진 이순희

눈빛

김유경은 서울대 불어교육과와 이화여대 대학원 불문과를 졸업했다. 경향신문 문화부 기자, 부장대우로 재직했으며, 저서로『옷과 그들』,『서울, 북촌에서』,『황홀한 앨범-한국근대여성복식사』(공저)가 있다. 법학자 최태영 교수의 저서『인간 단군을 찾아서』와『나의 근대사 회고』,『한국 고대사를 생각한다』,『한국 법철학 연구』를 포함한 '최태영 전집'을 정리했다. 존 코벨의 영문 한국미술사인『한국문화의 뿌리를 찾아서』,『부여 기마족과 왜』,『일본에 남은 한국미술』을 편역했다.

이순희는 경주 태생으로 경일대학교 사진학과를 졸업하고 현재 안동대학교 민속학과 박사과정 중이다. 한국문화재단, 경북문화재단, 울산박물관 등과 협업하여 주로 경주지역 발굴유물을 촬영하고 있다. 2017년 이후 네 번의 개인전과 계림 숲을 다룬 사진집『정령의 숲』(눈빛사진가선)을 냈다.

경주산책
삼화령에서 내려오다
글 김유경
사진 이순희

초판 1쇄 발행일 ─ 2022년 10월 11일
발행인 ─ 이규상
편집인 ─ 안미숙
발행처 ─ 눈빛출판사
　　　　서울시 마포구 월드컵북로 361 14층 105호
　　　　전화 336-2167 팩스 324-8273
등록번호 ─ 제1-839호
등록일 ─ 1988년 11월 16일
편집 ─ Lee Dah
인쇄 ─ 예림인쇄
제책 ─ 일진제책
값 25,000원

copyright ⓒ 2022 글 김유경, 사진 이순희
ISBN 978-89-7409-967-1 03810

서문

    이 책은 2009년 여름부터 쓰기 시작해 2022년 마지막 교정을 보는 기간까지 사진가 이순희 씨와 함께 경주 곳곳을 찾아본 기록이다. 한국인이면 누구나 다 아는 경주, 신라사지만 경주에 새삼 흥미가 생긴 데는 몇 가지 계기가 있었다. 오랜 기간 경향신문 문화부 기자로 있으면서 듣고 본 것들은 일반적인 것보다는 좀더 확대된 것이었고, 존 카터 코벨 박사의 경주 관련 글을 번역하며 미국의 동양미술사가가 본 경주의 깊이에 전과 다른 감동을 받고 그 구조에 눈을 뜨게 됐다. 그러면서 경주 유물 사진을 주로 찍는 사진가 이순희 씨를 만난 것이 결정적이었다.

    이순희 씨와 함께 첨성대를 보며 앉아 있던 여름밤 계림의 숲에서 경주 땅을 발로 뛰어가며 글을 써보고 싶은 강렬한 욕구가 생겨났다. 이후 두 사람 모두 단 한 마디 군소리나 불평 없이 십 년이 넘게 일심동체가 되어 같이 일했다. 서울에서 내가 내려가서 이순희 씨와 만나 경주인인 그의 안내로 하루 이틀씩 쏘다니며 보고 사진 찍고 글을 쓰는 협업이었다. 나 혼자서는 경주가 아무리 좋다고 와봤자 길도 모르고 천방지축 다니기는 시간 낭비가 전부였을 것이다. 인터넷 신문 프레시안 닷컴(pressian.com)의 박인규 사장이 지면을 내주어 일을 지속해올 수 있었다.

    시간이 지나며 체계가 잡혀가고 전문가들로부터 들어 알게 된 사실은 경이로운 것이었다. 그동안에 만난 많은 분들이 정성껏 경주 이야기를 풀어주셨다. 경주 출토 달걀을 실물로 처음 봤을 때 정말 놀라웠다. '닭의 세계'를 이 방면의 전문가 이희훈 씨로부터도 들었다. 경주박물관과 유적지

곳곳에서 유물을 보던 어린이들도 잊히지 않는다. 경주 유물의 존재가 나이 많은 세대로부터 그들에게로 전해진다는 느낌이었다. 그들은 이제 모두 성인이 되고 유물을 자신의 안목으로 보며 문화를 이끌어나가는 세대가 되었을 것이다.

왕릉은 어디나 다 좋았다. 일성왕릉 사진에서는 대기조차도 살아 움직이는 것처럼 그날의 느낌이 묻어나온다. 무덤 속 자작나무 이야기는 국문학자 주종연 교수로부터 자작나무의 혼을 말하는 듯한 이야기를 들었다. 독립운동으로 떠돌던 주교수의 부친이 한 살난 아들 이름을 외치듯 부르던 한밤의 마을 뒷산 자작나무 숲, 할아버지의 주검을 감싸던 자작나무 껍질 등. 이순희 씨는 압록강에서 개마고원을 바라보며 자작나무를 사진 찍을 때 그저 눈물이 줄줄 흘렀다고 했다. 자작나무는 왜 그렇게 한국인에게 깊이 있게 다가오는 것일까.

한밤에 벌벌 떨며 금척리 고분군을 지나다가 이곳 이야기를 써보고 싶어지고, 그 여파는 첨성대 이야기와 봉화의 배상열 혼천의를 찾아 이어가는 형식의 천문학사 흐름을 단편적이나마 좇는 것이 되었다. 송민구라는 천재가 있었다는 것도 새삼 확인하고, 첨성대가 2도 기울어진 이유는 뜻밖의 방송국 피디에게서 들었다. 공중 높이 올라가 카메라 작업하는 피디가 아니고서는 도저히 알 수 없는 사실이다.

조그만 연못 직방당을 보러 간 봄날의 봉화 석평리 마을에서 천문학자 집안이 대대로 지켜온 학문의 정신을 보았다. 서출지의 안마을 박꽃 핀 동네골목은 그림 같았고, 왠지 남성적이던 기림사에서 나와 산속으로 들어간 문무왕 길의 용연은 천상 같았다.

불국사에서는 영지의 전설이 실감 났다. 석가탑·다보탑의 건축 근거를 찾아낸 것을 말하고 싶어 길게 적었다. 불국사 대웅전 천장을 보게 됐을 때의 놀라움은 상상 이상이었다. 그동안 숱하게 불국사를 가보았음에도 한 번도 대웅전 천장을 올려다볼 생각을 못했는데, 사진을 찍어야 한다는 의무감으로 좀더 샅샅이 보니 비로소 눈에 들어왔다. 그곳은 인간세계를 넘어선 다른 세계였다. 이 부분은 이순희 씨가 사진으로 잘 살려냈다.

경주의 전체적인 구도가 완성되면서 신라의 여성 인권이 대단하다는 실감이 나고, 알영부터 세 여왕을 새삼스럽게 조망하게 됐다.

가장 어려웠던 것은 경주의 물길 이야기였다. 지대가 낮은 경주에서 발달한 하천들이 신출귀몰하듯 여기저기서 보이다 사라지다 했다. 물길을 따라 몇 번을 왔다갔다해 봐도 정신이 없었다. 알천은 역사상 숱한 범람을 기록하면서도 지류가 처음부터 하나로 형성된 것도 아니라고 했는데, 알천 수개기(修改記)가 있다는 이순탁 박사의 말을 듣고 왕조를 거듭하면서 물길을 다스리는 역대 치수행정의 어려움과 고단함이 현실적으로 눈에 다가왔다. 월지 기사는 열 번 이상을 다시 썼다. 월지 담당 전·현직 공무원들을 만나고서야 갈피가 잡혔다. 건축미나 미학적 세련됨에서나 경주는 신라만의 문물이 아니라 역사적으로 통일된 한국인의 모든 자산이 집결된 결정체라는 증거도 곳곳에서 보았다.

경주남산 삼화령은 『삼국유사』에 나오는 충담과 경덕왕의 만남 이야기를 잊지 않고 있던 차에 이순희 씨의 연화좌대 사진을 보는 순간 '당장 여길 가보지 않으면 안 된다'는 생각이 들었다. 차를 마시며 쉬는 기분으로 마무리 삼아 그동안의 힘든 시간을 위로도 할 겸 올라갔다. 삼화령 글은 저절로 한국다도와 연결시킨 맥락으로 뻗어나갔다. 그것은 『삼국유사』 원본이 지닌 저력이 워낙 깊이가 있기에 그랬다고밖에 생각되지 않는다.

역사책에 나오는 경주의 추석날 길쌈대회가 생각나는 명주마을 등 더 써보고 싶은 것이 남았지만 경주행은 13년간의 행군으로 일단락지었다. 이순희 씨는 현장감 있는 글을 써주어 경주인으로 고맙다 하고, 나는 그의 사진이 글보다 더한 시각적 분위기를 만들어주는 데 감사했다. 눈빛출판사 이규상 사장이 출판의 뜻을 보였다. 그에 힘입어 그동안 써놓은 글과 사진을 1년에 걸쳐 다시 다듬고 공든 편집과 한데 결합해서 독자적인 생명력을 가진 책으로 상재하게 됐다.

비 오는 여름 밤늦게까지 글을 고치는데 다시금 처음 시작할 때의 열정이 느껴졌다. 독자들께서도 부디 우리가 책을 만들며 가졌던 흥분과 재미를 만끽할 수 있었으면 한다.

2022년 9월
김유경

차례

제1장

알에서 시작하는 신라

천마총의 알과 계림

서울서 경주까지 370여 킬로미터의 길에 산과 강을 수없이 지난다. 산속 터널을 수없이 뚫고 지나고 양쪽으로 줄곧 산능선이 몇 개씩 겹쳐 보이는 풍경은 KTX 같은 현대의 운송수단 덕에 전처럼 멀게 느껴지진 않아도 산 넘어 산 뒤의 도시 개념을 주기에 충분하다. 이런 산과 바다를 끼고 신라 경주의 역사가 기원전 57년부터 935년까지 펼쳐졌다. 고대사에서 고조선·부여·고구려 땅은 멀리 있고 백제는 그 자취가 많이 흩어지거나 발굴되지 않은 채이다. 하지만 한때 역사의 승자였던 신라의 자취는 '알'의 시작서부터 전성기의 풍류와 말년의 비극이 벌어진 포석정 자리까지 생생하게 남았다. 전체가 문화유산이다. 경주시의 현재 인구는 20만이 조금 넘고, 면적은 경북에서 안동 다음으로 큰 13만여 제곱킬로미터, 인구 절반이 농업, 절반이 도시 생활권을 가진 곳으로 논밭과 빌딩이 공존한다.

경주박물관에는 유물들이 순환전시되거나 새로 발굴되면서 처음 보는 전시품들이 많다.

천마총에서 철제 솥 안의 토기에 담겨져 나온 1500년 전의 달걀 – 회색 토기에 얹혀 하얗게 빛나는 세 개의 달걀은 박혁거세부터 석탈해·김알지 같은 신라 초기의 건국자급 인물과 가야의 김수로왕까지 모두 알에서 태어났다는 것을 상기시켰다. 이런 유물을 가진 나라가 흔할까?

금의 바다를 이룰 만큼 유명한 금관·금귀걸이 등은 여전히 황홀했다. 말 관련 유물이 점점 많아지는 게 보였다. 3세기 유물, 투명하게 빛나는 커다란 수정목걸이는 최근 한국문화재보호재단에서 발굴했다. 단순하고 예쁜 것이, 아름다움을 받드는 국가적 보물이었을 것 같다.

네 개의 비천상이 섬세하게 조각된 거대한 성덕대왕신종은 세월과 함께 푸른색 녹이 전체에 스며들 듯 입혀졌다. 종이 상할까봐 이제는 종을 치지 못해도 매시간 녹음된 종소리가 흘러나왔다. 막상 박물관 종 앞에서는 관람객들의 소음에 묻혀 종소리의 여운이 느껴지지 않았지만 부드러우면서 강렬한 그 소리는 월성 숲에 들어가 있을 때도 들리고 계림 숲에서도 들렸다. 두

13

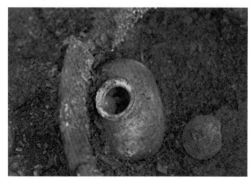

위. 경주박물관의 천마총 출토 달걀들. 큰 쇠솥 안에 담긴 회색 토기에서 출토된 1500년 전 달걀은 박혁거세·석탈해·김알지 같은 신라인을 상기시켰다.

아래. 1973년 경주 천마총에서 출토된 달걀. 큰 쇠솥 안에 담긴 토기 속에 20여 개가 들어 있었다고 한다. ⓒ 문화재청

쌍의 비천상을 감싸고 휘날리는 섬세한 곡선의 꽃줄 무늬가 약간씩 다르다는 것은 매점에서 파는 비천상 탁본을 보고서야 알았다.

　밤에도 새벽에도 계림 숲에 갔다. 그곳은 신라의 시작을 확인해주는 현장이기도 했다. 신라 궁궐 월성에 연이어 붙어 있는 계림 숲은 7천여 평(23,023㎡)의 평지에 오래된 회화나무·단풍나무 등 고목이 1백여 그루 남아 있다. 오래된 나무의 구부러진 모양새가 세월을 말해주고 줄기처럼 굳어진 뿌리가 땅 표면에 퍼져 있었다. 그 사이로 경주 시내를 관통하는 물줄기, 북천에서

홀러와 남천으로 빠져나가는 냇물이 흘렀다. 공기는 상쾌하고 김씨계 신라 왕실의 시조이기도 한 김알지의 비각 팔각정이 담 안에 자리잡고 있었다(그런데 그 조금 옆에 공중화장실이 있다). 김알지의 등장이 신라사에서 얼마나 비중 있게 다뤄지는지는 그가 황금궤 속에 알로 들어 있음을 닭이 알렸다고까지 한다. 신역사의 시조인 박혁거세·석탈해와 동등한 탄생 배경이 김씨 조상에게도 이렇게 주어진 것이다.

밤이었지만 계림 숲 밖으로는 큰길로 오가는 수많은 관광객들의 행렬도 보이고 왕권을 상징하는 천문 징표인 첨성대가 환한 조명을 받고 있어 숲속에 갇히는 느낌은 없었다. 나로시는 1964년 고등학교 수학여행에서 처음 계림을 지나쳤는데 그때는 길가에 먼지를 뒤집어쓴 넝쿨과 잡초가 가로막고 있어 언뜻 들어가 볼 수 없는 거친 숲으로 보였다. 숲이 감춘 신비로운 무엇이 있는 건지 궁금했어도 여러 번의 경주행에도 이곳을 천천히 걸어볼 여유를 내지 못했다. 경주 산책이 시작되는 지금 2010년 한여름에 와서는 왕의 공간, 계림이라는 장소란 것만으로도 여느 코스와 다르다.

2001년 황성동 강변로에서 발굴된 3세기 신라의 수정목걸이.

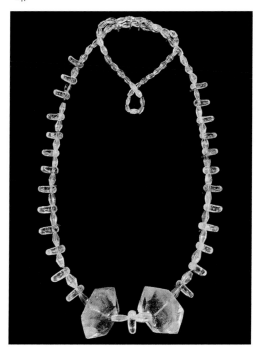

2020년 12월 쪽샘 지구 44호분(일명 공주능)에서 발굴된 금귀걸이. ⓒ 문화재청

15

계림 숲의 김알지 비각. 고목들이 에워싸고 있다.

계림의 나무 사이로 보이는 내물왕릉. 김알지의 후손으로 처음 김씨 성 신라왕이 된 사람이다.

알에서 나온 신라의 세 인물은 각각 상징하는 세력이 다르다. 양산을 배경으로 한 박혁거세는 말, 그중에서도 백마로 권위를 나타냈다. 무속적인 논리와 함께 기마인이라는 실전적 느낌이 온다. 그의 배경에는 양산 6촌부의 의결이라는 민주제도가 있었다. 토함산을 거점으로 한 석탈해는 재상인 호공의 집터 월성을 빼앗아 가질 때 자기네가 '조상대대 대장쟁이'라고 하여 성공했다. 철기와 연관된 세력을 내세운 것인지 모른다. 계림을 거점으로 한 김알지의 등장은 탈해에게 집을 뺏긴 호공에 의해 철의 세력

을 넘겨잡듯 이뤄졌다. 날 때부터 황금상자 속에 들어 있었다는 신화로 무장된 김알지는 신라를 오늘날 금의 나라로 인식하게 하는 금 제련과 관련된 세력일 수 있다. 신라금관의 연구자 김병모 교수는 신라금관은 모두 김알지 이후 제작된 것이라고 한다.

결국 금을 다루는 일파 김알지의 후손들이 득세해 말(馬)의 박씨, 철기의 석씨를 제치고 왕권을 대대손손 차지했다. 신라 말에는 다시 박

▶ 새벽에 본 계림의 겨울 회화나무.

18

씨 성의 왕계가 부활했다. 17대 내물왕은 첫 번째 김씨 신라왕이던 13대 미추왕을 뒤이어 김씨 왕 세습체계를 이룩한 시조라서 직계 조상인 김알지 옆자리 계림 가까이 묻혔나 보다. 죽고 죽이고 하는 끈질긴 권력의 욕망이 배어나와 보인다.

탄생과 죽음과 권력투쟁의 신라사가 숲의 공기 중에 스며 있는 계림은 월성에 붙어 있는 신성한 곳이 되었다.

월성 주변으로 볼 데가 많았다. 왕권이 상징하는 모든 권력기구와 귀족적 생활 유적들이 월성 주변에 많이 몰려 있어 이 구역은 계속해서 몇 번씩이나 지나쳐갔다. 8월, 더운 날씨 때문인지 밤늦게 나와 있는 사람들이 많았다. 첨성대도 큰 길가에 마치 불 켜진 화병처럼 보였다. 이제껏 첨성대는 단 한 번도 공식적이고 국가적인 보수공사가 행해진 적이 없는 옛모습 그대로다.

첨성대에 관련된 돌의 숫자를 생각하는 것만으로도 범상함을 넘는 과학의 논리가 느껴졌다. 4계절, 12달, 24절기, 1년의 날수에 맞춰지는 돌, 정확한 4방위, 네모와 원, 우주적인 곡선 등.

길에서 보면 약간 떨어져 첨성대의 한 면만 보이지만 입장료를 내면 첨성대 주변을 돌아가며 가까이서 볼 수 있는데 그게 전부였다. 상식적 해설 이상의 사실 일부라도 손에 쥘 수 있는 자료로 접할 수 있으면 좋을 것 같았다.

너무 더워 땀을 뻘뻘 흘리면서 첨성대 옆 넓은 벌판을 지나갔다. 조명 불빛 때문에 벌판에 가득한 달빛의 교교함은 없지만 월성 숲이 저만치 보이는 곳 전체가 온통 황화 코스모스가 가득한 신라의 달밤이었다. 입구의 가게에서 생수랑 기념품을 파는데 천마도가 그려진 손수건이 있었다. 그걸 들고 보니 천마도의 백마가 옆에서 달릴 것 같은 상상이 되었다. 근년에는 여기에 가끔 몽골 사람들과 말이 초대돼 와서 게르(몽골식 주택)를 세우고 행사도 벌였다. 경주에서 말은 이곳저곳 모습을 나타내는 중요한 존재다.

신라의 승려로 인도까지 불경을 구하러 여행길을 떠났던 혁명적 지식인 혜초(慧超) 스님이 지금의 베트남에서 신라를 그리워하며 남긴 시가 전해온다. '지리적으로 가장 멀리 떨어진 곳에서 계림 신라를 그린 경우'라고 한다.

내 나라는 하늘 끝 북쪽 (我國天岸北)
남의 나라는 땅 끝 서쪽 (他邦地角西)
일남(지금의 베트남)에는 기러기도 없으니 (日南無有雁)
누가 나를 위해 (소식 전하러) 계림으로 날아갈 수 있으리오?(誰爲向林飛)

경주행은 열기를 머금은 발걸음으로 계림 신라의 달밤을 걷는 데서 시작됐다.

서출지와 이요당

경주의 여름은 곳곳에서 피어나는 연꽃과 배롱나무의 붉은빛이 눈에 많이 들어왔다. 경주 전역에 배롱나무가 지천이었다. 오며 가며 물주전자가 놓인 것처럼 청량감을 주는 연못도 많고 연꽃도 많이 피었다. 그중 남산자락 남산 동 안 마을 앞 서출지(書出池)는 오래된 못과 오래된 정자와 신라 고대가 어울린 한 전형을 보여주었다. 고목이 다된 목백일홍(배롱나무)과 소나무·팽나무는 이요당(二樂堂) 정자 가까이 물가에 가지를 늘어뜨린 채 여름을 넘기는 중이었다.

화가 이순원 씨는 이글거리는 한낮, 꽃도 숨쉬기 힘들어 할 더위 속 서출지의 흐드러진 배롱나무와 쇠락한 듯한 세월의 무게를 얹고 있는 정자를 30여 년째 잊지 못할 풍경으로 기억했다. '그날의 경주 기온이 섭씨 38도였다.'

또 다른 사람은 한겨울 연못물에 남산과 정자가 거꾸로 비쳐 잠겨 들어오는 풍경을 기억한다고 말했다. 봄에 새로 피어나는 남산과 나무들의 신록이 아름답고 가을이면 주변의 황금색 논밭에 둘러싸인 마을 앞에 안긴 모습이 편안하고 운치 있어 보였다.

488년 신라 21대 소지왕이 이 연못과 관련된 역사를 남겼다. 까마귀가 나타나 왕을 이끌어 이곳 연못까지 오게 했다. 왕은 연못에서 불쑥 나타난 노인의 글을 통해 궁 안의 반대파 두 사람을 밀고하는 정보를 얻은 뒤, 궁에 돌아와 거문고 갑 속에 있던 승려와 비를 활로 쏘아 죽였다는 역사는 권력투쟁사 맥락에서 이해된다. 까마귀는 오늘날에도 경주 부근 울산에 떼를 지어 나타나고 경주에도 물론 날아든다.

그 시절은 불교가 막 유입되었으나 아직 국가적 공인이 되지 않은 상태였고, 왕은 백제와 사돈이 되어 협력해 고구려와 싸우느라 군사행동을 벌이고 있었다. 소지왕은 경주에 처음으로 시장을 연 사람이고 사람들을 모아다 일을 시키는 실업자 대책을 강구했다. 비빈도 여러 명 있었지만 꽃 같았다는 미소녀와의 러브 스토리도 따랐다. 그러나 아들에게 왕권이 세습된 것이 아니라 다음 대 신라왕은 그의 사돈이자 인척이던 지증왕이었다.

해묵은 배롱나무가 있는 초가을 서출지와 이요당. 연못의 연은
너무 오래돼 연꽃도 드물어지고 왕골이 많이 자리를 차지했다.

이요당 건물과 발치에 찰랑거리는 못물.

학자들은 당대의 엘리트인 승려가 이미 궁 안에 들어와 있고 영향력이 큰 높은 신분의 여성이 같이 등장하는 것에서 불교와 기존 토착세력 간의 죽고 죽이는 갈등구조를 찾아낸다. 또 소지왕에게 아들이 없었다는 사실에서 왕권계승을 위한 다툼 끝에 희생된 사람들로 보기도 한다.

그 이후 이 연못은 글이 나왔다는 뜻의 서출지(書出池)라는 이름이 붙어 지금까지 불린다. 이렇게 아름다운 연못가 풍광까지도 어느 한끝 정치권력에 맞닿아 있다고 생각하면 1500여 년

이라는 세월이 그리 아득하게 보이진 않고 오늘날 무수히 겪는 정치사 중 하나에 불과한 역사거니 하는 관점이 익숙하게 생겨난다.

등산복 차림으로 남산서 내려온 두 사람이 지나가다 서출지 안내판 한 면에 쓴 '열어 보면 둘이 죽고, 안 열어 보면 하나가 죽는다'는 글귀를 보고는 "엣! 뭐가 둘이 죽는단 말야." 하고 싱겁게 지나간다. 서출지의 자세한 내용을 전혀 몰랐던지, 그냥 '죽는다'는 관광안내문에 놀란 것 같았다. 게시판에 그 글귀를 옮겨놓은 대표자가 경주시장인 것을 보니 488년 신라시대에 소지

왕에게 글을 선날한 노인도 그 당시의 경주시장 쯤 됐을까? 하는 엉뚱한 상상이 생겨났다.

둘레가 200미터 되는 연못은 작은 배를 띄울 수도 있어 보인다(약 2천1백 평). 언덕에 둘러심은 배롱나무가 20여 년 세월에 엔간히 컸다. 연못에는 연이 가득한데, 지금 사람들이 기억하는 한, 몇십 년 동안 단 한 번도 새로 갈아 심지 않아서 노쇠해졌다. 왕골이 가장자리부터 치고들어와 연을 밀어내고 올해도 연꽃은 어쩌다 두어 개 피었을 뿐이다. "여기 연밥은 먹지 못하는 너무 노쇠한 것이오."라고 동네 할머니가 말했다.

"2011년에는 모두 갈아엎고 새로 심을 거라 하대. 여기 연꽃과 목백일홍(배롱나무)이 같이 꽃 피면 볼 만해요."

그래도 밤새 오므라들었던 연잎이 햇빛을 받으면서 펼쳐지며 이슬이 구르는 것이나 수도 없이 많은 개구리들이 첨벙첨벙 물속으로 뛰어들고 물살이 갈라지는 모습, 마른 연밥이 삐죽이 뻗쳐 있는 모습까지 다양하게 보인다. 새파란 하늘엔 뭉게구름이 떠가고 4백 년 된 이요당의 문은 이즈음 이용하는 이가 없는지 굳게 닫힌 채였다.

서출지 주변의 오래된 소나무들.

정자 뒤로는 1400년대 남산동에 입향한 임(任)씨들이 모여 사는 안마을이 펼쳐진다. 이곳 샘물로 가뭄을 해갈하면서 이들이 연못 면적을 넓혀 지금의 서출지가 된 것이라고도 한다. 수십 년 전까지 임씨네 종택이었던 커다란 한옥은 남의 손에 넘어가고 계속 주인이 바뀌다가 1972년부터는 무량사가 되었다. 1,200평 대지에 우물과 안채 등 옛집의 흔적이 아스라이 남았다. 말 서너 필을 넣어두던 마구간 건물은 찻방이 되어 신자들이 모이는 장소가 되었다.

"옛날 부잣집에 말 서너 필은 예사로 매두었겠지. 지금도 집집이 차가 몇 대씩 있는 거나 같지. 종 앞세우고 타고 다니는 거지. 사랑채 건물 몇 개는 뜯었어요."

연못에 20평 정도의 기역자 건물 이요당(二樂堂) 정자를 건축한 임적(任勣)이라는 인물에 대해서는 사사로운 아무것도 듣지 못했지만, 이런 건축물을 남기기까지 얼마나 규모가 있는 살림이었을지 상상이 된다.

절에는 전엔 신자가 많았다가 지금은 법회 때면 동네 사람 스무 명 정도가 모일 뿐 평상시엔 스님이 없고 그 자리엔 지팡이만 대신 놓였다. 절을 지키는 배광길 씨는 "시내에는 한 달에 한두 번 나가요. 옆에 정강왕릉, 헌강왕릉이 있는데 여기 경주 소나무는 모두 휘었어요. 이 동네는 시끄러울 때가 없고 늘 조용한데 심심하면 염불도 하고 그러지요. 일 없는 사람들끼리 공

원에 모여 남의 말하며 떠드는 게 싫어 이리와 지냅니다."라고 했다. 탑 바닥에 개구리와 두꺼비 조각이 있었다. "눈 툭 튀어나온 건 개구리이고 들어간 건 두꺼빈데 스님이 한 거다."

종은 법회 때 친다고 했다. 소음이라곤 들리지 않는 이곳 안마을에 들리는 음향이 어떤 것들일지 대략 짐작이 갔다. 절 마당, 그 옛날 임씨 집안 종택이던 장소엔 석류와 모란·금잔화 등이 심겨 있다. 별로 꾸미지 않은 마당은 천연스러운 시골사람을 보는 것 같았다.

임적의 이요당은 1664년인 조선 현종 5년에 건축됐다. 누마루가 돌출되어 있는, 본가에 덧붙인 풍류의 사랑채였을 듯하다. 어떤 것 두 가지가 좋았기에 그는 이 정자에 이요당이랑 이름을 주었을까. 그중 하나는 연못의 경관 자체가 아니었을까. 이 일대는 지금 사적 제138호로 지정되었다. 이요당은 지금 활용되지는 않고, 임씨 집안사람들이 많이 모일 때나 자물쇠를 열고 들어가 모임을 갖는다고 한다.

이요당은 연못의 서북쪽에 위치해 절반은 대지에, 절반은 연못에 면한 정자로 돌로 쌓은 석단이 불국사 석단 비슷한 분위기를 주었다. 경주의 석공들 전통이 그렇게 나타난 것인지도 모른다 싶었다. 고목이 된 팽나무·배롱나무가 정자를 감싸고 서출지의 가장자리 물이 석단 아래에서 찰랑대는 아름다운 곳이었다. 둥근 강돌을 자연스럽게 배치해 박은 흙담도 눈에 순했다.

이요당 주인 임적의 후손들이 많이 사는 안마을의 가을 풍경.

정자의 기둥을 받친 주춧돌 몇 개가 얼른 눈에 떠었는데 시대별 다양한 조각돌의 조합이었다. 1664년에 건축됐으니 그 이전 오랜 세월 경주 곳곳에 있던 돌조각들을 재활용한 듯 둥근 선을 둘러 다듬기도 하고, 나팔꽃처럼 가장자리가 벌어진 꽃잎 같은 주춧돌도 있고, 누마루 기둥을 받치고 팔각기둥 한 토막과 원통형 돌이 끼워져 있기도 했다. 건축적 일관성은 없이 돌마다 시대별로 다른 느낌이 나지만 최근세 것으로 보이는 투박한 디딤돌과 현대의 시멘트 바닥이 어울려 묘하게 아름다웠다. 지금 경주박물관에 있는

신라 최대의 흥륜사 석조도 이곳 이요당에 있었다. 지금도 어느 폐사지에서 옮겨온 것으로 보이는 연화문 석등대석이 정자 옆에 남아 있다.

정자 뒤로 펼쳐진 안마을은 양지바른 남향에 햇볕을 담뿍 받는 논밭이 풍요로워 보이고 소나무가 청청한 뒷산으로 올라가는 길이나 정자나무와 우물, 끝없이 이어지는 골목길의 감나무와 비어 있는 외양간 등이 편안하고 유복한 마을 같았다. 이 분위기에 끌려 여기와 한가로이 살고 싶어 하는 외지인들이 많다고 한다. 밤이 되니 골목길 입구 낮은 기와 돌담에 얹힌 하얀 박

위. 누마루를 받치고 있는 팔각기둥 토막돌과 대청 기둥을 받친 꽃무늬 주춧돌과 원형 돌기둥 토막.

아래. 건물 옆에는 오래된 석등의 연화대석 등도 놓여 있다.

◀ 이요당 대청의 기둥과 조그마한 누마루. 각종 석재 부자재들은 제각각의 시대물이지만 묘하게 조화를 이룬다.

꽃이 가로등 아래 빛나 보였다. 정결하고도 인상적이었다. 경주 도심에서도 떨어져 이곳은 정말 고향에 돌아와 쉬는 기분이 날 것처럼 외지인에게도 느껴졌다.

그래도 40여 가구 남짓 임씨네들이 많이 사는 안마을에서는 집을 여간해 사고팔지 않고 휴가 때 도시에서 오는 가족용으로 비워둔다고 한다. 가을걷이한 물건도 이웃이 뭐가 없다고 하면 거저 갖다주어도 내다 파는 일 없이 지내는데 모두 유복한 편이고 '인심이 좋다'고들 했다. 새집들이 많이 들어서서 오래된 집들과 나란하지만 별 거부감 없이 어울려 보였다. 그런데 길을 건너 새로 조성된 다른 마을에 갔을 때야 비로소 이곳 안마을의 풍경이 얼마나 세련되고 조화로운 것인가 하는 것을 알았다.

밭을 한참 지나고 감나무 담길을 따라간 옆 동네는 재실마을이었다. 여기서부터는 약간 도시화된 1970년대 동네 분위기가 만연했다. 된장을 파는 집도 있고 집들은 예스런 맛이 덜했지만 활기가 있어 보였다. 여기서는 "저 앞 탑동네로 가면 말도 못하게 좋은 집들이 많다."고 했다.

그러나 끊이지 않는 길로 탑동네에 들어서면서 새로 지은 큰 기와집들이 많이 있는데 하나같이 새까만 기계 기와를 씌우고 대지를 짓누르듯 과장된 기와지붕 본채 하나씩에 대문만 압도할 비례로 다가설 뿐 다른 여유는 거의 보이지

위. 임씨 종택은 지금 절이 되어 대문은 절의 일주문이 되고 왼쪽의 마구간도 다른 용도로 개조되었다.

아래. 이요당 뒤 안마을의 길. 밤이 되면 기와담장 위에 얹힌 박꽃이 가로등 아래 그림처럼 아련해 보였다.

않았다. 이곳이 좋아 이사 온 이들이 기와집을 많이 지었다고 했다. 그러나 무조건 집만 크게 하면 좋다고 생각한 건축이나 왜색이 물씬한 회벽 담벼락 등을 보면 그렇게 지어달라고 주문했다기보다 별 철학이 없는 아류를 떠올리지 않을 수 없었다.

여기서도 논밭이 넓고 마을 전체는 매우 여유 있어 보였지만 길 몇 개를 두고 어떻게 이렇게 분위기가 차이 날까 하는 것과 이런 분위기가 용납되어 정착된다면 조만간 한국의 전통미는 지방에서조차 완전히 파괴되겠구나 하는 생각이 들었다. 오랜 역사를 지닌 터에 있다고 근대식 한옥건축이 저절로 세련된 것도 아닌 듯했다.

이곳에서 길을 잃었다. 지나가는 사람도 없었다. 한 얌전한 부인이 장을 봐오는 듯 걸어와서 "서출지 연못을 어느 길로 가는지?" 물으니 "글쎄, 서출지는 모르겠고 저쪽에 뭐 연꽃 심어진 데가 하나 있어요."라고 했다. 가보니 작은 연못 양피지에 연이 우거져 있었다.

알고 보니 『삼국유사』에 나오는 서출지는 조선시대 건물 이요당이 있는 연못이 아니라 이곳 탑 동네에 있는 볼품 없어진 연못 양피지가 맞을지 모른다는 설이 있었다. 그 부근에 신라의

탑이 두 개 있는데 짝짝이였다. 신라 때 절 양피사가 있던 흔적이리라 한다. 외국인 비구니 스님 두 분이 "칠불암 가는데 기기 지금 주지스님 계시냐?"고 물으며 지나갔다. 관광객들이 단체로 옴직한 오리고기 파는 간판 큰 음식점들 앞으로 나오니 다시 서출지가 저만치 보였다. 이 작은 시골동네가 이처럼 미로 같은 지형이리라곤 생각 못했다. 2021년 들어서 이곳 연못이 차츰 커지고 정비되고 있다는 소식을 들었다.

안마을로 돌아와 다시금 정신을 쉬게 해주는 동네 골목과 연못과 논벌과 정자를 보며 걸었다. 이곳이 그렇게 사랑받는 이유는 분명해 보였다.

천마총 자작나무와 개마고원 회상

경주시 대릉원의 천마총은 1973년 자작나무 껍질에 그린 천마도 발굴을 기념해 붙여진 이름이다. 이곳이 정확히 누구 무덤인지는 밝혀지지 않았지만 5-6세기의 왕이었으리라 한다.

말안장 양쪽에 달아 늘어뜨리는 장니에 그려진 천마도는 가로 75센티미터, 세로 53센티미터, 두께 약 6밀리미터로, 자작나무 껍질 여러 겹을 겹치고 좌우에서 빗금으로 14줄씩 누볐다. 그 위에 광물 채색을 써서 혀를 빼어물고 질주하는 백마를 그렸다.

발굴 당시 땅속의 이 그림판은 썩지도 않았고 빛깔도 선명한 채였다. 김정기 천마총 발굴단장은 "천마도를 보고 발에 힘이 다 빠져서 주저앉을 뻔했다. 1500년 된 나무껍질에 만든 제품이 남아 있다는 것은 기적이다."라고 했다. 신라 회화를 처음으로 보여주는 이 보물은 햇빛과 공기를 차단하는 처리를 거쳐 제한된 조건에서 이제까지 1997년과 2009년 단 두 번만 일반에 공개됐을 뿐이다.

자작나무 껍질을 사용한 천마총의 다른 유물

은 기수가 올라탄 말 그림, 봉황 그림 등이 나왔고 왕의 모자가 있었다. 세모꼴 자작나무 껍질 모자는 황남대총 남분, 금관총, 식리총 등 경주의 여러 고분과 몽골, 러시아에서도 출토되었으며 무덤 속 왕의 머리맡에 놓인 유물상자에 남아 있는 자작나무 껍질 부스러기가 최근의 황남대총 전시회장에서 보였다.

그런데 2011년 5-6월에 걸쳐 경복궁 민속박

누빈 자작나무 껍질을 위에 질주하는 백마를 그린 천마총의 천마도. 미술사의 말 그림으로서 뿐만 아니라 자작나무에 대한 논의도 생겨났다. ⓒ 문화재청

경주 대릉원의 천마총. 경주에서 유일하게 내부가 공개된 무덤이다.

물관에서 전시된 '모자와 신발 특별전'에는 중국 원나라 때 천자의 후비와 대신의 부인들이 쓰는 화라고고관(花羅姑姑冠)이란 모자가 나와 있었는데 "자작나무나 대나무로 틀을 만들고 비단으로 겉을 쌌다."고 했다. 몽골풍이 물씬한 이 모자 또한 자작나무 껍질이 관계된 것으로 보인다.

왼쪽의 천마도는 발굴 직후의 사진인 듯, 발굴 장소 바닥의 흙과 아랫부분이 약간 우그러든 자작나무 형태까지 모두 보인다. 말 그림의 미술사적 가치는 물론이고 1500년 된 자작나무에 대한 상념을 일으켜주는 기록인 것이다. 추운

데서 자라는 대표적인 나무이자 시베리아·몽골 일대에서 우주목으로 성스럽게 받들어지는 자작나무가 경주처럼 따뜻한 남쪽 나라에서 왕의 무덤 속 유물로 나왔다는 것은 묘한 향수를 일으키게 한다.

국문학자 주종연 국민대 명예교수는 자작나무에 관한 강렬한 기억을 지녔다. 개마고원에 속하는 함경북도 무산 태생에 웅기에서 열세 살까지 살았던 주교수는 1937-1950년에 이르는 개마고원 자작나무에 대한 기억을 수필집 『하나의 영혼을 위하여』에 이렇게 썼다.

"개마고원의 사람들에게는 시신을 자작나무

껍질로 싸서 땅속에 파묻는 풍속이 있다. 내가 아직 철이 채 들기도 전 조부님이 돌아가셨을 때도 입관하기 전에 넓은 두루마리 같은 번쩍이는 흰 나무껍질로 싸는 것을 둘러선 어른들의 다리 틈새로 지켜보며 고모들이 일제히 터뜨리는 울음소리를 들었었다.

훗날 조금은 철이 들어서 아버지와 함께 조부님의 산소를 찾았을 때 거기 빼곡히 둘러싼 아름드리 자작나무들이 하늘을 찌르듯 늠름히 서 있던 모습들이 오랫동안 나의 뇌리에 깊은 인상을 남겨놓았다. 쭉쭉 뻗어오른 줄기며 희뿌연 우윳빛 표피며 구김 없이 아스라이 펼쳐나간 가지들이 함께 이룩한 자태는 피보다 더 짙게 내 가슴속 깊이 간직되어왔다."

2011년 4월에 만난 주교수는 개마고원과 자작나무 이야기를 좀더 풀어냈다.

"개마고원은 함경남도 혜산진 뒤쪽, 장진호·부전호 호수의 위쪽 지역, 말도 키우던 곳으로 함경도의 상징적 지명입니다. 순수한 자작나무 숲을 보려면 우리나라에선 개마고원에 가야 할 것입니다. 자작나무는 그렇게 둥치가 크진 않으나 높게 뻗어요.

인문학적으로 자작나무는 알타이족이 신성시하던 수목으로 우리 민족이 이동하면서 지니고 내려온 민족적 집단기억의 나무라고 생각합니다. 함경도에서는 장례용품 파는 데서 자작나무 껍질 둘둘 말아놓은 것을 팔았어요. 이 껍질로 시신을 감싸는 풍속이 있었지요. 흔하게는 칠성판(죽은 사람을 누이는 널)에 깔기도 했습니다. 성스러운 곳에 자작나무 껍질을 썼어요."

몽골에서는 자작나무를 그들 무속의 종교적 성수(聖樹)로 여긴다. 몽골인들이 성지라고 여

황남대총 남분 출토 왕의 유물 중 자작나무 껍질 모자(오른쪽 아래). 금장신구·운모와 함께 자리하고 있다.

기는 기도처, 제사 지내는 곳 등에는 어김없이 자작나무가 있다. 무당이 매개자가 되어 초월적 세계로 가는 통로인 우주목이 자작나무다.

우리나라에서도 무당의 굿에 자작나무가 등장한다. 자작나무가 흔치 않으니까 그 대신 흰 종이를 오려 만든 지화를 무구(巫具)로 사용하는 것을 흔히 본다. 길게 오린 흰종이 다발을 쇠붙이 막대기에 붙인 무구를 신칼이라고 한다. 굿의 여러 과정 중 무녀들이 이 신칼을 양손에 들고 춤춘다. 이 춤만 따로 안무해 무용가들이 무대에서 추기도 한다.

임학적으로 자작나무는 한대 기후에 가장 강한 나무이고 재질이 단단하며 껍질에는 기름기가 많이 포함돼 잘 썩지 않기 때문에 종이가 나오기 전 고대에서는 역사기록을 보존하는 데 이 자작나무 껍질을 활용했다. 해인사 팔만대장경 판의 일부도 자작나무이다.

천마도가 자작나무 껍질 위에 그려진 것이나 자작나무 껍질 모자 같은 것이 통치권자의 무덤 안에 들어 있는 데 대한 주교수의 견해는 단호했다.

"난 문화인류학 전공은 아니지만 천마총의 자작나무 유물은 실용적 기록을 위해서라기보다는 북방에서 내려온 민족이동으로 남은 유습, 조상과 떠나온 출신지에 대한 외경, 성스러움의 표상으로 택했을 가능성이 더 크다고 봅니다."

"천마도가 그려진 자작나무 껍질, 그만한 크

개마고원 자작나무 숲과 자작나무가 쓰이는 함경도의 장례 풍습을 회상하는 주종연 교수.

기의 것은 당시 신라 땅에서는 구하지 못했을 것입니다. 분명 그 껍질은 당시에도 북방에서 구해왔을 겁니다. 무덤 속에 들어가 오래 보존될 자료로만 생각해 택했다기보다는 민족의 근원을 말해주는 물건으로서 임금이라는 민족적 상징의 인물과 영원히 동반할 무덤 속 유물로 자작나무를 썼을 겁니다."

천마총, 천마도 이야기는 꽤 많이 들었지만 자작나무에 대한 생생한 언급은 주종연 교수를 통해 들은 것이 유일하다. 주교수는 개인적인 기억으로 함경도 무산 고향집의 뒷산 자작나무 숲 이야기를 했다. 부친이 독립운동차 집을 떠나 있었는데, 어느 날 밤 자작나무 숲에서 큰소리로 '종연아!' 하고 부르는 음성이 울리는 소리를 들었다. 그때 한 살 난 그는 임마 등에 업혀 있었는데, 모습을 드러내지 않은 채 아버지가 부르던 그 소리를 평생 기억하며 잊지 못한다. 아버지는 존재를 드러내면 위험할 것을 알면서

만주 졸본에서 압록강 건너로 보이는 북한 함경도 지방. 산 너머에 중강진과 자작나무의 본거지 개마고원이 있다

도, 가족, 아들에 대한 그리움을 그렇게 외마디 외침처럼 불러봤던 것이다. 주종연 교수의 자작나무 기억은 아버지의 존재 그 자체이며 현대로 와서도 자작나무를 찾아보는 여정으로 더 이어졌다.

"시베리아 횡단철도를 타고 예카데린부르크-하바롭스크-치타를 거쳐 시베리아 바이칼호수 부근의 이르쿠츠크, 옴스크 지나 우랄지방에 가는 동안 자작나무를 제대로 보게 됩니다. 자작나무 뿌리는 소나무 뿌리만큼 단단하지는 못한지 숲에는 쓰러지고 자빠지고 한 나무들도 많이 보입니다.

이르쿠츠크에서 며칠 묵는 동안 사우나에 갔을 때 보니 물을 끓이는데 불 때는 장작이 자작나무였어요. 껍질이 벗겨지고 일어나고 한 자작나무 장작더미가 쌓여 있었습니다. 껍질은 불쏘시개로 쓰며, 시베리아에서 파는 종교용품에는 자작나무로 조각한 것도 많았습니다."

우리나라의 자작나무가 시베리아 북방민족의 집단기억에 근거를 두고 있다는 것, 시베리아 무속에서 전승된 자작나무의 흔적이 한국의 굿에 남아 있다는 논거를 1980년대에 전개한 사람은 미국 출신의 동양미술사학자 존 카터 코벨 박사였다. 임학자 국민대 전영우 교수가 주종연, 코벨의 글에 덧붙였다.

"자작나무는 우리에게 과연 무엇일까? 왜 개마고원의 사람들은 시신을 자작나무 껍질로 싸서 땅속에 파묻었을까? 평소에 가졌던 이런 의문은 존 카터 코벨의 글로 자연스럽게 해결되었다. 즉 시베리아 무속에서 샤먼은 상징적으로 하늘로 오르는 사다리에 올라 하늘 높이 있는 신령과 대화하는데, 그 사다리가 바로 자작나무라는 것이다. 시신이 신령의 땅으로 순조롭게 되돌아가도록 자작나무 껍질로 싼 것은 아닐까?"(산림, 1999년 5월호)

그는 코벨 박사의 주장이 "우리 문화의 깊이를 누구보다 폭넓게 이해한 고고학적 창의력"이라고 평가했다.

근대 작가 이효석도 한동안 그의 처가가 있는 함경북도 북경성에서 살면서 자작나무를 보았다. 그는 "뽀얀 피부를 한, 헌칠한 여인의 몸매 같다."고 자작나무를 표현했다. 절실한 느낌보다는 감각적인 인상에 그친 묘사이긴 하다.

사진가 이순희 씨도 2010년 겨울 주몽이 처음 고구려를 도읍한 환인시 부근 졸본의 오녀산성 길목에서 밝게 빛나는 자작나무 숲 여러 군데를 지나쳤다.

"압록강을 사이에 두고 그 은빛 자작나무 숲에서 북한 땅의 중강진이 마주 보였죠. 그곳이 개마고원 줄기라고 했는데 처음 보는 광경인데도 왠지 오래된 기억 속의 장소인 듯해 사진을 찍으면서 눈물이 줄줄 나왔습니다."

최근엔 남쪽 땅에도 조경용으로 자작나무를 더러 심지만 아무래도 잘 자라지 못한다. 자작

졸본성(오녀산성; 만주 길림성 환인시 부근) 오르는 길의 회색으로 쭉쭉 뻗은 자작나무 숲.

나무를 영상으로 담아낸 최고의 필름은 1998년 러시아 미칼로프 감독의 영화 '시베리아의 사랑(The Barber of Siberia)'을 추천할 만하다. 기찻길 옆 자작나무의 새하얀 줄기들이 빽빽한 장면을 배경으로 사관생도들이 떼를 지어 기차를 타는 장면이나 여주인공이 자작나무 숲 사이로 옛 사랑을 찾아가는 광경 등에 낙엽 든 숲속의 자작나무가 영상처리되었다. 그리고 보면 나도 처음 가본 모스크바공항에서 시내로 들어가는 길가에서 본 나무 중에 자작나무가 많았던 것 같다.

남쪽 끝 경주의 왕릉에서 나온 자작나무의 흔적은 멀리 개마고원을 거쳐 북방 시베리아의 자작나무 숲으로 이끌어간다. 한 사람은 "이 천마도를 대할 때마다 자작나무 숲을 꿈꾸어왔다."고 했다. 북방에서 떠나온 이래 수없이 많은 세대가 이어져왔음에도 불구하고, 처음 보는 풍경에도 끌리는 것은 민족의 집단기억이 갖는 힘 때문인가 보다.

왕릉을 따라 걷다

경주 어디서나 천수백 년 전 신라왕릉과 마주친다. 대지에 밀착한 부드러운 곡선의 봉분이 있는, 한국인의 오늘날 무덤 형태 그대로이다. 세월을 넘어 역사 속 인물들이 현대인의 눈앞으로 드러나 보이는 오래된 도시 풍경이다.

시내 한복판 대릉원과 노서동의 동산만한 고분 수십 기말고도 경주에는 신라의 왕 55명과 그들의 왕비를 다 합친 것보다 많은 3백여 기의 고분이 있다. 번잡한 상가 건너편부터 논밭 한가운데, 도로 옆, 산속, 어디에나 있다. 경주박물관은 발굴된 왕릉 안에서 꺼낸 보물상자 뚜껑을 열어젖혀 '잊히지 않는 존재'의 흔적을 보여준다.

경주에 축적된 시간을 되새겨보려면 이들 능에 가보는 것이 한 방법이기도 하다. 두터운 흙과 돌더미 아래 금은과 수많은 쇠뭉치 등 보물상자와 함께 누워 있는 존재들은 오래전 신라사의 전면에서 최강의 힘을 과시했을 사람들이다.

신라 시조 박혁거세(서기전 57-4)부터 시작이다. 작가 이태준은 1942년 한여름 오릉을 "부드러운 모필로 그은 듯한 곡선으로 허공을 향해 솟은, 바라볼수록 그야말로 초현실적인 기이한 풍경이다."라고 단편 '석양'에 썼다. 그와 동행한 여성은 '니힐(허무)'이라고 기분을 표현하고, 가끔씩 찾아보는 이곳이 "무서운 맛이 아주 없음 무슨 맛이게요?"라고 한다. 경주고분을 가장 정확하게 표현해낸 작가라고 할 만하다.

2011년에 보는 혁거세왕의 비 알영의 우물에 고인 물빛 또한 깊은 시간의 심연이다.

박·석·김씨 들의 왕권쟁탈전을 역사는 민주주의의 원본이라고 본다. 지금의 오릉은 반월성 전체만큼 넓은 6만 평 능역 안에 무덤 다섯 개가 한자리에 모두 모여 있다. 혁거세왕이 죽자 몸을 여러 부분으로 나눠 묻었다는데 '얼마나 격렬한 최후였으면 그렇게 표현하고 무덤도 그렇게 만드나?' 하는 생각도 든다.

요즘 치과에서 치료할 때 말랑한 물체를 입에 꽉 물게 해 치열을 떠낸 뒤 굳혀놓고 치아 형태를 살펴보는 것처럼 신라 초기 왕권 후보자들은 떡(아마도 인절미)에다 자신의 치아 형태를 떠내

자기 나이, 연륜을 입증하는 과학적 증거로 삼기도 했다.

일성왕(재위 134-154) 연력에 저수지를 축조했다는 기록이 있다. 기록을 따라 그 장소에 가보고 싶었다. 그의 능은 크고 깊어 보이는 저수지를 끼고 서쪽 하늘 저녁놀을 받으며 소나무숲 깊숙이 있었다. 양지바른 능역으로 접근하는 길목에 무슨 종교 건물 같은 커다란 집이 있는데 인기척이 전혀 느껴지질 않고 능까지 접근하는 동안에도 주변에 아무도 보이지 않고 깊은 숲과 고요하기만 한 저수지 물이 얼마나 겁났는지 모른다.

저수지로 내려가는 숨은 듯 좁은 길을 따라 엄청 긴장하며 능으로 접근했다. 그런데 한 청년이 거기 능석 앞에 꼼짝 않고 앉아서 이어폰으로 음악을 듣고 있었다. 접근하던 우리가 제풀에 놀랄 정도였다. 하지만 의외의 방문객을 반가워하던 점잖은 청년은 방학 중의 한가함을 즐기느라 여기 일성왕릉을 산책하는 중이라며 소년시절 이 근방 나무숲에서 나무 타던 이야기 등을 하며 대화를 나눴다. 모든 것이 정지된 듯한 느낌만이다가 사람을 만나 그런 일상의 대화가 오가는 것이 세상 사는 맛을 다시 느끼게 했다.

2010년 말 대릉원의 제일 큰 무덤 황남대총 출토 유물 5만 수천 점이 몽땅 경주박물관의 '황남대총의 신라왕, 왕비와 함께 잠들다' 특별전에 나왔다. '능에서 출토된 본래 모습에 가깝게 보여준다.'고 박물관 측은 말했다. 5세기 눌지왕 혹은 실성왕의 무덤일지 모른다고 한다.

2011년 경주박물관 특별전에서 황남대총 남분 출토 금으로 된 왕비의 말갖춤 유물을 보는 어린이 관람객들.

이 전시회는 선택된 물건들 한두 개씩 봐오던 예전의 경험과는 비교할 수 없는, 어마어마한 규모였다. 말 10여 마리분의 유물, 쇳덩이 뭉치들, 금은 그릇, 셀 수 없이 많은 칼이 있고 왕과 왕비가 몸을 뉘인 자리에는 금관과 금허리띠, 자작나무 모자 유물 같은 것이 남아 있었다. 어떻게 이 유물이 무거운 돌덩이 흙덩이에 파괴되지 않고 1500년간 형체가 무사했는지 궁금하다. 무덤 방식이 중요한 고고학 증거가 되는 것은 그만큼 세월에 대적하는 방법 때문인지도 모른다.

왕과 왕비 모두 비단벌레 날개와 금동으로 장식한 마구를 갖췄다. 금빛으로 온통 번쩍이는 말에 올라탄 왕과 왕비는 이 세상 사람과 다른 존재처럼 보였음직도 하다. 순장된 사람들도 있었다. 열세 명이나 된다고 했다. 칼과 무기, 쇠로 된 가래 같은 농기구 일체는 왕의 유물간에서 나왔다. 두껍게 녹슨 채 쌓여 있는 쇳덩이들은 '동북아에서 출토된 최대 물량의 철물'이라고 한다. 국력은 바로 이들 쇠와 말에서 나왔다. 지금의 미사일 무기 같은 비중이었을 것이다.

여성의 역할은 도대체 어디까지였을까? 왕비의 관은 금관이고 왕의 관은 구리에 도금한 금

◀ 2010년 12월 14일부터 2011년 2월 6일까지 경주박물관에서 열린 '황남대총의 신라왕, 왕비와 함께 잠들다' 특별전. 1973-1975년에 발굴된 유물 5만 9천 점 중 5만 2천 점이 전시됐다.

동관이라고 한다. 말을 타고 칼을 지닌 신라 왕릉의 여성 유물을 보면 역사책에서 보는 순종적 여인상과는 많이 다른 느낌을 받는다. 특히 신라사의 여성들이 그러하다. 설이 갓 지난 그날 전시장 관객 중에는 설빔인 듯 고운 치마저고리를 입은 열 살 소녀 둘이 왕비의 찬란한 금마구를 들여다보고 있었다. 두 소녀 모두 곱고 의젓한 자태가 금빛 마구들과 잘 어울려 보였다.

무덤 안에는 곡식을 한 섬 이상씩 담아놓았을 것 같은 토기들이 한 길 넘게 창고처럼 나열돼 있고 작은 토기는 수천 개가 될 것 같았다. 그들이 먹던 음식이 어떤 것인지도 알 수 있었다. 어떤 어른 관람객이 놀라서 "무덤 안에서 밥을 묵었나!" 했다. "제사 지낸 거야."라고 옆 사람이 답했다. 무덤이 출토될 때 나오는 인골을 보면 머리맡과 발치에 마지막 제사에 올린 것일 듯한 제기들로 이들의 죽음을 배웅한 장면이 노출된다.

뱀처럼 서려 있는 구슬 무더기 중에는 깨알보다 잘은 고운 색깔의 구슬도 있었다. 어떻게 이들을 끈으로 꿰었단 말인가. 알 수 없는 것 투성이였다. 이 전시회는 이 시대 최고의 전시였다. 2011년 2월 전시회 끝 무렵에는 하루 1만 명씩 관람객이 밀려왔다고 했다.

6세기 법흥왕(재위 514-540)릉은 경주 외곽의 논배미를 여러 번 돌아들어간 곳에 있었다. 뿌리를 드러낸 소나무가 첩첩이 뻗어 있는데 햇살

43

2014년 눈 내린 대릉원의 황남대총 남분과 북분.

이 맑은 시냇물 흐르듯 느껴졌다. 오랜 세월이 지나 본래 모습은 분명 아닐 텐데도 능마다 다른 인상을 받는다. 법흥왕릉 가는 소나무 길은 내게 경주 풍경을 글로 쓰도록 이끌어들인 매혹이기도 했다.

"여기에 봄이면 제비꽃이 그렇게 지천으로 피어요. 그 광경에 끌려 봄이면 늘 이곳을 와보리라고 맘먹습니다."라고 경주 사는 한의사 오소저 씨가 말했다.

황남대총은 발굴되어 수만 점의 유물을 드러냈지만, 아직 발굴되지 않은 왕릉의 겉모습은 잡초처럼 돋아나는 제비꽃으로 덮여 있었다. 이들 왕릉들이 혹시라도 도굴되지는 않았기를 바랄 뿐이다.

선덕여왕(재위 632-647)릉은 불교철학과 천문학적 관측이 겹치는 자리, 낭산 꼭대기에 있었다. 산 아래는 웅대한 사천왕사 터가 펼쳐지고 문무왕비를 업고 있던 돌거북도 보였다. 무덤 자리는 과연 여왕이 예견한 대로 불교철학에 부응해 사천왕이 받드는 도리천(불교에서 말하는 천국)이기도 했다. 사후에까지 신라 국방의 전초기지 사천왕사를 앞세운 여왕의 기개가 드러나 보였다.

놀라운 것은 선덕이 건립한 첨성대에서 수학적인 어떤 선을 산출할 때 만나는 자리가 바로 여왕의 무덤 자리를 가리킨다는 한 관측연구였다. 한가한 능길 산책이 고도의 수학과 천문학,

법흥왕릉엔 햇살이 시냇물처럼 맑고 길에는 소나무 숲이 길게 뻗어 있었다. 무덤가의 제비꽃도 보았다.

◀ 2세기 일성왕릉은 저수지를 끼고 있다. 해질 무렵 저녁놀이
이곳에 비친다.

경주 낭산 꼭대기에 있는 선덕여왕릉. 여느 왕릉보다 산 정상에 위치해 있는 느낌이 강하다. 여왕은 생전에 자신이 불교의 극락 세계인 도리천에 묻힐 것을 예언했다.

철학, 군사가 어울린 시대사를 관통하는 것이다. 여왕은 태양열로 불을 일으키는 수정구슬도 지녔던 군주였다. 여느 왕릉처럼 굽어진 경주 소나무로 가득한 산속, 봉분만 있는 별 특징 없는 대지에 여왕이 누워 있었다. 기이한 것은 이곳은 나무숲 울창한 숲속으로 꽤 들어온 언덕임에도 불구하고 사방에서 들리는 자동차 소리 등 소음이 그대로 전달되어 다른 능에서 느낀 적막감은 전혀 없다는 사실이었다. 당연히 풍수에 문외한이지만 터가 뭔가 남다르다는 생각이 스쳤다. 여왕은 죽어서도 세상의 모든 소리를 듣고 알며 누워 있는 것인가? 진덕여왕릉은 거기서 좀 떨어져 아파트 동네 뒤 숲에 있었다. 신라는 진성여왕까지, 세 명이나 되는 여왕을 자주적으로 배출한 나라였다. 왕계 또한 한 가지 성씨만의 세습으로 이어지지도 않았다. 그런 점들이 신라를 삼국통일의 주역으로 이끌어간 힘의 원천이 되지 않았을까.

황룡사·미륵사의 패권경쟁

경주는 화강암의 천지라고 부를 수 있을 것 같다. 경주 유물들 대부분은 일정 부분 화강암이 쓰였다. 석굴암이 그렇고 수백 개의 탑과 불상, 건물의 초석, 왕릉의 돌, 우물과 석등, 돌다리, 불교 유적 등등이 돌을 썼기에 지금까지 온전하게 또는 파편으로라도 전한다. 기와는 어마어마한 분량의 개인 수장품부터 지금도 경주를 돌아다니다 보면 파편 한두 개를 얻을 수 있을 정도이고 평범한 민가에서도 오묘한 곡선 무늬가 새겨진 기와며 돌조각이 장식 삼아, 혹은 주춧돌로 박혀 있는 것을 볼 수 있다. 자원과 매장 문화의 대단함이 느껴지고 그 옛날 경주 서라벌의 인프라가 얼마나 대단했을지 실물 감각이 잡힌다.

"폐허를 답사하면서 봅니다. 제가 속한 지금의 오십 전후 학자층이 한국문화에 대한 독자적인 방법론으로 접근 연구하는 학계의 제1세대가 됩니다. 그전 선배 세대는 서양 학문을 소개하는 것만으로도 바빴고 그 결과 서양 것이 우리 취향과 다르다는 것을 알고는 조금 앞서 연구한 일본의 경우를 들이대보니 비슷하게 맞는 것들이 있다 싶어 그쪽 논리에 많이 기대었죠. 현장 답사를 중시하는 우리 세대의 관점으로 황룡사지를 본다는 것은 아무것도 안 남은 상태에서 터 위에 뭐가 있었던가 추측해보는 것이죠. 폐허에 혼자 앉아서 그간 발굴된 돌들을 기초로 불전의 크기가 얼마나 됐을까, 건축기법은 어떻고 그 옛날 조상은 어떤 용도의 건물을 얼마의 간격을 두고 배치했을까, 탑에는 어떤 기법이 쓰였을까, 중문 옆에 세워진 금강역사는 목조일까 소조일까 따져보곤 합니다."

경주대 문화재학과 오세덕 교수와 황룡사지를 산책했다. 동서 288미터, 남북 281미터의 황룡사 담장 안 2만 5천 평 대지는 돌무더기로 남은 경주 유적의 대표적인 장소이기도 하다. 주요 발굴이 끝난 뒤여서 건물군의 배치와 건축구조가 드러나 있지만, 건축에 대한 체계적 지식이 없는 일반에겐 그저 넓은 벌판에 큰 돌들이 박혀 있고 흙언덕이 좀 있으며, 9층탑 자리는 좀 높은 탑이 있었던 데인가 보다 하는 사실 이

위. 황룡사지 금당터와 그 앞의 9층탑지. 남산을 마주보는
자리에 입지했다.

아래. 황룡사 9층탑지 옆에 건축가 아비지 기념비가(왼쪽
끝) 세워졌다.

상을 넘어서지 못한다. 하지만 오 교수의 이야기를 들으며 본 황룡사지는 구석구석의 돌이 모두 제자리에서 생명력을 갖고 살아나며 건물이 지어지고 탑이 하늘 높이 솟았다가 무너지는 과정까지가 파노라마처럼 눈앞에 스쳤다.

황룡사는 553년 법흥왕 때 착공됐다. 경주는 동에 명활산, 서에 선도산, 남에 남산, 북에 금강산이 둘러싼 분지 안에 북천, 남천, 서천의 물이 사방으로 흐른다. 신라 초기엔 물과의 관계를 극복 못하다가 수리시설을 완비하면서 발전해 조양평야와 안강평야가 재원으로 확보됐다. 대외적으로 팽창하면서 무역도 했다. 좀더 국제적인 규모가 되고 당나라, 일본과도 교류했다.

분지 터에 왕성과 첨성대, 왕릉 등 중요시설이 모여 있고 황룡사가 그 중심축에 자리잡고 남문에서 시작해 중문·탑·금당·강당의 차례로 남북축 위에 세워졌다. 진지왕·진평왕대를 거치며 건물 배치가 결정되고 16자 높이의(5미터가량) 장육불상을 마련하였다. 선덕여왕 때인 645년 황룡사 9층탑이 완공되기까지 93년에 걸친 대공사였다.

수로왕비 허황옥의 역사 등 한반도에는 인도와의 의미심장한 관계 설정이 몇 개나 전해진다. 『삼국유사』에 적히기를 황룡사 장육불상은 인도 아소카왕이 완성하지 못한 장육불상의 의지를 신라가 받아 그 설계대로 완성했으며, 9층탑은 백제의 건축가 아비지가 도목수 2백 명을 지휘해 지었다고 했다. 9층탑이 주변 국가를 모두 정복할 야망을 담아 건축되는 등, 황룡사는 당시의 국제질서인 불교의 정수를 담아내며 왕권을 강화하는 국가사업이었다.

1976-1987년까지 12년에 걸친 발굴에서 황룡사 가람터, 사찰의 성격, 가장 큰 치미, 사리용구, 나와 있던 부재 등이 모두 수습됐다. 중요유물들은 경주박물관 황룡사지 특별실에 가 있다. 박물관에 들어가지 않은 돌무더기들이 있다. 출입문인 남문 바깥쪽에 모아놓은 돌만 보아도 초석뿐 아니라 기단, 기단면석, 간주석, 석등대, 돌확, 대추나무 쐐기를 박아 돌을 깬 자리, 불상을 세우기 위해 촉을 박은 흔적, 양쪽으로 기둥을 받치는 구조 가운데 들어가는 인방돌, 사방에 홈이 패인 돌이 보이고 석등의 팔각대 부재에는 창구멍이 남아 있다. 돌못이 쓰였다.

"현재 절터에는 초석 등의 잔존 유구를 통해서만 과거의 모습을 가늠할 따름입니다. 182센티미터의 대형 치미와 도굴됐다 찾은 사리함 유물, 금동불 입상, 구슬 등 무려 4만여 점의 유물이 출토되어 당시의 웅장한 규모를 짐작하게 합니다." 승려들의 생활공간, 저장고 등은 2021년 최근 발굴되었다.

5칸이나 되게 길게 지어진 남문으로 들어가 금강역사 있던 자리를 지탱하던 촉이 보이는 중문을 거쳤다. 남문은 단순히 출입을 위한 시설이고, 중문부터는 그 안의 탑과 금당·강당 등의 시설을 보호하기 위한 건축으로, 2층이나 3층의 중후한 건물이었으리라 한다. 석등이 있고 면석은 사라진 채 흙단만이 남아 있는 목탑지로 올라가는 계단 시설을 보았다.

"계단 오르기 위한 돌과 돌을 연결하는 장비가 은장, 나비장입니다. 쇠를 일자로 박지 않고 양쪽에 둥근 머리를 두고 돌끼리 연결하면 두 부분이 하나처럼 견고해지는 것입니다. 백제 건축의 요인이라고 하는 돌못의 대를 깊숙이 박아서 뒤채움을 강하게 하면 훨씬 더 견고해지는 것이죠. 돌은 기본적으로 ㄱ자처럼 이중 몰딩으로 치석하고 언덕은 면석으로 둘렀습니다."

"100퍼센트 비례감에 의지해 각 건물과 시설의 배치가 움직여가는 건축술입니다. 고대에서부터 조선시대 중층 건축에 이르기까지 모든 건축에 비례관계가 적용된 것이 보입니다. 예를 들면 백제 미륵사지는 상상을 초월하는 비례, 루트 2($\sqrt{2}$)부터 시작합니다. 미륵사지, 황룡사지의 공학적, 수리적 계산이 다 밝혀지면 엄청 흥미로울 것입니다."

연화대좌 위에 팔각형 돌이 꽂혀 석등대가 된다. 절에 있는 현존 가장 큰 석등은 화엄사 석등인데 황룡사 장육전의 석등은 그보다 더 컸을 듯하며 초석 크기가 80센티미터 정도는 돼

황룡사지 발굴에서 수습된 돌무더기.

야 황룡사 규격에 안정적으로 들어맞는다고 한다. 이 돌들은 어디서 가공했을까. 오세덕 교수는 이렇게 말한다.

"사찰에 와서 직접 가공했습니다. 왜냐하면 건물마다 초석 높이가 다 다른데 이는 초석을 현장에서 적당하게 땅에 묻고 난 뒤에 가공했음을 알 수 있거든요. 황룡사는 늪을 메워서 절터를 마련했습니다. 무수히 많은 판축과 기반시설이 있고 달고질을 했을 것이니 그 정성은 말할 것도 없습니다. 『경국대전』에 장인 조직에 대해 나옵니다. 서라벌에서 황룡사를 지을 당시에도 완전한 장인 조직이 완비돼 있었을 것입니다. 『삼국유사』에 정확히 17만 8천9백36호의 가구가 있어 35금입택(대저택)이 있었고 집집의 기와지붕이 연결되어 불국사까지 뻗쳐 있었다 합니다. 집은 150년 되면 개보수해야 합니다. 경주의 그 많은 집을 개보수 유지하는 데는 기와전문·돌전문·초석전문 장인이 있고 나라용·민간용 개보수 작업에 달리 조직을 갖고 존재했을 것입니다."

금당은 바깥 기둥, 안기둥 해서 이중으로 된 내외진 구조이다. 금당 정면에 보이는 산은 5개 이상 21능선이 겹쳐 보인다. 입지 선정에 그런 것도 고려해 택했을 것이라는 설명이다. 금부처가 있는 주건물을 고대에는 모두 금당이라 불렀고 조선시대에는 대웅전·대적광전 등으로 불렀다. 황룡사의 금당은 장육상 부처 셋을 중점 봉안키 위해 앞면이 9칸, 옆면이 4칸인 기다란 집으로 높이는 2층이나 3층으로 30-40미터쯤 됐을 것으로 본다. 지금 서울의 남대문이 전면 4칸, 측면 2칸의 건축이니까 황룡사 금당은 이보다 몇 배나 더 큰 건물이었다. 당연히 그 안에 있는 불상은 장육(16척)을 넘는 십수 미터 크기에 달했으리란 것이다. 건축학자 정인국은 그의 박사논문 『한국건축양식론』(1974)에서 금당 정면 9칸은 126동위척, 측면 4칸은 56동위척이라고 밝혔다.

"금산사 미륵전 3층 건물은 20미터 높이인데 불상은 10미터에 달합니다. 황룡사의 30-40미터 높이 금당 안에 들어가는 불상은 기록에 장육(16척; 5미터가량)이었다지만 그 치수로는 답이 안 나와요. 전체 높이가 10미터가 넘는 불상이 당연해 보입니다. 그 옆에 한 세트를 이루는 10대 제자와 금강역사 등이 있던 자리의 초석들이 있고요."

이런 금당 외벽에는 화가 솔거가 소나무를 그려놓았는데, 새들이 진짜 나무인줄 알고 앉으려다 벽에 부딪혀 떨어졌다는 이야기가 전한다. 불상과 사리함을 만든 예술가·석공·기와공·노반공·화가·수학자, 그 외 불교미술을 떠받치는 얼마나 많은 인력들이 동원되었을지 짐작된다.

금당 뒤에 강당이 들어섰다. 금당 안에는 사람들이 많이 못 들어가니까 사람들이 들어가서 적극적 활동하는 곳으로 금당 뒤에 강당을 따로

지어 수용했다. 고려시대 절건축에 와서는 강당이 금당의 앞으로 나가 영주 부석사 안양루 같은 이름으로 건축됐다. 강당의 역할은 예나 지금이나 같다. 황룡사지 강당에 설법하는 스님이 올라앉는 사자좌 터가 남았다. 강당 주변으로 회랑이 돌아간다. 회랑 자리는 기본적으로 영역을 표시하는 구획성의 건축구조이다.

구황동이란 이 지역 이름은 황(皇)자가 들어가는 절 9개, 황복사·황룡사·분황사 등이 있어 붙여진 이름이다. 여기는 절터들이 연속된다. '절들은 하늘의 별처럼 많고 탑은 기러기 날아가듯 줄지어 있다(사사성장 탑탑안행)'는 표현이 이런 걸 두고 한 말인가 싶게 절이 많고도 많다. 1백20여 신라시대 절 가운데 불국사·석굴암·분황사·기림사 다섯 곳의 절은 지금까지 법등이 전해져 온다. 황룡사지에 이어붙은 분황사에는 최초의 탑이 들어섰고 미탄사 탑도 보인다. "그때 불교를 견제할 세력도 없었어요." 오교수의 말. 그 옛날 신라인들은 절을 이렇게 많이 지으면서 무슨 생각들을 했을까. 지금은 흔적만 남은 이곳은 이런저런 역사의 장면을 떠올리며 적당히 산책하기 좋은 곳이다.

절의 영역이 불분명해 분황사와 잇대어진 자리에는 돌거북이 받치고 있는 거대한 당간지주

◀ 황룡사지 당간지주. 돌거북을 바탕으로 하고 있으며 커다란 우물이 같이 있다. 황룡사 용이 이 우물에서 나왔다던가.

가 있고 커다란 네모 우물도 있다. 황룡사 창건의 계기가 된 용이 이 우물에서 나왔을까? 돌무더기만 보다가 다행스럽게도 제자리에 온건하게 남아난 돌거북과 당간지주, 아직도 물이 넘치는 우물은 힘을 느끼게 했다.

"돌거북은 불상과 똑같은 역사를 겪었습니다. 조선시대 유교의 불교 탄압, 기독교, 일제의 훼손 등으로 절터에 남은 돌거북은 대부분 머리가 잘려나갔어요. 왕릉 앞 돌거북 머리는 그래도 더러 남았지만요. 신라 불교유물은 경제적인 것보다 신앙적인 면이 강했다는 것을 체득합니다. 돌 하나하나가 다 감탄스런 물건입니다. 진짜 좋아서 신심을 다해 만드는 것은 작품이 다릅니다. 경주 돌은 전부 화강암입니다. 끌이 튀어나갈 만큼 단단해서 가공하기 어려운 것인데, 그토록 수난을 많이 당한 돌거북도 화강암이라 이제껏 남아 있습니다."

신라 삼보 중의 하나이던 9층목탑은 사리봉안이 가장 중요한 목적이니 탑의 지하에 사리를 봉안하는 장치를 했다. 『삼국유사』에 황룡사 탑이 225척으로 기록됐다. 당척(29.8cm)으로 하면 65미터, 고려척(35cm)으로 하면 80미터이다. 64개의 주춧돌이 놓인 가로·세로 47미터의 정방형이고 상륜부까지 포함해 높이는 5층 건물 높이에 해당하는 78-80미터로 보는 게 일반적 견해이다. 고려시대 1238년 불타기까지 593년을 버텨왔으나 그 후 다시는 재건축되지 못한

55

황룡사 9층탑 자리의 주춧돌과 가운데 중심 기둥을 세웠던
자리를 훼손 방지차 막아놓은 30톤짜리 돌.

채 지금까지 초석과 1개의 심초석만 남은 유적지로 전해온다.

심초석 있던 부분을 막아놓은 큰 돌은 몽골군이 탑을 태운 뒤 그나마 사리공을 보호하기 위해 나중에 덮은 돌로 보인다. 1964년 악명높은 전국 규모의 도굴꾼 일당이 심초석을 덮은 10톤 무게의 돌을 들어내고 사리 장치를 몽땅 도굴해 갔다. 이후 이들 도굴꾼들이 석가탑 도굴까지 시도하다가 체포됐는데 그 일당 중 국립경주박물관에 근무했던 도굴꾼도 있어 황룡사지 사리 유물 도굴도 이들 일당의 소행으로 밝혀지면서 간신히 장엄구를 되찾았다. 사리함과 사리는 못 찾았다. 심초석은 그 뒤 30톤 돌을 가져와 막았다. 심초석 주변 바닥에는 절의 큰 나무기둥을 지지하던 시설 흔적으로 둥근 원 자국이 패어 있다.

황룡사에는 수많은 관련자들과 이름이 간혹 알려지기도 하고 익명이기도 한 예술가들이 언급된다. 법흥, 진지, 진평왕을 이어 선덕여왕, 자장율사가 기획자이고 백제 건축가 아비지(阿非知)가 지상에서 바로 80미터 높이로 올린 건축물을 완성시킨 장본인이다. 그가 동시대 천문상수를 아로새긴 건축인 첨성대도 같이 시공했다고 보기도 한다. 2백 명의 휘하 장인들이 있었다. 경덕왕대인 754년에는 무게가 49만 7천5백81근이 나가는 황룡사 대종을 만들었는데 나중에 몽골군이 약탈해 가려다 바다 어디에서 배와 함께 침몰했다고 한다. 감은사와 동해가 이어지는 대종천에선 지금도 큰 파도가 칠 때면 종소리가 들려왔다고 전해지는데, 2013년에는 한 어부가 경주 감포 앞바다 수심 25미터 지점에서 높이 2미터가량의 대형 청동종을 발견했다는 소식이 있었다. 대종천을 따라 흘러갔다는 종소리의 종의 실제가 언제고 확인될 수 있을 것이다.

『삼국유사』의 저자 김일연 스님은 9층탑에 부쳐 "탑을 세운 뒤에 천지가 형통하고 삼한이 통일되었으니 이것이 어찌 탑의 영검이 아니겠는가." 하고 황룡사 장육불상과 함께 9층탑을 기리는 글을 남겼다.

〈장육불상을 기린다〉
속세 어느 곳인들 참 고향이 아니랴만
향화(香火)의 인연은 우리나라가 으뜸일세
이것은 아육왕(阿育王; 인도 아소카왕)이 착수하지 못한 것이 아니라
월성(月城) 옛터를 찾느라고 그랬던 것일세

〈9층탑을 기린다〉
귀신이 부축한 듯 제경(帝京)을 누르니, 휘황한 금벽으로 대마루는 움직인다.
이에 올라 구한(九韓)만의 항복을 볼 것이랴, 건곤(乾坤)이 평안함을 비로소 깨달았다.

오늘날에 와서 황룡사와 9층탑은 새로운 과제를 현대인에게 던진다.

"9층탑의 복원 이야기가 가끔 나옵니다. 그러기 위해서는 복원공사의 실제 난관부터 해결해야 합니다. 새로 짓자고 쉽게 말하지만 건물 하나를 완성하는 데 드는 어마어마한 목재 수급이 지금은 거의 불가능합니다. 1970년대에 콘크리트 탑으로 복원하겠다던 시도가 있었는데 그랬으면 아마 황룡사지 기단부의 초석도 다 망가지고 지금 아무것도 남지 않았을 것입니다. 콘크리트 복원 계획이 무산된 게 얼마나 다행인지 모릅니다.

건물이 2층이면 높이가 대략 20미터여서 중심기둥 하나로 충당되지만 황룡사탑은 건물 부분만 60미터가 됐을 것이고 그렇다면 중심기둥 20미터 길이의 큰 목재가 3-4개 필요하다는 계산이 나옵니다. 지금 경주에는 이런 나무가 없고 전체 건축에 쓸 나무를 얼마나 베어야 하느냐면 우선 1층 기둥으로만 10미터 길이의 목재기둥 49개가 들어가니까 이 기둥을 중첩시켜 2층 연결하는 데만도 49제곱, 약 250개 목재기둥이 우선 들어갈 것입니다. 그 기둥 위에 올라가는 서까래는 기둥보다 더 큰 목재 2개를 연결해서 7칸 7개 서까래가 완성됩니다. 기타 수많은 부분에 들어갈 나무기둥은 이루 말할 수 없어 복원이 감당이 안 돼요."

"몇 년 전 서울 남대문이 불타 중수할 때도 양질의 나무를 구하지 못해 엄청 애를 먹었었지요. 그래서 1층은 돌로 쌓고 2층만 목재 구조로

1/10 모형인데도 성인 남자보다 큰 황룡사 9층탑 모형.

복원한 것만 봐도 나무의 수급이 얼마나 어려운 일인지 알 수 있어요."

9층탑은 이후 여러 번 중수를 거치며 솟아 있다가 몽골군이 쳐들어왔을 때 7일 밤낮을 탔다고 한다. 그만큼 나무 부재가 많았던 것이다. 백제 익산 미륵사의 3탑 중에서도 목재 9층탑은 일찍 사라지고 9층 돌탑만이 허물어진 상태로 남아 있다가 현대에 와서 복원되었다. 건축사에서 9층탑은 이 시대 이후 건축되지 못했다. 지금은 속리산 법주사에 임진왜란 때 불탄 것을 1624년 새로 지어 남아 있는 조선시대 5층 목탑 팔상전이 탑 중 가장 높은 것이고 보면 팔상전

이 얼마나 귀한 건축자산인지가 실감나는 것이다. 황룡사 폐허에는 9층탑을 건축했던 아비지를 기리는 기념비가 서 있다.

"7세기 한반도에서 삼국이 각축전을 벌일 때 황룡사와 비슷한 시기의 건축으로 3금당 3탑 구조의 익산 미륵사는 백제인의 승부처였고, 3금당 1탑 구조의 경주 황룡사는 신라인의 승부처였습니다. 단순한 엔지니어링을 넘어서 종교적으로 이런 불사를 일으켜 저마다 통일해보겠다는 야심이 들어갔던 종교건축입니다."

백제 무왕 때의 국가사업으로 건축한 미륵사와 황룡사는 비슷한 이야기가 많아서 두 절 모두 용이 나타난 전례를 지닌 늪지를 메우고 치밀하게 배수 처리를 한 평지에 지어졌다. 639년에 완공된 미륵사는 황룡사보다 훨씬 규모가 커서 절터와 석탑 모두 아시아 불교문화권 최대의 규모를 지닌 곳이었다. 이곳은 3금당 3탑의 양식을 따라 지어졌지만 미륵사의 영광은 오래가지 못하고 무왕의 아들 의자왕대에 백제가 멸망하면서 미륵사의 영화도 사라졌다. 전란으로 황룡사의 9층 목탑도 모두 불타 사라졌다. 그래도 미륵사지는 목탑이 석탑으로 바뀌어가는 과정을 말해주는, 돌을 목재처럼 다뤄 조성한 9층 석탑 하나가 반쯤 무너진 채로나마 남아 있다가 근래에 복원되었다. 두 절 모두 그 옛날에는 지극한 문물을 뽐냈으련만 지금은 모두 폐허가 된 채 각각 경주문화권과 백제문화권을 상징하는 사적으로 남았다.

제2장
신라 경주의 천문연구

금척리 고분군과 배상열의 혼천의

영천-경주 간 국도를 지나던 2010년 늦가을 밤에 경주 건천읍 금척리 고분군을 처음 보았다. 가로등 하나 없는 허허벌판에 크고 작은 고분들이 산재해 있었다. 금척리 30여 고분군 한가운데를 뚫고 뻗은 오래된 2차선 국도로 달리는 중이었다.

민가도 안 보이고 깜깜한 도로에는 7-8분 동안 지나다니는 다른 차가 하나도 없었다. 사람은 사진가 이순희 씨와 나 두 동행뿐이었는데, 긴장해서 숨이 막혀 아무 말도 안 하고 그곳을 지나쳤다. 자동차 불빛에 언뜻 보이는 고총들은 어둠 속에 비밀과 함께 감춰진 듯 보였다.

그것은 야간 조명을 환히 밝혀 화려하게 보이는 경주 시내 대릉원의 왕릉들과는 달랐다. 그 후 금척리 고분군의 놀라운 비밀을 알게 됐을 때 밤에 지나던 아찔한 기억은 추억이 되어 이곳에 다시 가보고 싶은 생각이 굴뚝 같았다. 국가통치권의 상징으로 고조선 부루단군 때도 있었고 박혁거세 임금이 지녔다던, 금척이 이곳 고분들 중 어느 하나에 묻혀 있다는 것이다. 금척은 고대국가의 제왕들에겐 나라를 경영해갈 근본자산인 천문도구였을 것임이 쉽게 상상된다. 쉽게 떠올리는 기다란 평면 자막대가 아니라 둥근 구 모양에 황도 등 천체의 움직임이 계산되어 표시된, 천문의 이치를 알게 하는 도구, 조선 태조 이성계가 대동강에서 찾아낸 고구려 천상열차분야지도와 맞먹는, 조선시대에 와서도 왕과 세자가 머무는 궁궐 거처에 반드시 설치되어 있는 해시계 같은 류의 시설이었음에 틀림없다. 신라의 금척과 옥적, 그리고 선덕여왕이 지녔던 화주(火珠: 태양으로부터 불씨를 얻는 수정 돋보기)를 두고 신라의 삼기(三奇) 또는 삼보라고 한다. 선덕여왕은 가까이에 이런 태양의 초점을 모아 불 지피는 천문도구 렌즈를 지녔던가 보다. 선덕여왕을 흠모하다가 가슴에 불이 지펴 죽어서 불귀신이 되었다는 지귀의 이야기가 그런 화주와 관련된 것 아닐까 한다.

박혁거세의 금척 이야기는 신라 눌지왕 때 정치가 박제상이 지은 역사책 『징심록』에(주: 전체 원본은 소장자 박제상의 후손 집안이 6·25 때 북에

영천-경주간 4번 국도 양옆에 있는 금척리 고분군. 이중 어디 박혁거세 임금의 금척이 묻혀 있을까? 2차선 도로에 오토바이 한 대가 지나갈 뿐 한가한 이곳은 관광객에게 많이 알려진 장소가 아니다.

두고온 이후 전해지지 않음. 『징심록』을 구성하는 15지 중의 제1지인 『부도지』만 후손 박금 씨가 복원해 1986년 김은수 역으로 출판됐다) 처음 나온다. 박혁거세가 '금척과 옥적의 이치를 따라 다스렸다'고 했는데, 박제상의 아들 박문량(백결 선생으로 널리 알려진 거문고 음악가)이 후일 『금척지』란 글을 써 『징심록』에 덧붙여서 한 책처럼 언급된다. 『금척지』 또한 전하지 않지만, 제왕의 통치도구 금척에 관한 것이었을 듯한 인상을 준다. '금척으로 죽은 사람도 살리고…'라는 표현도 있다.

금척에 관한 철학적이고 미묘한 수리(數理)는 『징심록』과 『금척지』를 읽은 조선 초 지식인 김시습의 「징심록 추기」에 있다. 경주의 다른 이름, 동경(東京)에 관한 조선 중기의 인문지리

서 『동경잡기』에는 박혁거세의 금척이 어떻게 고분 속에 묻혔는지 그 전말이 나온다. 금척을 탐내는 중국에게 "땅이 크다고 교만한 외국에 국가의 보물을 내줄 수 없다." 하고 조정의 의견을 정해 안 뺏길 방책을 생각, 땅에 묻고 똑같은 무덤을 여러 개 만들어 감춰버렸다. 후일 백제를 멸망시킨 나당연합군의 당나라 장군 소정방이 어떻게든 금척을 파내려는 무력 시위에도 "못 주겠다. 공사한 사람이 죽어 어느 무덤에 묻었는지 모른다."라고 버티는 외교자세가 보인다. 금척은 어떠한 경우에도 나라 밖으로 내놓을 수 없는 것이었다.

신비로운 것은 금척의 존재에 대해 오직 박제상의 집안만이 알고 대를 이어가며 『징심록』과 『금척지』를 지켜왔다는 것이다. 신라 삽량 태수

박제상은 용맹스럽고 지략이 있으며 언변이 좋았다. 내물왕 사후 실성왕이 어린 조카 눌지의 왕좌를 빼앗고 아우인 복호와 미사흔은 고구려와 왜국에 인질을 보내 경쟁자를 제거하고 왕위에 올랐다. 박제상 등이 반정에 성공, 실성왕을 내쫓고 눌지왕에게 왕위를 찾아주었다. 그는 눌지왕 즉위 후, 고구려에 가 있던 왕의 동생 복호(혹은 복해)와 왜국에 가 있던 미사흔(혹은 말사흔, 미해)을 구해내는 임무를 완수하고 자신은 왜왕의 신하 되기를 거부하다 죽임을 당했다.

『징심록』을 남긴 박제상에겐 금척의 존재나 고대사의 내력 같은 특별한 국가적 정보를 보존할 지킴이의 중책이 주어졌던 것 같다. 이를 엄중하게 지키는 일이 조선조에 이르러서도 집안 대대의 운명이 되었지만 신라 이래 오랜 세월이 지난 이때가 되면서는 이미 금척에 대한 해득이 불가능해진 때였다. 세조 때 왕권을 두고 험악한 정세가 되자 박제상의 후손은 『징심록』과 『금척지』를 두 책을 가지고 강원도 김화로, 더 나중에는 함경도 문천으로 숨어들어가 살았는데 그후 6·25로 남북이 갈라지면서 종손조차 찾아갈 수 없는 땅이 되었다. 두 책이 어떻게 되었는지는 모른다. 북한에 남은 영해 박씨 집안에 혹시라도 그 유물이 온전히 전하는지 알 수 없는 일이다.

김시습은 박제상이 구해온 왕자 복호가 그의 선조인데다 어려서 이웃 살던 박제상 종가 인물을 스승 삼아 수업받아 이들과 인연이 깊었다. 그는 1455년 단종 폐위를 겪고는 벼슬을 버리고 김화로 들어가는 박효손을 따라가 『징심록』과 『금척지』를 읽고 「징심록 추기」라는 글로 금척에 관한 유래와 형상, 논평 등을 기록했다. 다음은 그 책에서 인용한 금척관련 글의 일부이다. 김시습의 글을 굳이 인용하는 것은 당대 최고의 지식인인 그의 기록이 대중적인 설을 넘어 신뢰할 수 있으리라 생각해서이다.

"사록에 의하면 혁거세왕이 미천할 때에 신인이 금척을 주었다고도 하고, 금척과 옥적이 칠보산에서 나와 혁거세왕에게 전해졌다고도 한다. 칠보산이 만일 백두산 아래 명천부에 있는 것이라면 이는 반드시 옛날의 일이리라. 금척의 법이 또한 단군의 세상에 있었음을 알 수가 있는 것이다. 혁거세왕이 13세의 어린 나이로 여러 사람의 추대를 받은 것은 그 혈통의 계열이 반드시 유서가 있었기 때문이며 금척이 오

경주 기림사에 있는 김시습 초상. 박제상의 후손과 깊은 친분을 맺었던 그는 『징심록』과 『금척지』를 읽고 금척에 관한 기록을 남겼다. 김시습은 혁거세가 금척을 지닌, 단군으로부터 유래된 혈통이기에 어린 나이에 왕으로 추대됐으리라고 한다.

래된 전래물임을 알 수가 있는 것이다."

"금척의 법은 세상에 드러나지 않고 오직 박제상의 집에만 전해졌는데 이는 반드시 파사왕(5대 신라 임금. 박씨)이 전했기 때문으로, 이 집안에 내려오는 금척 전설이 많아도 후손들은 엄중하게 비밀에 부쳐 『징심록』을 세상에 보이지 않았다."고 한다.

"금척의 소재는 박문량의 『금척지』에도 밝히지 않았다. 사록에 의하면 이미 박혁거세 때에 금척을 땅에 묻고 38개의 언덕 같은 무덤을 같은 장소에 만들어 감추어버렸다.

신라가 백제를 평정한 후 당나라가 계속 신라마저 침범하려고 출병했으나 신라 국경의 바다에 닿을 때마다 일기가 괴상하여 군사들이 병들고 군세가 약해져 매번 싸워보지도 못하고 패하니 당나라가 이를 이상하게 생각했다. 사신이 와서 신라에 무슨 신기한 물건이 있어 그런 것인가 살피고 갔다. 당나라 장수 소정방이 금척리 일대를 파내므로 어떤 사람이 이를 감춰 가지고 후일 금강산으로 들어가 깊이 감추어버렸다고도 하니 이 또한 기설인 것이다. 기타 신라 때의 허다한 금척 관련 기설이 뒤섞여 그 진위를 가려낼 여유가 없음이 애석할 따름이다. 옥적은 이미 땅속에서 나왔으니 금척도 다시 나타날 때가 있는 것인가."

김시습은 "지금 박제상의 종가 일을 보는 후손도 사라지고 여러 집이 흩어지니 … 금척의

수리(數理)를 풀어볼 수 없게 된 지 오래되었다. 내가 일찍이 『금척지』를 읽었으나 그 수사가 매우 어려워서 알 수가 없었다.

금척의 근원이 매우 멀고 그 이치가 매우 깊숙하다. 형상은 삼태성이 늘어선 것 같으니, 머리에는 불구슬(火珠)을 물고 네 마디로 된 다섯 치 길이다. 그 허실의 수가 9가 되어 10을 이루니 이는 천부(天符)의 수이다. 대저 그 근본은 곧 천부의 법이다. 그것을 금을 가지고 만든 것은 변하지 않게 하기 위한 것이요, 자로서 제작한 것은, 다 같이 오류가 없게 하기 위한 것이었다. (중략)

금척의 소재와 척도의 측법을 비록 지금 알 수 없으나, 『금척지』만이라도 남아 있는 것은 다행한 일이다. 만일 후인이 연구하여 아는 자가 있게 된다면 어찌 금척을 복제할 길이 없을 것인가. 만약 복제하지 못하더라도 그 법리를 알면 족할 것이다."라고도 썼다(박금, 김은수 지음 『부도지』에서 인용).

흥미로운 것은 고려 때 현종도 이 금척을 두고 강감찬으로 하여금 박제상 후손을 찾아보도록 했고, 이성계의 조선 건국과 세종대에까지 영향을 미쳤다는 것이다. 이태조가 꿈에 금척을 보고 난 뒤 위화도에서 회군을 결심했다는 언급이 '용비어천가'에도 있다고. 세종대왕은 박제상의 집안을 두루 구제해 성균관 옆에서 살게 하고 병조판서 벼슬을 주었지만 이들은 얼마 안

눈금 사이로 그려진 28수 별자리가 보인다.

위. 천문학자 배상열이 1778년에 만든 선기옥형(혼천의).
경북유형문화재 제535호. ⓒ 한국국학진흥원

아래. 배상열이 만들어 쓰던 해시계. ⓒ 한국국학진흥원

가 서울을 떠나 깊은 산속으로 숨어들어 갔다.

김시습은 "이 법이 역대 우리나라에 공이 있었다고 할 수 있으며…, 태조가 꿈에 금척을 얻은 것이 어찌 우연이겠는가. 세종대왕이 박제상의 후손들에게 지극한 정성을 보인 것은 당연한 바가 있으니, 하물며 훈민정음 28자의 근본을 『징심록』에서 취했음에랴."라고 했다.

2014년 민속박물관의 기획전에서 조선 정조 연간의 천문학자 배상열(裵相說; 1759-1789)이 제작한 '선기옥형(혼천의)'(璿璣玉衡;渾天儀)를 보았다. 십자형 받침대 위에 대나무로 제작된 10개의 천체궤도가 원형을 이루며 교차하고 대나무테를 한지로 감싼 뒤 그 위에 눈금과 별자리 28수를 표시했다. 이런 별자리 표시가 적혀 있는 혼천의는 배상열의 이 기구가 동아시아에서 유일하다.

해·달·별의 운행을 추적한 이런 궤도의 교차를 통해 해와 달이 뜨고 지는 시각, 별자리 위치

67

등을 정확히 관찰할 수 있다. 이런 것이 금척 아니었을까. 국가기관도 아닌 개인이 제작한 천문 관측기구로 유일하게 남아 전하는 귀중한 유물로 경북도 유형문화재 제535호이다. 이 혼천의는 경북 봉화 사람 배상열이 19살에 처음 만들어 25살 때 보수한 것임이 기구에 문자로 적혀 있다. 문자학, 수학, 천문, 지리, 율려에 정통했던 그는 여러 저서를 남기고 29살에 요절했다. 그중 훈민정음과 초중종성의 소리 연구를 다룬 『서계쇄록(書計鎖錄)』은 2018년에 충북대 서계원 교수의 해제로 발간되었다. 돌로 만든 해시계도 전하며, 천문과 땅을 측량하던 지상의 장소 직방당(直方塘) 연못 등이 경북 봉화에 사당과 함께 남아 있어 후손들이 잘 보존해 왔다. 논 한가운데 6평 남짓한 직방당 연못은 삼각법을 이용, 고도를 측정해 전답 면적 계산을 하는 데 이용됐으며, 낮에는 해시계로 시간을 측정하고 밤이면 별자리를 관측한 장소였다. 이곳을 지키는 후손 배기면 씨에 의하면 원래는 네모나던 것이 주변 논에 휩쓸리며 모양이 일그러지자 1990년대에 둘레석을 쌓았다고 한다. 이 연못 또한 한국 천문학 연구의 한 좌표가 될 현장으로 보존될 만하다.

옥적(玉笛) 또한 기장 쌀알을 갖고 계산하는 도량형의 구실을 했다고 들었다. 도량형에 대해선 현대에도 국제표준기구가 있을 만큼 중히 다뤄진다. 도량형은 경제 내지 국가의 부에 직결

천문학자 배상열이 삼각법을 이용해 전답의 면적과 시간, 별자리를 관측하던 봉화 석평리의 연못 터 직방당. 배상열의 후손 배기면 씨가 연못을 살펴보고 있다. 6평이 넘는 면적은 연못으로 원래보다 줄어든 규모이며 안쪽에 30여 년 전 쌓은 석축이 둘려져 있다. 배상열을 기린 녹동이사 서원 건물이 주변에 있다.

되는 것, 왕권과 직결된 것이기도 하다.

경상북도 상주에는 은척리라는 곳이 있다. 어떤 사람 말로는 지방호족의 권력을 상징하는 것은 은척이고 중앙 임금의 권력을 말하는 것은 금척이어서 금척은 경주에 있고, 은척은 상주에 묻혀 지명이 남았다는 것이다.

2010년 11월중 경복궁 고궁박물관에서 '베트남 마지막 황실의 보물' 전시회가 있어 가보니 왕의 도량형으로 1미터 길이의, 검은 옻칠한 나무 재질에 화사한 자개무늬를 박은 고상한 자가 하나 나와 있었다. 도톰하게 두께가 있고 주척 등 세 가지 척이 둘러가며 새겨져 있어 도량형의 국제적 표준 같은 것이 어떻게 통용되나 생각하게 했다.

2010년 12월 중순 금척리에 다시 갔다. 이번엔 낮에 가까이 다가가서 보는 길이었다. 주변 지명부터가 여간 예스럽지 않다. 건천 가까이 '알마을'이 있었다. 박혁거세의 알인가? 아무도 왜 거기가 알마을인지 모른다고 했다. 거기서 얼마 안 떨어져 모량이란 옛 신라 지명이 간판에 띄엄띄엄 나왔다. 불국사와 석굴암을 지은 김대성이 여기 출신이고 몇 명이나 되는 왕비가 나온 번화한 곳이었다가 후백제 견훤의 침략을 받고 신라왕이 죽임당하면서 신라 멸망과 함께 피폐되었다.

근대 들어 모량마을에서 자란 시인 박목월의

글은 당시의 산천을 그대로 대하는 것처럼 아련하다. 지금은 넓은 길이 신경주역에서부터 이곳으로 이어진다. 후백제 군사가 쳐들어왔던 이 길로 지금은 서울도 두 시간이면 오간다. 길가엔 모량초등학교, 모량 돼지갈비집도 보인다. 금척리에 가까워지는 이런 이름들이 정다웠다.

금척리 고분군은 단석산 줄기와 서형산, 구미산이 낮게 드리운 사이로 30여 고분이 2만 평쯤 되는 벌판 평지에 흩어져 있다. 같은 평지에 쌓아올린 대릉원 고분들보다 크기가 훨씬 작다. 그렇지만 여기 고분이 1천5백 년 이상 손보지 않은 것이라면 원래는 이보다 더 굉장했으려니 싶다. 위낙은 52기가 있었다고 하는데 어이없게 한가운데로 국도가 뚫리면서 길 양옆 동서로 분리되었다. 경주에는 이렇게 유적지 한가운데로 무자비하게 뚫린 길이 몇 군데나 있는데, 그 의도가 심상치 않다.

1952년 전란 중 대구-경주간 도로 확장으로 파손된 무덤 두 기가 발굴되어 금제 귀걸이, 은제 허리띠, 곡옥 등의 유물이 나왔다. 적어도 여기 고분이 아무것도 없는 언덕인 것만은 아닌 듯하다. 봉분이 다 깎여나가 납작해진 것도 있고 어떤 곳은 모서리 한 부분만 남기도 했다. 뚜렷하게 모양새가 갖춰진 큰 무덤은 20여 개 정도였고 동쪽에 몰려 있었다. 그런데 요즘 사람들이 여기다 개인무덤을 새로 만들어 붙여놔서 여기저기 혹처럼 보였다. 경주를 보는 동안 문화유적지에 기생해 덧붙여진 이런 무덤들이 많았다.

이곳도 봄여름이면 들꽃들이 가득 피어나지만 겨울에 보니 시든 풀들은 거무죽죽하게 변해 무덤을 뒤덮고 있어 봉분에 떼를 입히고 정성들여 손질해 노랗게 빛나는 경주 시내 대릉원의 왕릉과는 달리 어두워 보였다. 풀이 무릎을 덮도록 크게 자라 뱀이 나올 것 같았다. 이 구역에 있던 인가들은 모두 정리된 듯 무덤들만이 고요히 솟아올라 있었다.

대낮인데도 길은 한가하고 벌판은 텅 비어 있었다. 꾸밈없고 쓸쓸한 분위기가 진짜 폐허 같아 보였다. 하지만 금척의 굉장한 이야기가 간직된 곳이라는 점이 이곳을 흥미롭게 한다. 무슨 근사한 영화로 꾸며질 것 같은 상상도 된다. 이 또한 한국의 매혹적인 인문자산이다. 낮에는 산책하기 좋고, 밤에는 주변의 도로들과 이어져 무섭게 적막한 길이 색다른 분위기를 느끼게 하는 장소이다. 조명이나 현대건축 같은 문명이 덜 가해져 있어 경주의 원초적인 모습이 가장 리얼하게 남아 있는 자리인지도 모른다.

경주에는 박혁거세의 유적으로 나정과 오릉이 있다. 박혁거세의 몸을 여러 부분으로 나누어 묻었다는 오릉은 그 넓이가 반월성 왕궁보다 넓지만 능과 우물만 있고 그의 통치권을 말해주는 금척에 관련된 아무것도 눈에 띄지 않았다. 그의 능이 하나가 아니라 여러 개라는 사실이 금척리 고분과 상통하는 무슨 의미라도 지닌 것일까.

영해 박씨네 홈페이지에는 대마도로 제례 올리러 가는 일정이 있었다. 아마도 박제상의 제례려니 싶다. 경주와 울산 경계 치술령에는 박제상의 처가 동해바다를 내다보며 돌아오길 기다리던 장소가 있고, 경주 남천 벌지지라는 곳은 집에도 안 들르고 떠나간 무정한 사람 박제상을 그려 주저앉아 울던 장소라 한다.

금척의 역할은 전 우주를 꿰뚫는 거대한 천문 기상학의 영역으로 들어갔다. 그렇지만 그 이전부터 우리에겐 단군 이래 금척을 지닌 독립국가 고조선과 금척을 묻어 보존한 신라고분이 있고, 박제상 같은 지킴이와 후손이 있고, 김시습 같은 지식인의 책도 있고, 천재 천문학자 배상열 조상이 제작한 옥기선형(혼천의)과 유고가 있다. 신라에는 첨성대가 있고 선덕여왕은 태양의 불씨를 얻는 수정 구슬을 지니고 다녔다. 고구려와 조선 태조는 천상열차분야지도를 지녔다. 백제에도 분명 뭔가 있었을 것이다. 언제고 발굴되어 나타나기라도 할 것인가. 서울의 경복궁에 가면 임금과 왕세자의 거처마다 앙부일귀 해시계를 설치한 것이 보인다. 광화문광장의 세종대왕상 앞에 놓인 상징 조각 또한 혼천의와 해시계, 측우대다.

금척은 그 중후한 존재를 후대의 역사에도 전했다. 대한제국 때인 1900년에 제정된 최고훈장

71

금척리 고분군에는 봉분이 뚜렷한 무덤 옆에 납작해진 무덤까지 30여 고분이 평지에 한꺼번에 모여 남아 있다. 쓸쓸한 장소지만 극적인 금척 이야기가 역사의 뒷면을 관통해 길게 이어진다.

금척대수장을 패용한 황룡포 차림의 고종광무황제. 1902년 해외에 소개된 사진. ⓒ 고궁박물관

금척대수장을 패용한 순종 황제. ⓒ 고궁박물관

이름이 금척대수장(金尺大綏章)이었다. 1902년 고종황제가 황룡포에 이 금척장을 패용하고 덕수궁 중화전 어좌에 좌정해 있는 사진이 전한다. 고종의 사진 중 대한제국 황제로서의 위엄과 한국적 아름다움이 왕좌의 전체적 구도 안에 여실하게 나타나 있는 사진이다. 이 당시에 안

무 된 궁중무용 중에 「금척무」도 전한다. 금척은 한국사 전체를 관통하며 정치로, 예술로 살아 있었다. 그런데 이 훈장을 받은 사람들 중에는 어이없게도 이완용과 일본인 이토 히로부미도 있었다. 격랑의 20세기 관문에서 어둡고 어지러웠던 역사의 단면을 말해주는 것 같기도 하다.

별자리와 경주

월성 바로 옆에 왕궁 직속기관이던 첨성대가 있다. 천문에 대한 이해를 구하는 첨성대는 국가권력에 직결된 것이었다. 역대 모든 왕조마다 천문에 대한 연구기구를 필수적으로 확보했다.

경주 여행을 하다 보면 오랜 기간 이렇게 모양을 잡고 있는 경주 유적들의 존재 저 끝에 어떤 암호가 있는 건 아닐까 생각이 들기도 한다. 월성 앞 계림 숲에서 첨성대를 바라보며 불현듯 경주 이야기를 써보고 싶은 의욕이 생겨났었다. 눈 닿는 곳마다 솟아 있는 고분이 총총히 눈에 들어오는 밤, 신비로운 곡선의 첨성대 옆길로 지나갈 때 천마총의 천마가 밤하늘에서 눈앞으로 다가오는 듯했다.

그것은 첨성대 매점에서 파는 손수건에 그려진 천마를 보고 떠올린 단순한 것이기는 했다. 하지만 나중에 "첨성대를 중심으로 경주의 왕릉과 중요 유적들은 하늘의 별자리가 그대로 지상에 내려와 앉은 것처럼 모양새가 일치한다."라고 주장한 울산문화방송의 2009년 다큐멘터리 '첨성대 별기'의 연출자 이용환 피디가 말하는 것을 들었을 때, 그 느낌은 되살아나고 첨성대에 관한 흥미로운 접근이 시작되었다.

첨성대 연구는 그동안 여러 연구자들을 통해 축적되어왔다. 생각 없이 볼 때는 기하학적 모양과 오래된 돌건축이 주는 느낌뿐이던 첨성대가, 학문 영역에 들어가면서는 그야말로 별빛 찬란한 속에 미동도 않고 버티는 우주의 진실, 천문학 그 자체이다.

기본 사실 중의 하나는 첨성대 모양과 첨성대 건축이 가리키는 동지 일출선에 관한 것이다. 이 사실은 건축가이자 전 서울공대, 성균관대 건축과 교수이던 송민구의 1980년 첨성대 논문에서 처음 밝혀졌다.

"회전곡면을 이루는 첨성대의 곡선은 태양이 원을 그리며 도는 궤도, 즉 황도의 곡선을 따온 것이다. 동지, 춘추분과 하지를 정점으로 하는 그림자 관측으로 신라인들은 황도가 그리는 곡선을 쉽게 알아냈을 것이다. 또한 첨성대 꼭대기 정자석(井字石)과 바닥의 지대석의 두 모서리는 동남동 30도 가까운 동지 일출선과 정확

첨성대 부근의 동부 사적지 고분. 첨성대는 경주 고분의 위치와 관계가 있다고 한다.

히 일치한다."고 제시했다. 송민구의 주장은 계속 이어지며 첨성대 전체를 분석하는 것이 되었다.

"그 선상에 김유신 묘, 선덕여왕릉과 불국사 석굴암, 문무대왕릉이 위치하는 웅장한 장사(葬事) 구도가 드러난다. 우연이라고 볼 수는 없는 것이다."

"동지 일출은 그날 이후 해의 고도가 상승하기 때문에 신라인에게 새로운 시작으로서 매우 중요했다. 신라 조영물의 상당수가 동남동 30도 각도의 일출 방향을 향하고 있는 것은 이 때문이다."

그의 첨성대 논문이 실린『한국의 옛 조형의미』(1987)는 천문 관련 어려운 수학 공식이 많이 나오지만 인문적인 얼개를 이해할 수 없는 것은 아니다.[송민구; 1920-2010. 서울공대·성균관대 건축과 교수, 경복고 수학교사, 건축가협회장 등을

역임. 주요 건축으로 동국대 본관, 서강대 도서관 등이 있다. 저서로 '첨성대가 지닌 의미'란 제목의 논문이 포함된『한국의 옛 조형의미』(1987)가 있다.]

"첨성대가 왕릉을 정하는 기준점으로 별자리와 관련이 있다."는 주장은 왕릉이나 주요 건축물이 어떤 천재지변으로 자리가 유실됐다 해도 언제든 원위치를 재확인하기 위해 천문관측이 필요했다는 것이다. 또 일출의 정확한 때로부터 1년의 길이를 측정하고 달력의 제작과 시간의 예보, 별자리에 보이는 특별한 현상이 왕과 국가에 관련된 길흉 여부를 점치기, 중요한 위치 측정 등 다양한 업무는 정치·왕권·종교·이념 등에 직결되는 것이기도 했다. 담당자들은 목숨을 걸고 하는 일이었을 것이다. 그런 일에 첨성대가 기준역할을 했다.

그 목적은 천문관측 외에도 상징이나 기념비적인 것도 있지만 본질은 후손들이 길이 보존하

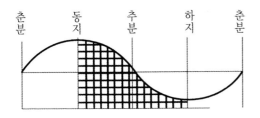

일남중고고도의 위치와 첨성대 곡면이 일치한다.

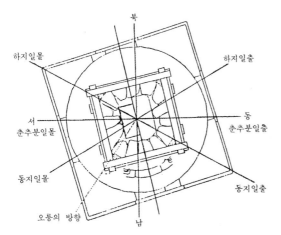

위. 첨성대를 볼 때 시각적으로 가장 특이한 형태는 1단부터 24단까지는 회전곡면을 이루며 그 위 27단까지는 직선으로 이루어졌다. S자형의 회전곡면은 태양 그림자 길이의 변화로 알 수 있는 황도의 곡선을 수직으로 세워 나타낸 것으로 보인다. ⓒ 송민구

가운데. 초석 및 지대석의 방위; 첨성대 정자석과 지대석의 두 모서리를 정확하게 지나는 동지 일출선 및 여타 방위들. ('한국의 옛 조형의미'에서 인용; 단 사진설명에 나온 초석이라는 명칭은 책의 본문에는 정자석으로 기록되어 있다) ⓒ 송민구

아래. 정기호의 연구 : 첨성대를 기점으로 동지 일출선이 지나는 축에 석굴암이 동향해 있고 선도산 기점 동서 위도가 교차하는 지점에 첨성대가 있음을 제시했다. ⓒ 정기호

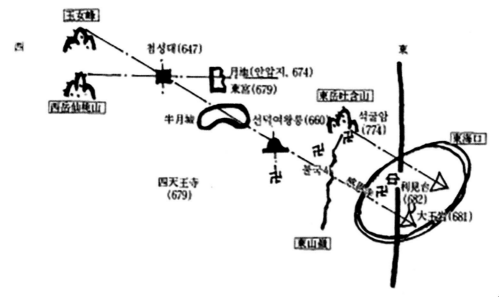

며 그 정신을 계승시키기 위한 국가이념에 있었다. 도읍 건설은 그런 것이다. 다큐멘터리 '첨성대 별기' 제작은 송민구의 이 논문에서 출발한 것이기도 했다.

첨성대 기점 동지 일출선에 관해서는 천문관측의 관점과는 달리 조경학자의 입장에서도 연구되었다. 조경학자 정기호 교수(성균관대)는 1991년 「경관에 개재된 내용과 형식의 해석」 논문에서 "일출 방향을 향해 나 있는 석굴암과 선덕여왕릉이 첨성대의 동지 일출선 축과 일치하며 선도산에서 비롯된 동서 위도선과 동지 일출선이 교차하는 지점에 첨성대가 있음"을 살폈다. 그는 "주어진 자연현상의 한 특징을 포착하여 그 위에 석굴암 등 조형물을 극히 계획적으로 앉혀놓았다. 첨성대는 국가체제 수립과정에서 왕도 건설의 의도적인 축 설정과 관계되어

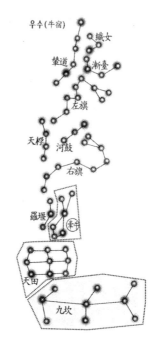

이순지 원저 김수길, 윤상철 공역 「천문유초」에 제시된 우수(牛宿; 28수 가운데 하나) 별자리에 들어 있는 견우, 천전, 구감은 각각 첨성대, 반월성 앞벌, 반월성 자리와 일치한다. ⓒ이용환

대릉원 일대의 고분들을 연결하면(윗부분) 천상열차분야지도에 나와 있는 천시원 별자리와 모양이 일치한다. 97호분과 미추왕릉은 천시원 중간에 있는 별 후(侯), 제좌(帝座)와 방향, 위치, 크기가 같다. ⓒ이용환

있다."고 했다.

'첨성대 별기' 다큐멘터리가 찾아낸 자료는 광범위한 것이었다. 별자리와 방위를 찾아 명당을 구하고 점을 치는 데 쓰던 식점반의 출현과 1963년 홍사준·유문룡의 첨성대 첫 실측, 이동우·김장훈 교수의 노력으로 뒤늦게 보존된 실측도면, 일본인 나카무라의 첨성대로부터 왕릉 간 거리의 규칙성 연구, 풍수지리, 유태용 교수의 고려척 확인, 정태민의 고천문 연구 등이 연이어 거론됐다.

결정적으로 고구려 시대의 천문도 '천상열차분야지도'가 등장했다. 첨성대와 이 천문도가 결합되면서 새로운 국면이 전개되기 시작했다.

'첨성대 별기'는 '경주의 왕릉, 유적 상당수가 하늘의 별자리 모양과 일치한다.'는 것을 제시하고 있으며 이런 주장은 최초의 것이다.

그 내용을 요약하면 지상에서의 관측 기점인 첨성대는 하늘에서 방위 기준이 되는 견우별(알테어, 알타이)이고, 대릉원과 쪽샘 지구는 천시원(天市垣; 하늘의 시장이라는 뜻) 별자리 영역에 든다. 대릉원 내 97호 고분과 미추왕릉은 천시원 가운데 있는 후(侯), 제좌(帝座)란 별과 크기와 방향, 위치가 같다.

반월성 앞 넓은 뜰은 직사각형 비슷한 별자리 천전(天田; 하늘의 밭)과 실제 모양이 같다. 천전은 임금이 있는 도성 안의 밭을 뜻한다. 반월성은 구감(九坎; 물이 흘러가는 도랑처럼 모든 것의 근본이란 뜻), 월지는 천연(天淵; 하늘의 연못), 포석정 또한 천원(天苑; 하늘의 동산)이라는 별자리와 모양이 일치했다. 첨성대 별기는 별자리와 유적 사진의 대비를 통해 그 주장을 펴나간다.

천상열차분야지도는 고구려 평양성에 있다가 조선의 건국자 이성계에게 전해진 통치자료이다. 하늘에 있는 별자리를 분야별로 죽 펼쳐보인다는 뜻의 천문도인데 이만한 별자리를 기록하는 데는 적어도 5백 년 이상의 관측이 축적된 결과라고 한다. 별자리의 변형된 모양으로 보아 그 제작연대는 고구려보다 훨씬 더 거슬러 고조선 시대로 올라간다고 보기도 한다(정태민·박명순의 연구). 1984년에 국보로 지정되었다.

첨성대가 2도 기울어져 있는 것은 하늘의 별자리를 한눈에 담아내기 위한 원래부터의 의도적 설계라고 주장한 다큐멘터리 '첨성대 별기'의 연출자 이용환 피디.

학계에 일반적으로 공개된 것도 이즈음이었다.

첨성대는 647년 선덕여왕 때 세워졌다. 경주 황룡사와 거의 동시대에 지어진 것이다. 홍사준 경주박물관장은 "황룡사 9층탑을 세운 아비지 일족이 첨성대를 지었을 것"이라는 의견을 냈다. 아비지는 백제의 천재 건축가였다. 첨성대 건축에 고구려 자(1자=35.6cm)가 큰 오차 없이 기준이 된다는 것은 한양대 유태용 교수가 실험으로 밝혀냈다. 현재 첨성대는 계속되는 부동침하 등으로 약간 일그러진 상태라지만 이에 대해서는 첨성대가 2도 기울어져 있는 것이 부동침하로 기울어진 것이 아니라 건축 당시부터의 천문관측을 위한 시야 확보의 건축술이란 이용환의 주장이다. 그 형태는 굉장히 안정적인 건축 구조이며 1400년 가까이 거의 원형을 유지하고 있는 것은 놀라운 일이라고 한다.

그런데 "천문에 있어 백제가 고구려·신라보

다 뛰어났다."고 송민구는 논문에서 지적했다. 그 예로 도읍을 정하는 데는 북극성의 고도 측정 등 특별한 천문관측 결과가 적용되는데, 부여에서는 정확한 일남중(태양이 정남에 오는 때) 고도를 1년에 두 번 춘·추분에 측정할 수 있었다고 했다. 평양이나 경주보다 더 정밀한 관측을 할 수 있었기에 천문지식에 있어서 고구려·신라가 백제에 미치지 못했다는 것이다. 조선시대 초까지도 그런 천문 이념이 존재했으리라고 한다. 세종대에는 천문학자 이순지의 『천문유초』가 저술되었다.

이용환 피디는 "『삼국유사』에 '첨성대 관련 기록이 별기에 전한다'고 한 것은 그 책이 불교 공인 이전의 신라 토속종교와 학문에 관한 책일 것"이라고 보았다.

첨성대에서 명활산성, 선도산성, 남산성이 일정한 거리에 있다는 것은 일본인 나카무라가 처음 주목했다. '첨성대 별기'를 제작하면서 실측한 결과 명활산성(동), 선도산성(서), 남산성(남)이 첨성대로부터 각각 3481미터, 3900미터, 3253미터 떨어져 둘러싸고 있다. 이용환은 4방위 중 북쪽에 있는 방위로서 봉황대를 덧붙였다. 봉황대는 신라고분 중 형태가 가장 큰 무덤이다. "첨성대는 그 안의 평지에 이등변삼각형 공식과 같은 개념으로 자리한다."는 것이다.

"신라인 박제상이 쓴 책 『부도지』에 묘사된 것처럼 4부에 단을 세우고 그 마름모꼴 한가운데 평지에 천대를 쌓았다는 것은 후일 첨성대를 세운 이 자리를 말하는 것"이라는 해석도 따라 붙었다.

서양에서는 이집트 기자 피라미드 세 개가 오리온 별자리의 삼태성과 방위각이 같다고 하는 그레이엄 핸콕의 저서 『신의 지문』, 로버트 보발의 연구 등이 있다. 앙코르와트 사원 또한 용의 별자리를 닮았다는 것이다.

"한국의 고대에 사람들은 뭐든지 별과 함께 생각했습니다. 당연히 이집트 피라미드 같은 천문 개념이 신라에도 있었으리라 보았습니다. 천문을 통치에 이용하기 위해선 기구가 있어야 하는데 첨성대와 천상열차분야지도가 그 열쇠입니다. 송민구 선생 등 학자들이 저랑 비슷한 생각을 이미 30년 전에 논문으로 발표하셨구나 하여 구체적 내용을 알게 되고 첨성대의 비밀을 알아내지 않으면 안 된다고 생각했습니다."

'첨성대 별기' 제작은 3년이 넘게 걸렸다. 이용환은 그간의 제작과정을 기록한 책에서 "월성을 남천과 형산강이 둘러싸고 흐르고 있는데 천시원을 지나가는 은하수의 위치와 그 모양이 비슷한 것 아닌가. 이것들을 확인하면서 전율이 왔다. 경주는 신라왕릉 등 별자리를 지칭한 유적을 가진 세계 유일의 도시가 될 것이며, 앞으로 경주의 운명은 어떻게 될지 모르겠다."고 했다.

첨성대의 건축과 수학

첨성대 연구는 수학과 천문·건축·지리 네 분야를 모두 알아야 가능하다고 한 교수가 말했다. 첨성대 연구가 지지부진했던 것은 그만큼 어려운 작업 탓이기도 하지만, 그 와중에도 첨성대 연구에 헌신한 이들로부터 알게 된 흥미로운 현상이 한두 가지가 아니다. 그것은 동지 일출과 함께 시작되는 것이기도 했다. 신라인의 이 방위개념은 천수백 년 지난 오늘 무언으로도 그 뜻을 전달하는 것이 되었다.

왕들이 죽으면 사망한 시각에 맞춰 해뜨는 방향으로 머리를 두고 매장했다. 해는 왕을 상징하는 것이며 별은 해진 뒤에 나와 퍼져서 해처럼 비춘다. 왕이 죽은 시각에 내세로 떠나는 영혼이 실리는 북두칠성의 9성이 낮이든 밤이든 그 시각에 어디 있는지 알려면 정확한 관측을 해야 했다. 왕릉은 그로부터 풍수지리상 길지의 터를 잡아 조성됐다.

1969년 발굴한 경주 인왕동 고분에 묻힌 8인은 머리가 모두 동남쪽을 향해 있으면서도 조금씩 방위각의 차이를 보이고 있었다고 한다. "이는 계절에 따른 해돋이 방향의 변화 때문에 생긴 것"이라고 경희대 박물관장 황용훈 교수는 말했었다.

천마총 주인으로는 지증왕 이름이 나오기도 하고 알 수 없다고도 하는데, 고고학자 조유전에 따르면 "천마총 또한 죽은 날의 해돋이 각도를 분석한 결과 자비왕의 무덤으로 봐야 한다는 주장이 설득력을 얻고 있다."고 했다.

석굴암에서 보는 문무대왕릉이 일출 방향에 맞춰져 있고 망해사나 신방사, 의상대사가 창건한 영주 부석사 대석단이 동남동 방향인 것 등도 일출이 중요한 기점이었음을 알려주는 예이다.

1930년대에 첨성대 주변 민가에서 둥근 돌판에 24축의 일부인 子·癸·丑·戊·寅·甲의 글자와 방사선, 팔괘의 한 부분이 새겨진 식점천지반(式占天地盤) 조각이 발견됐다. 지금까지 단순히 해시계로 알려져 있으나 그렇지 않다.

"현대의 풍수지리학에서 명당을 구할 때 방위각을 측정하는 기구 패철과 같은 것으로, 한

첨성대 주변 민가에서 1930년대에 발견된 식점천지반(式占天地盤)의 한 부분. ⓒ 이용환

건축가 송민구 교수(1920-2010). 첨성대 구조와 관측에 대한 수학적·건축적 분석을 남겼다. ⓒ 송민구

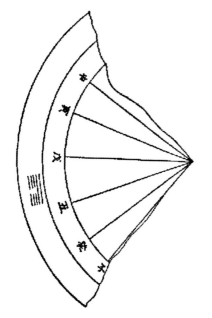

식점천지반에 새겨진 24축의 일부, 방사선과 원, 팔괘 중 하나. 원형 한가운데 자침을 설치해 방위를 찾는 데 쓰던 것이라고 한다. ⓒ 이용환

가운데 자침을 설치해 측정한다."고 풍수지리연구가 황영웅 박사가 이를 복원한 그림을 제시했다. 식점천지반은 현재 국립중앙박물관에 소장돼 있다.

1963년 12월 홍사준 당시 경주박물관장이 주도하여 첨성대 첫 실측이 이루어졌다. "첨성대 안에 10센티미터 단위로 실을 매달아서 돌의 크기를 실측했죠."라고 실측을 담당한 유문룡 씨가 회상했다. 그때 만든 3벌의 도면은 이후 첨성대 연구의 기본자료가 되었다.

이를 토대로 송민구·이동우·김장훈 등의 연구가 나왔다. 도면 원본은 수십 년간 떠돌다가 유실되었는데 다행히 이동우 박사에게 가 있던 도면의 복사본 한 벌이 김장훈 교수를 통해 2009년 국립문화재연구소에 기증되어 첫 실측도면으로 보존되기에 이르렀다. 첫 실측에는 첨성대 주변의 자연석 10여 개도 나와 있는데 지금은 치워졌다. 그 이후 몇 번의 실측이 더 있었다.

건축가 송민구의 1980-1987년에 걸친 첨성대 분석은 첨성대 형태상의 특이점이 천문현상과 일치할 것이라는 견해에 입각하여 전개됐다. 송민구는 고려 성종(982-997) 때의 개축과 그 후 있었을 개수, 현재 북동쪽으로 2도가량 기울어지기까지 원형과의 사이에 오차가 있을 것이라 생각하면서 내재된 규칙성을 찾아내어 원형이 지녔을 의미를 추정하였다.

1963년도의 실측도면과 5만분의 1 지도, 바빌로니아 천문도(송민구의 연구 당시 천상열차분야지도를 접할 수 없었다. 이 점 매우 아쉬운 부분이다) 등을 바탕으로, 수평 수직을 구하는 피타고라스 정리의 정수해에서 출발해 수에 대한 동양 개념까지 아우른 해석을 가했다. 건축자재와 구조, 현장에 대한 경험과 직감, 고미술사와 수학에 박식했던 그의 분석은 첨성대에서 행해졌을 천제며 점성술, 관측의 구체적 환경, 당시 도읍 설정의 상황까지 짐작된다. 첨성대에 관한 건축적·수학적 분석의 논문은 이 연구가 처음이다.

1981년 과학사학회지에 발표된 「경주 첨성대 실측 및 복원도에 의한 비례 분석」 논문과 1987년 발행된 저서 『한국의 옛 조형의미』에 실린 내용 중 동지 일출선, 황도곡선을 따른 회전곡면, 관측방법과 정자석·지대석·판석에 집중된

연구 몇 가지를 더 들어본다.

"첨성대 지대석과 초석 두 모서리를 지나는 동지 일출선상에는 미추왕릉과 내물왕릉이 선상에서 약간 벗어나 위치해 있는데, 이는 첨성대이전 비(막대기를 수직으로 세워 그림자로 관측하는 것)를 이용해 관측할 때의 부정확함 때문에 약간 어긋난 듯하다."고 보았다.

내물왕릉 및 미추왕릉은 첨성대가 축조되기 이전의 능이므로, 첨성대가 지어지기 이전부터 관측에 적합했던 그 자리에서 천제의식이나 천문관측을 한 것으로 생각된다. 따라서 신라의 천문관측은 첨성대가 축조되면서부터 틀이 잡힌 것이 아닌가 생각된다. 고조선 말기의 국가 부여의 경우 "비와 햇빛이 고르지 않아 농사가 잘 안되면 왕에게 그 책임을 물어 죽이기도 한다." 했으니 관측의 정확성이 얼마나 절실한 것이었을지 짐작된다.

당시의 관측 수준은 한 군데만으로는 불충분해서 또 다른 지역에서의 관측을 종합해 판단했는데, 첨성대와 같은 위도이면서 서쪽으로 16킬로미터 지점의 주사산성이 제2의 천문관측 장소였으리라 한다. 이곳은 동지·하지·춘추분의 일출과 일몰, 북극성 등을 용이하게 관측할 수 있는 곳이다. 즉 하지 때 이곳의 정남에 오는 해그림자 길이가 첨성대에서 측정하는 것과 같다는 의미이다. 주사산성은 험한 군사적 요지로서 적군의 진행 방향 등 동향을 상세히 관측할

수 있는 거점이며 선덕여왕 때 백제-신라군 간의 옥문곡 전투가 있었던 곳이다.

첨성대의 특이한 형태를 이루는 회전곡면은 황도곡선(파장 240, 진폭 9의 비례로 이루어진 삼각함수 곡선의 2분의 1)과 같은 것으로 원하는 날의 일남중고도(해가 정남에 다달아 남기는 그림자)를 미리 알 수 있게 하는 구조이다. 그 목적은 낮에 일남중고도를 측정하여 첨성대 중심에 옮겨놓고 밤에 황도를 지나는 별자리를 보고 길흉을

점치는 것이다. 옛 바빌로니아에서도 남중한 태양의 위치로 밤에 별자리가 지나가는 것을 관측하여 점을 쳤다. 점의 패턴은 동양과 다르나 방법과 목적은 동일하다.

회전곡면에 쌓인 돌의 개수는 364개이다. 개구부를 돌 하나로 막으면 365개가 되고, 개구부 테두리를 이루는 돌 4개를 제하면 윤년 1년의 날수인 360개가 된다.

전체 27단 중 1-24단까지가 황도곡선으로 1

위. 다음 뷰에서 본 첨성대 기점 동쪽의 명활산성, 서쪽의 선도산성, 남쪽의 남산성과 북쪽의 봉황대는 각각의 거리가 대체로 일정하다. 첨성대는 이들이 둘러싸고 있는 자리의 평지 안에 이등변삼각형 함수를 나타내는 자리라고 한다. ⓒ 이용환

왼쪽. 천상분야열차지도의 탁본. 평양성에 있다가 조선 건국자 이성계에게로 전해진 제왕의 통치자료이다. 우리나라가 자랑하는 고천문도로서 국보이다. 성신여대박물관 소장.

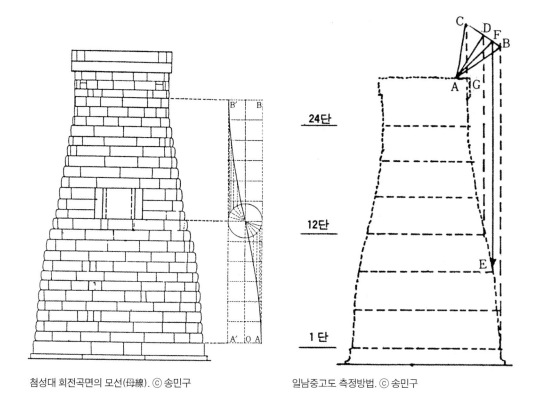

첨성대 회전곡면의 모선(母線). ⓒ 송민구

일남중고도 측정방법. ⓒ 송민구

24단

12단

1 단

첨성대 24단에서 관측하는 것을
예시한 그림. ⓒ 송민구

단이 동지, 12단이 춘추분, 24단이 하지를 나타내는 정확한 삼각함수 곡선을 이룬다. 25, 26, 27단은 수직으로 직선을 이룬다. 이중 19단과 25-26단, 28-29단에 정자석(井字石)이 돌출되어 놓여 있다.

송민구는 이 정자석의 의미에 고대 중국의 낙서[洛書: 거북 등에 쓰여졌다는 그림을 옮긴 것, 수학에서 가로·세로·대각선상의 세 수의 합이 15가 되는 방진(方陣)과 같은 개념.]를 연관시켰으며 스키타이 묘제가 우물 정(井)자 모양인 사실도 언급했다.

상층부 27단에는 원형공간의 동쪽 절반을 덮는 직사각형 모양의 판석이 편각(偏角)을 이루며 덮여 있다. "최상질 석재를 공들여 다듬어 돌의 한 변을 정확한 직선으로 만든 이 판석은 중요한 의미를 갖는다."고 그는 판정했다. 이 판석은 첨성대 내부나 위에서 보기 전에는 바깥에서 보이지 않는다.

28, 29단 정자석 모서리의 해그림자는 하지 때 정오에는 19단 정자석의 돌출한 부분에, 춘·추분 때는 25단 정자석의 돌출부에, 동지 때는 26단 정자석의 돌출부에 해그림자가 떨어진다. 따라서 돌의 표면이 희고 연마되어 있으면 음영은 더욱 선명하게 보인다.

"연마한 돌로 쌓았다."는 역사기록은 이 의미이다. 눈금을 그려넣거나 각 정자석의 정확한 직각, 대각선 교점의 일치, 추의 사용상 또는 미적 효과 등을 위해서도 연마한 돌이 사용됐다. 내부는 다듬지 않은 돌의 뒷면이 그대로 드러나는데 어쩌면 공사기간에 맞추느라 거칠게 두어졌음직도 하다.

외부에 사다리를 걸쳐놓고 출입하게 되는 개구부가 지대석에서부터 4.56미터 높이의 12단에 위치한 것은 관측에 불필요한 인물들의 출입을 제한할 뿐 아니라 중심을 알기 위해 추를 사용할 때 개구부를 막아 미풍도 차단할 수 있게 했다. 내부는 아늑하다고 한다.

24단에 마루를 깔면 약 1미터 폭의 공간에 관측자 1명이 의자에 앉아서 26단의 두께가 얇고 폭이 넓은 정자석을 작업대 삼아 춘추분·일남중 고도와 천구·적도 등 천문현상을 한눈에 관찰할 수 있다. 27단 판석 위에 장치했을 관측기구도 이 자리에서 쉽사리 손에 들어오는 범위에 있다.

관측은 주로 가을 겨울에 걸쳐 이루어지는데, 관측자가 추위에 노출된 채 작업할 수는 없는 것이다. 관측기구를 다루어야 하고 등불을 올려놓거나 온기를 줄 기구의 배치도 필요했으리라 한다.

극도로 정밀한 석재; 27단 판석의 직선

송민구의 연구는 다음과 같이 계속된다.

첨성대의 초석과 지대석, 28단과 29단을 이루는 정자석은 정사각형이며 몸통인 회전 곡면은 원으로 되어 있다. 이로써 천원지방(하늘은 둥글고 땅은 네모지다)의 의미를 지니지만 그 기능도 둥근 몸통은 천체에 나타난 것을, 네모난 초석·지대석·정자석은 지상에서의 관측을 하는 것으로 구분되어 있다. 신라의 수학 수준 및 장기간에 걸쳐 측정한 경험에서 그런 형태의 관측대를 생각해낸 것이다.

초석(혹은 지대석의 밑단; 현재 초석 부분은 땅에 묻힌 상태여서 보이지 않는다)과 지대석은 1971년 박홍수의 실측에서 정남에서 동쪽으로 16도 편각된 것으로 발표되었는데, 이는 그 대각선 방향이 동지 일출 방향임을 입증해준다. 첨성대의 위도가 35도49분49초라 계산할 때 동지 일출 방위는 29도23분24초이다. 다시 말해 자북(磁北)이 15도36분36초면 완전히 일치한다. 16도 편각이라 할 때 23분24초의 차이가 생길 뿐인데 당시의 정밀도로서는 충분히 받아들일 수 있는 값이라고 한다.

또한 첨성대 방위의 정확성은 박홍수의 견해대로 자침(磁針)을 썼으리라 한다. 초석을 구성하는 8개 돌의 의미는 민력(民曆)에 나오는 연신(年神)방위도를 나타낸 것으로 보았다.

9.1미터 높이에 있는 맨꼭대기 28단과 29단의 정자석과 그 아래 27단의 판석은 '첨성대 별기' 제작 때 대형 크레인에서 내려다보고 찍은 사진에 유일하게 전체 모습이 드러난다. 이 사진을 처음 보았을 때 성스러운 비밀의 장소를 처음 본 것 같았다.

꼭대기 정자석은 네 모서리가 견고하게 고정되도록 28단은 S자형 꺾쇠로 고정시켰다. 맨 윗단인 29단은 돌에 홈을 파서 가로세로 맞물려 정사각형이 일그러지지 않고 절대각을 유지하도록 했다. 28단 꺾쇠를 쓴 홈에는 유황을 끓여 부어 철물을 고정시켰다. 또한 정남에서 동쪽으로 치우쳐(편각되어) 28, 29단의 정자석이 놓인 것이 특이하다.

정자석의 편각은 1963년도 유문룡 실측에서

는 12도30분으로 되어 있고 1971년 박흥수의 실측에서는 12도59분56초로 되어 있다.

"tan⁻¹ 41분지 9=12도38분이 당초의 각이라고 한다면(1987년의 송민구의 저작에서 이 수치는 12도22분48초로 기록되었다.), 이 각도가 지닌 음력 한 달과 시간의 계산 등 신비스러운 천문과의 관계는 실로 놀라움을 금할 수 없다."고 송민구는 썼다.

이 정자석 두 모서리와 지대석과 초석 두 모서리를 잇는 대각선으로 동지 일출선이 지나는데, 지대석과 정자석은 평행하지 않으며(실측 복원도에 정자석과 지대석이 평행으로 그려진 것은 오류라고 지적됐다.) 방향은 정남북이 아니다. 첨성대의 어느 것도 동서남북을 일관되게 가리키지는 않는다.

그 정자석 아래 27단의 원형 공간에는 평평한 직사각형 판석이 절반을 덮게 걸쳐 놓여 있다. 길이 156센티미터, 너비 60센티미터, 두께 24센티미터의 이 판석은 어떤 석재와도 비교가 안 되는 최상 품질의 돌을 엄청나게 공들여 깎아 한 변이 직선을 이루도록 했음을 송민구는 강조했다.

"27단 판석은 편각된 방위각에 맞춰 별이 남중하는 고도를 관측하기 편하도록 되어 있다. 북두칠성이 27단 판석의 직선변에 방향이 일치할 때, 즉 12도22분48초의 편각된 선에 일치할 때 다른 별들의 방위각은 어떻게 되는가를 알아

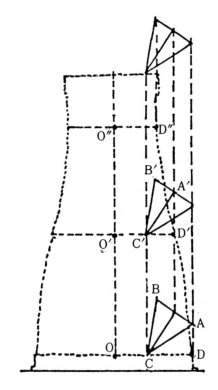

첨성대 축조방법의 도해. ⓒ 송민구

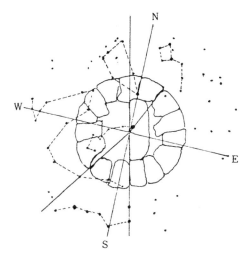

27단에 놓인 판석의 직선 변에 일치하는 북두칠성. ⓒ 송민구

위에서 본 첨성대. 맨 꼭대기 29단 정자석의 네 모서리 이음매와 돌 한쪽이 떨어져 나간 모서리, 27단 원형 평면 둘레의 돌, 공간 절반을 덮은 판석, 그 아래 26단과 25단의 정자석까지 들여다보인다. 27단 판석은 최상질의 돌을 연마해 칼같은 직선을 내었다. 대전에 복원된 첨성대는 이 판석의 좌우 방향이 바뀌었다고 한다. ⓒ 국립문화재연구소

보려고 작도한 그림이 3-66이다. 역시 별들의 방위각과 돌들의 크기가 잘 일치한다.

그러므로 27단 돌들의 크기는 북극성을 위시한 별들의 방위각을 나타낸 것이라고 생각된다. 별과 별 사이의 방위각에 의한 상대적 위치를 알면 한 별을 관측하고 다음 별이 다가오는 시간을 예측할 수 있다."

동시에 편각은 순간을 정남에서 구하기 위하여 시간의 여유를 갖게 하고, 정자석에서 성도를 작성하든가 성도를 깔아놓고 별자리를 잡아 올리든가 하는 작업을 용이하게 하는 의미일 것이라고 했다.

"또한 장치를 고정시키기에 알맞은 여유 등 복합된 기능을 지니고 있으며, 지대석이 정남에서 동으로 16도 편각된 데 따른 자침의 이용과

함께 경이의 눈으로 바라다볼 수밖에 없다."고 그는 썼다(1981년 유복모, 강인준, 양인태의 실측에서는 지대석이 18.92도 동으로 편각된 것으로 나온다. 최근에 이르기까지 논문마다 정자석과 지대석 등의 실측 각도가 조금씩 다르게 제시된다. 부등침하 혹은 장비의 문제 등이 그 원인으로 거론되기도 한다).

"내가 건축가이니 판석으로 쓴 돌이 보통돌이 아니란 걸 알아볼 수 있죠. 맨 꼭대기에서 비바람을 맞아도 더 맞았을 텐데 다듬은 면만 봐도 이 판석은 차원이 다른 돌입니다. 이 돌의 한 변이 나타내는 직선과 12도22분48초의 각은 뭔가를 얘기하는 것으로 1350년 지난 지금도 자로 그은 듯한 직선입니다. 석가탑 다보탑보다 더한 정확성을 구사해 거기 위치시킨 정자석과 판석은 아무 의미없이 놓인 것이 아닙니다."라고 송민구는 2009년 작고 직전의 '첨성대 별기' 인터뷰에서 말했었다. 그런데 대전 중앙과학연구원의 복원 첨성대는 이 중요한 판석이 좌우가 바뀐 채 복원되었다고 한다.

25, 26단의 정자석 또한 형태나 구조나 돌의 두께를 보아 구조재가 아니라 방위각을 측정할 때 척도로써 이용하려고 한 것이다.

첨성대 몸통의 회전 곡면을 이루는 364개 돌들은 크기가 지극히 불규칙하여 어떤 상징성도 찾아볼 수 없고 오직 천문과의 관계에서만 그 규칙성이 설명이 된다는 것이다. 그러나 만일,

돌의 크기 하나하나가 별의 방위각을 나타내는 것이라면 첨성대는 세계에 유례가 없는, 또 더할 나위 없는 구조물이 된다. 이미 알려진 별들의 상대적 위치가 회전곡면에 360개의 돌의 크기로서 그 방위각이 나타나 있어 그것을 관측하는 중에 다른 천체현상을 알려고 하는 것이다.

"그런 가능성은 충분하다. 석조로 구축된 일종의 성도(星圖)가 우리나라 신라에서 647년에 만들어진 것이 된다."고 송민구는 말했다.

첨성대는 천문관측의 기준이 되는 점의 집합체이며, 이것으로 평년, 윤년, 시보, 24절기, 28수 별자리 관측, 12직, 일월년백, 신(神)방위 등 모든 것을 정할 수 있다. 위치로 보아 종교의식의 장으로 사용되었을 것으로 본다. 별자리의 변화를 보고 길흉을 점치는 것도 중요한 업무의 하나였다.

첨성대는 현대인이 쓰고 있는 민력의 모든 것을 유도할 수 있는 최소한도의 기능을 지니고 있다. 그러나 첨성대는 소규모의 관측으로 한정되어 있고 어떤 관측기구를 썼는지도 알 수 없다. 첨성대 관련기록이 남지 않았다는 사실도 여러 정황을 추측하게 한다.

첨성대 축조는 1년이면 완공되는 소규모 크기지만, 645년이 넌백오황입중(年白伍黃入中)의 해이며 평년이므로 이 해를 기준으로 회전곡면 모선에 24절기의 시점을 정하여 둔다. 다음해인 646년은 윤년이므로 24절기의 시점을

기준으로 할 때 일자의 변동이 생긴다. 현대와 같이 정확한 시간 측정이 어려웠으므로 24절기의 시간까지 정확하게 구하기가 어려웠을 것이다. 647년에 첨성대가 축조되었다는 것은 그러한 변화가 파악된 연후에 완공이 되고 정식으로 쓰게 되었다는 것으로 추정된다.

"첨성대 건축은 어느 때라도 실증할 수 있는 명쾌한 논리와 구조를 담고 천문관측을 위한 구조물로 지극히 정교하게 짜여진 형태"라는 것이다.

숭실대 건축과 이상진 교수는 "7세기의 천재 건축가가 첨성대를 지었다면, 오늘의 천재인 송민구는 그것을 분석해냈다고 봐도 좋을 것입니다. 첨성대를 건축기호학적으로 분석하는 과정에서 이 연구가 나오게 된 것이죠."라고 했다.

송민구는 수학과 미술에 정통했고 외국어 자료를 읽기 위해 영·불어를 독학했다. 병원에 입원해서도 어려운 고등수학 문제를 푸는 게 휴식을 취하는 것이기도 했다.

2009년에는 천문학자 박창범(서울대·고등과학원) 교수의 발표가 있었다. 첨성대가 가리키는 방위, 건축에 보이는 천문의 숫자들, 그 역할 등에 대해 언급한 것이다.

"첨성대 방위가 정남북에 정렬되지 않아 천문대가 아니라는 주장의 근거가 됐지만 이는 그 방위가 가지고 있는 천문학적 의미를 찾지 못하였기 때문에 갖게 된 오해이다. 정자석 모서리

조선시대 말 첨성대와 주변 풍경.

를 동지 일출방향에 의도적으로 맞추었다면, 첨성대는 천변관측과 함께 일년의 시작을 알아내는 목적으로도 사용되었음을 뜻한다. 정자부에 올라가 있는 관측자에게 정자석은 가장 유용한 방위 지표가 될 것이다. 그동안의 연구에서 이 정자석이 동남동 30도 가까운 동지 일출 방향임을 유일하게 주목한 것은 송민구이다."

"관측대의 구조가 동지를 알아낼 수 있도록 설계되었다는 점은 첨성대 몸통부 하부 6단이 동지에서 춘분까지 각 절기의 날 수와 맞는다는 사실과도 연결이 된다. 몸통부의 아래쪽 여섯

층을 이루고 있는 돌 수는 각각 16, 15, 15, 16, 16, 15개이다. 이는 동지-소한, 소한-대한, 대한-입춘, 입춘-우수, 우수-경칩, 경칩-춘분 사이의 날수와 맞다.

몸통부는 27층으로 구성돼 달의 주기(27.3일)에 맞추었다. 몸통을 쌓은 돌은 1년의 날수를, 또 몸통부 중간에 있는 창은 위아래를 각각 12층으로 하여 12달과 24절기를 상징하였고, 기단석에도 12개 석재를 사용하였다."

첨성대 역할에 대한 박창범의 의견 또한 다음과 같다.

2012년의 첨성대 동남향. 맨 위의 정자석 모서리로 동지 일출선이 지나가고 회전곡면을 이룬 몸통부 아래쪽 6단의 돌은 각 단마다 동지 이후 춘분에 이르는 6개 절기 기간의 날수와 같다. 지대석 아래 또 한 단의 지대석(혹은 초석)이 땅에 묻혀 있고 맨 꼭대기 27단에는 직사각형 판석도 얹혀 있으나 외부에서는 보이지 않는다. 멀리서도 기하학적 곡선과 수평 수직 정렬된 눈금에 맞춰진 첨성대 돌 쌓은 세부가 보인다.

"『삼국사기』에 전해오는 신라의, 그리고 백제와 고구려의 천문기록은 모두 육안으로 관측한 기록으로 보인다. 다만 팔방위나 일 년의 시작 정도를 알 수 있을 정도의 측정이 수행되었음을 짐작하게 하는 기록은 발견된다. 또 천제를 지내거나 불교적 상징물, 왕권을 위한 점복의 기능이 있었다고 해도 간과해서는 안 될 중요한 점은 첨성대가 천문대일 때에 이러한 모든 복합적 용도와 자연스럽게 관련을 지을 수 있다는 사실이다."라고 했다.

한편 일본에서도 첨성대를 연구한 사람이 있었다. 나카무라 하루히사(中村春壽)는 대학생 때인 1938년 경주박물관에서 일하면서 '첨성대엔 뭔가가 있다'고 믿게 됐다. 전쟁에 징집되자 그는 '첨성대를 놔두고 죽으러 가누나' 했다가 돌아온 뒤 1978년『일한고대도시계획』이란 책에서 "첨성대를 중심으로 경주의 30여 개 왕릉은 일정한 거리를 둔 동심원상에 있다."는 연구 결과를 발표했다.

그가 기본자료로 채택한 25만분의 1 경주 지도에 나타난 점 크기의 왕릉 위치를 두고 단언하기엔 무리가 따르지만 "왕릉에 대한 일정한 거리의 법칙성을 제시했다."는 평이 따른다. 명

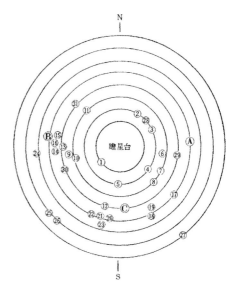

첨성대 기점 동심원상에 놓인 신라 왕릉의 표시.
나카무라 히사시의 연구.

활산성, 선도산성, 남산성과 첨성대는 일정한 거리에 위치해 있다는 것, 식점천지반의 존재를 첨성대와 연관시킨 것도 그랬다. 나카무라는 첨성대 연구에서 '박일범 초대 경주박물관장의 큰 도움을 얻었다'고 밝히고 이 책을 헌정했다. 2009년 첨성대벌기 인터뷰에서 그의 아들은 "아버지는 살아생전 밤새도록 경주 지도 위에 컴퍼스를 돌리고 있었다."고 회상했다.

첨성대 시공과 오성취루

첨성대가 2도 기울어진 이유

2009년 김장훈(아주대 건축과)·박상훈(GS건설 토건팀)의 첨성대 시공방법에 대한 연구가 나왔다. 첨성대를 건축적으로 분석한 가장 최신의 이 연구에 의하면 첨성대 몸통 각단의 원둘레를 이룬 돌들은 1단의 바깥지름 4.93미터부터 23단의 2.85미터에 이르기까지 점차적으로 줄어간다. 여기 쓰인 돌은 하나하나 정밀하게 다듬어져 각단의 원형곡선, 양옆, 위아래에 맞게 3차원적으로 쌓아올린 것이다.

이런 곡선 건축은 돌 하나 없을 때마다 옮기고 들어올리고 하는 힘든 공법이라고 한다. 첨성대 돌은 경주남산이나 토함산의 화강암을 썼을 가능성이 높다.

놀라운 것은 이런 돌쌓기가 모르타르 같은 접착제 없이 돌과 돌만을 중첩시켜 수평 수직, 곡선률을 맞춰가며 쌓았다는 사실이다. 김장훈 교수는 다음과 같이 단언했다.

"이는 절대로 쉽지 않은 노릇임에도 불구하고 축조 후 1365년이 지난 현재에도 첨성대의 단과 단 사이, 돌과 돌 사이 수평 수직 줄눈의 정렬은 매우 완벽한 것이다."

내부는 개구부가 있는 12단까지 흙으로 채워져 있다. 이동우의 연구로는 구조적 안정을 위한 것이라 한다. 대전의 국립문화재연구소가 공개한 2009년 명지대 한국건축문화연구소 촬영 내부 사진을 통해 첨성대 안팎을 세밀하게 볼 수 있다. 외부면은 매끈히 다듬어진 돌이 줄눈을 따라 정렬이 잘되어 유연한 곡선으로 흐르고 있는데 내부로 들어간 돌의 뒷부분은 거친 모습 그대로 남아 있어 울퉁불퉁하다. 여기 쌓여 있는 흙과 돌 사진만으로도 '이게 1400년 전의 모습 그대로인가' 싶어 아련해진다.

첨성대 축조를 위한 기초공사는 50미터 깊이까지 자갈층으로 다져져 있다. 첨성대 일대가 늪지 자갈밭이기도 한데 기초 깊이가 매우 깊은 이런 공법이 원래 그런 자갈층 토질인지 첨성대를 지으면서 인위적으로 다져진 것인지는 아직 모른다. "첨성대가 1400년 가까이 지어진 원형에 가까운 모습으로 아직까지 남아 있는 것은 거의 기적 같은 일이며 이런 기초공사가 있었기

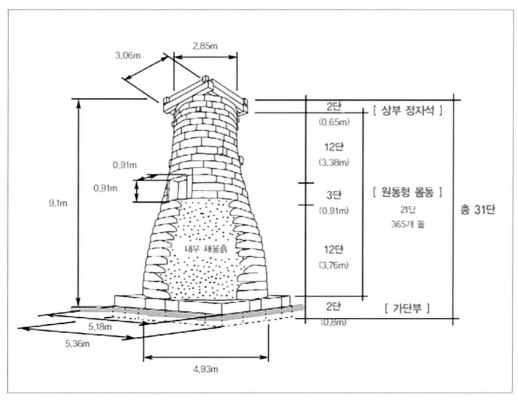

첨성대 각 부분의 치수. 밖에서 보이지 않는 꼭대기 27단에 놓인 판석의 치수는 생략되었다. ⓒ 김장훈·박상훈

에 가능한 것"이라 한다.

현재 첨성대는 과거에 도로가 나 있던 북측면 좌측이 우측보다 30센티미터 침하되어 북동으로 2도쯤 기울어져 있다. 그 원인으로 진동이나 첨성대 남쪽 개울의 고갈 등 여러 가지가 거론되지만 흙의 역학은 매우 어려운 것으로 측정하기가 불가능하다고 한다. 그러나 북동 2도 기울기에 대해서는 부동침하를 불러오는 흙의 역학이 아니라 의도적으로 그렇게 기울게 해서 천체 관측시 보다 넓은 면적의 시야를 확보하려는 시

도라는 주장이 나온다.

하지만 10여 년째 레이저로 첨성대 기울기를 조사 중인 문화재청의 발표에 의하면, '레이저로 조사를 시작한 이 기간 중 첨성대는 전혀 기울어지지 않았다'고 한다. 이 사실은 여러 추정을 하게 만든다.

첨성대 돌쌓기를 연구한 한 논문은 다음의 의문점을 제시하고 있다.

"실측도면에 따르면 원통형 몸통 각단의 평면이 조금씩 일그러진 원의 형태이고 위로 올라

첨성대 남쪽 개구부 주변과 안쪽 . ⓒ 국립문화재연구소

첨성대 내부에서 위쪽 구조를 올려다본 광경. 27단에 얹힌 직사각형 판석이 공간의 절반을 덮고 있다. 송민구의 연구에 의하면 24단에 1인이 앉아 사진에 보이는 26단의 정자석을 책상처럼 쓰며 천문을 관측한다. ⓒ 국립문화재연구소

첨성대 12단 개구부 안쪽의 바닥과 돌쌓은 내부 벽면. ⓒ 김장훈

첨성대 위에서 내려다본 중간층의 정자석과 12단의 흙바닥. ⓒ 국립문화재연구소

첨성대 각 단의 퇴물림(돌을 안쪽으로 조금씩 들여쌓는 법을 말함). ⓒ 국립문화재연구소

갈수록 일그러진 정도는 점점 심해지며, 범위도 넓어지고 있다. 그런데도 불구하고 각단의 돌들은 흐트러짐이 없는 원형평면을 이루고 있는 점은 특이한 사항이다."

고려 때인 1024-1038년 사이 경주 일대에 세 번이나 지진이 있었다고 했다. 경주가 지진대였음에도 김장훈의 조사로는 "첨성대를 쌓은 깊이 850-950밀리미터 상당의, 크기가 모두 다른 372개 넓적한 돌들 어디서도 지진이나 지반침하의 진동으로 인한 영향을 입은 흔적이 없다."는 것이다. 김장훈·박상훈 연구의 핵심인 것이다.

"만약 일그러진 것이 지진이나 중장비 통과시의 진동 때문이라면, 모르타르 없이 쌓여진 원형 평면의 석재들은 불규칙한 흐트러짐을 수반하여야 한다. 그러나 흐트러짐 없는 원형 평면의 어긋남은 지진이나 지반침하의 진동에 의한 것이 아님을 말해준다."

그것은 첨성대가 북동쪽으로 2도 정도 기울어지는 과정에서 발생한 어긋남이라고는 볼 수 없는 분명한 이유가 되기도 한다. 그렇다면 무엇 때문에 일그러진 원형 평면이 만들어진 것일까? 김장훈이 더 해설했다.

"지진도, 지반침하로 인한 진동도 아니라면 첨성대는 왜 북동쪽으로 2도 기울어져 있는가? 현대의 실측만으론 알 수가 없다. 1400년 전의 건축자가 설계했을 도면을 볼 수 있다면 의문이 풀릴 텐데. 그렇다면 건축자가 처음부터 의도한 바인가? 그렇게 하여 얻을 수 있는 유익함이 대체 무엇인가."

이에 대하여 '첨성대벌기'의 제작자 이용환 피디로부터 의미심장한 견해를 들었다.

"어쩌면 의도적으로 처음부터 2도 기울여 지은 것이 아닐까 상상해봅니다. 화면을 제작하는 카메라와 함께하는 직업적 상식으로, 첨성대벌기 제작 중 천상열차분야지도에 그려진 하늘 전체를 첨성대에서 관찰하려면 완전 평면의 공간에는 다 담아보기 어렵습니다.

천상열차분야지도를 들고 크레인으로 30미터 상공에 올라가 경주를 바라보면, 지도를 북쪽으로 약간 기울여 보아야 잘 보입니다. 첨성대가 있는 남쪽은 크게 보고 북쪽은 작게 압축해야 하늘 전체가 첨성대 범위 안으로 들어오거든요. 이 때문에 첨성대가 2도 기울어진 이유가 원래 그런 의도를 지녀 건축된 것 아닌가 하게 됩니다."

이 논문에서 또 하나 지적된 것은 남쪽을 향해 난 창, 개구부의 방향이다. 2006년 문중양의 연구에 따르면 첨성대 기단면의 방향은 동쪽으로 19도만큼 돌아간 방향을 향하고 있다. 1971년도 박흥수 실측에는 16도 편각된 것으로, 1981년 유복모·강인준·양인태의 실측에는 18.92도 편각된 것으로 발표됐다. 가장 최근의 측정은 2003년 손호웅·이성민에 의한 것이다.

서기전 1734년 양력 7월 13일 초저녁 서쪽 하늘의 오성결집 현상을 인왕산 위로 재연한 모습. 오른쪽부터 금성, 목성, 토성, 수성, 화성이 초승달과 함께 늘어서 있다. 고려 말 학자 이암이 저술한 『단군세기』의 오성취루 기록을 검증한 결과이다. ⓒ 박창범

그리고 개구부의 중앙은 정남에서 동쪽으로 16도 방향을 향하고 있다고 보고되었다.(문중양, 2006) 기단면 중앙과 남창구 중앙이 서로 간에 3도 차이를 보이고 있다는 것이다. "이 차이는 실측도면에서도 감지할 수 있다."(이동우, 2008)고 했다.

왜 이런 차이가 만들어졌을까? 첨성대를 축조한 기술로 보아 실수로 방향이 틀어진 것이라고는 볼 수 없는 것이다. "그것이 무슨 의미를 갖는지가 연구과제"라고 김장훈 교수는 말했다.

실측년도가 후기로 오면서 실측 결과가 차이나는 것도 주목할 일이다. "이는 첨성대의 기울기에 대한 것이다. 기술의 발달에 의하여 측정장비의 정밀도가 더 높아진 것이 이유일 수 있다."고 했다.

첨성대를 두고 역사서의 기록을 검증하는 등 그동안 건축·천문·수학·종교·역사적인 측면에

서 다룬 첨성대 연구결과들이 나왔다. 이제껏 소개한 논문은 그중 일부이다.

확실한 것은 근래 들어 천문이 고대사 연구에서 점점 중요한 비중으로 대두된다는 사실이다. 천문학자 박창범·라대일의 1994년 논문 「삼국시대 천문현상 기록의 독자관측사실 검증」은 『삼국사기』의 천문기록이 중국 사서의 기록과는 확연히 다른 차별성을 지닌 독자관측 기록이라는 사실을 검증한 것이다. 박창범 교수는 이 연구의 의의를 다음과 같이 전했다.

"이 결과 『삼국사기』에 기술된 삼국의 역사가 독자적이고 신뢰할 수 있는 기록에 근거한 것임이 밝혀졌다. 반면 일식 관측지로 본 신라의 초기 강역의 위치가 사학계의 상식과 다르게 오늘날의 중국 대륙에 있게 되는 미스터리가 발생하여 사학계에 또 하나의 숙제가 던져졌다."

또한 고려말 이암의 저작 『단군세기』에 기록된 '무진 50년(서기전 1733년)의 오성취루(수성·

금성·화성·목성·토성의 다섯 개 행성이 한 줄로 나란하게 놓이는 천문현상)' 현상을 재연하여 "실제로 서기전 1734년 7월 13일 초저녁에 있었던 오행성 결집 사건일 가능성이 높다."고 밝혔다(1993년 박창범·라대일 논문 「단군조선시대 천문현상 기록의 과학적 검증」). 박창범 교수의 언급은 단숨에 3천7백여 년의 세월을 수학과 물리학의 천문법칙을 통해 뛰어넘는 것이었다.

"『단군세기』의 여러 천문기록 중 실현 여부를 천체역학 계산과 통계적 추론으로써 어느 정도 확인할 수 있는 기록이다."

이 연구결과는 고서에 기록된 날짜로부터 3700여 년이 지난 오늘날 현대적 학문연구 방법을 적용해서 기록의 사실 여부를 가늠한 것이다. 사서 전체의 신빙성을 검증한 것은 아니라 해도 고대사 기록의 하나인 『단군세기』의 자료적 가치와 신뢰를 높여주는 것이다.

연구결과 드러난 서기전 1734년 7월 13일과 책의 기록 '무진 50년'은 1년 차이가 나지만 이는 3천 년이 지난 고려시대 기록임을 감안할 때 용납되는 시차라고 한다. 오성이 나란하게 놓이는 현상은 평균 250년에 한 번 꼴로 일어나는 현상으로 이 날짜가 조작되었을 가능성은 거의 없다는 것이다.

2001년 박창범·이용복·이융조의 「청원 아득이 고인돌 유적에서 발굴된 별자리판 연구」에서도 천문과 역사연구의 필요불가분 관계를 말

해준다. 고대사의 실마리 하나가 그렇게 풀린 것이다. 박창범은 이를 두고 말했다.

"우리나라에서 전통과학의 기원 시점이 적어도 청동기시대, 또는 고인돌 시대(또는 고조선 시대)라는 것을 고인돌에 새겨진 성혈을 통해 밝힌 것도 역사 연구에 천문이 얼마나 중요한지를 볼 수 있다."

2002년 출판된 그의 저서 『하늘에 새긴 우리 역사』는 이러한 천문연구와 역사의 관계, 고천문과 현대의 천문을 연계시켜 풀어쓴 것인데, 천문에서 나아가 역사 연구에 일대 충격을 준 것으로 고대사 연구의 큰 진전이기도 했다.

첨성대에 가면 눈에 들어오는 대로 황도의 곡선을 한 첨성대, 지금도 정연한 줄눈 위에 놓인 돌 쌓임새의 수학을 연상해보자. 새벽에는 동지 일출을 가리키는 첨성대 맨 아래와 맨 위의 돌 모서리를 보고, 밤에는 북두칠성의 별과 일치하는 돌이 그 안에 들어앉아 있다는 것 등을 떠올리는 것만으로도 별은 가깝게 느껴진다.

고래로부터 수많은 어린이가 별을 바라보며 생각하던 것들이 시간이 지나며 천상열차분야지도로, 정밀한 건축의 첨성대와 천문기구, 오성취루와 같은 기록으로 구현되었다. 우리 조상들은 아주 오래전부터 어느 나라보다 천문기록을 정확히, 그리고 많이 해왔으며 후손들에게 자산으로 남겼다.

첨성대를 연구한 수많은 학자들의 논지를 정

리하면서 느낀 것은 각 분야 여러 전문가의 학문과 경험과 열정이 있어 첨성대를 대단한 유산으로 학문적 뒷받침을 해준다는 사실이었다. 현장에서 다져진 건축가이자 수학자였기에 27단 맨 위의 판석이 보통 돌 아닌 최상질의 돌로서 이를 공들여 연마해 자로 그은 듯한 직선을 형성한 중대한 의미의 구조물임을 직접 보고 확신할 수 있었다는 것, 첨성대 돌 표면이 희게 연마된 이유를 말할 수 있었다는 것이다. 또 천문을 연구한 학자가 있었기에 4천 년 전의 오성취루 현상을 밝혀내고 천문관찰의 중요성을 첨성대에 부여했다는 것, 토목을 전공한 전문가들이 있어 첨성대의 구축과 결개구조를 세밀히 살펴봤다는 것, 첨성대 연구를 시각적으로 제시해 보여주는 방송 다큐멘터리로 제작한 프로듀서였기에 크레인을 타고 카메라를 작동시켜서 화면에 밤하늘을 담아내는 작업을 통해 첨성대가 북동으로 2도 기울어진 원리를 제시할 수 있었다는 것까지 그 학문은 보통 사람의 능력을 넘어서서 다양했다.

"사소해 보이는 돌 하나가 그냥 세워지고 만들어진 것이 아니라 많은 계산과 반복, 그리고 과학적인 방법에 의해 만들어졌다는 데 감탄하며, 내가 살고 있는 이 도시가 새롭게 다가온다."고 한 경주 사람이 말했다.

제3장
통일의 자취

김춘추와 고구려 토끼전

토끼가 고대 이래 지금까지 관통하는 상징은 영리함이다. 그의 명민함은 봄이 되면 자기 굴까지 가장 안전하고 빠른 길을 수학적으로 감지해 확보해놓고 새 풀이 날 때까지 일 년 동안 그 길로만 다닌다는 생태에서도 나타난다. 무열왕 김춘추에게 토끼전 이야기가 심각한 상황을 타개한 열쇠로 주어진 역사가 있다. 삼국통일의 전초작업을 한 무열왕은 지혜로운 인물이었던가 보다.

수천 년 전 옛날부터 동양인들은 그렇게 영리한 토끼에게 역할을 주고 글과 그림으로 나타냈다. 인도 불교에서부터 토끼는 달에 연관됐다. 중국 한나라 때 와서는 달나라 계수나무 아래서 두꺼비와 함께 서왕모(중국 도교의 여왕)의 불로장생약을 절구에 찧고 있는 존재로 부각됐다. 다른 어느 동물보다 토끼가 영약을 달이는 존재로 일찍부터 선택됐던가 보았다.

우리나라 고구려 사람 가세일(加世溢)이 설계하고 고구려·백제인이 수를 놓아 제작한 「천수국 만다라수장」[622년 왜의 성덕태자 사망 후 그의 비가 태자의 극락왕생을 빌어 제작한 극락세계(天壽國) 풍경. 일본 나라 中宮寺에 유품이 전한다.]은 성덕태자가 사후 극락세계에 태어나기 기원해 그곳의 여러 풍경을 묘사했는데 한 부분에 달에서 약 만드는 토끼도 수놓였다.

그 당시 일본에서는 불교를 받아들이긴 했지만 아직 불교사상에 대한 깊은 체계화는 안 되어 있어 성덕태자가 사후 태어나기를 바라는 극락세계에 대한 구조를 설계하는 데는 한국인에게 의뢰할 수밖에 없었다. 이에 한국인의 정서가 드러나 보인다.

토끼가 찧고 있는 것은 전설과 노래 속에서처럼 모든 사람이 먹고 싶어 하는 떡방아이기도 하고 불로장생 약방아이기도 하다. 약을 조제하는 임무를 맡은 토끼는 그만큼 머리가 좋아서 거기 등장하게 됐을까? 그런데 천수국만다라수장의 방아 찧는 토끼 옆에 보이는 식물은 계수나무가 아니라 온전한 한 뿌리의 인삼처럼 보인다. 뿌리가 노출돼 인삼 같은 긴 덩어리로 그려졌고 긴 줄기 끝에 매달린 세 장의 긴 타원형 잎

일본 성덕태자의 사후를 위한 천수국만다라수장에 수놓인 달에서 방아 찧는 토끼. 고구려·백제인들이 설계, 수놓아 제작한 극락세계 풍경(성덕태자가 극락왕생할)인데 토끼 옆에 있는 식물은 계수나무가 아니라 인삼으로 보인다고 식물학자 최병철 박사가 지적했었다. 일본 나라 중궁사 소장.

은 인삼잎 같다. 토끼는 절구공이를 쥐고 있는 것이 아니라 팔을 뻗어 앞에 있는 인삼을 가져다 넣는 암시를 한다. 계수나무의 둥치나 잎과는 분명히 다르다. 조선시대 민화에서 자주 보이는 방아 찧는 토끼 뒤 계수나무와 확연히 비교된다. 식물학자 최병철 박사는 "계수나무는 분명히 아니다. 뿌리에서 연결되는 줄기 형태는 인삼 그대로이고 잎의 형태도 인삼잎이라 여겨진다. 토끼 앞에 놓인 기물은 절구가 아니라 약재를 끓이는 그릇이다. 이 유물을 한국인이 제작했으니 신비의 명약으로 알려진 한국 인삼을 그렸다고 봐도 무리는 아니다. 하지만 뿌리가 더 길고 갈라지면서 잔뿌리가 표현됐다거나 잎도 세 장만이 아닌 다섯 장까지 표현되고 붉은 열매가 붙어 있으면 완벽한 인삼이라 할텐데 아쉽다.

달리 보려면 불로초라는 것이 있으나 그것은 형태가 분명치 않은 추상적 식물이다. 어차피 달나라에서 찧는 상상의 약이니 불로초로서 인삼을 비슷하게 그렸다고 볼 수 있다. 조선시대 민화로 소개된 사진의 토끼 뒤에 있는 나무는 목본 계수나무가 분명하다."고 정의했다.

토끼는 인삼을 달이는 중인가? 실제로 한국계 혈통의 성덕태자만이 아니라 왜와 일본 왕실 사람들도 건강을 위해 한국에서 나는 신약 인삼을 생전에 자주 들었을 것 같다. 만다라수장을 만든 사람들이 고구려·백제 사람들이라는 사실이 상기된다. 자수장 무형문화재 한상수 씨는 1990년대에 성덕태자의 만다라수장에서 둥근 달 속 토끼의 장면만을 별도로 수놓아 보여주었다. 녹청색 둥근 테두리 속 토끼는 의사처럼 심각하게 약을 조제하는 표정이다.

고대로부터 전해지는 토우, 벼루에 새겨진 토끼, 십이지신상의 토끼 등 유물이 꽤 있지만 일본에 있는 천수국만다라수장에까지 한국의 토끼 미술품이 그것도 인삼과 함께 남아 있다는 사실도 기쁘다. 그런가 하면 십이지신상 중 하나인 토끼는 천지 중에 한 방향을 맡아 갑옷 차림에 칼이나 방패 같은 무기를 들고 무덤 속 중요한 이의 유택을 방어한다. 경주의 여러 왕릉에 둘러져 있는 호석들이 대표적이다.

민화에서는 담배 먹는 호랑이한테 담뱃불 붙여주는 토끼 두 마리 그림이 그의 영리함을 나타내는 대표작이다. 토끼는 잘난체하는 호랑이한테 긴 담뱃대를 불붙여주면서 먹히지 않고 살아남는다. 겁에 질렸으면서도 긴장감을 놓지 않고 권력자 호랑이 앞에서 정신 차리고 살아남는 자의 면모가 민중의 그림으로 나타난 것이다.

1980년대 초 수원 어느 절에 이 그림이 있었다. 한국인에겐 두말할 것 없고, 이 그림을 절의 벽화로 처음 접한 외국인들도 사뭇 즐거워하면서 소감을 신나게 피력했다.

그즈음 미술사학자 존 코벨이 이를 두고 담배 먹는 호랑이와 토끼 그림이 얼마나 독창적인 발상이며 사랑스러운가, 한국민화를 보관하는 절의 중요성 등을 언급한 글을 썼는데 얼마 후 그 절 용주사에 호랑이 담배 먹는 그림이 다시 그려지고 이에 환호하는 외국인의 반응이 소개됐다. 코벨 박사가 이 절 이름을 '용주사'라고 듣고 기록했는데 정조가 부왕 사도세자의 원찰로 세워 유교적 풍기가 강한 용주사에 그런 민화가 있었는지는 의문이다. 용주사에는 두어 번 가보고 그림 여부를 물어도 봤으나 이런 그림은 보지 못했었다. 코벨은 수원 다른 절 이름과 혼돈한 것 같기도 하다. 코벨이 본 담배 먹는 호랑이 벽화 언급 이후 20여 년이 지나 2010년 호랑이해에서 2011년 토끼해로 이어지는 연초 용주사로 호랑이 담배 먹는 그림이 진짜 있나 다시 보러 갔다. 미리 알아보니 '산신각에 있다.'는 답변이었는데, 막상 가보니 산신도의 호랑이일 뿐

담배 먹는 호랑이 벽화는 오래전에 다시 지워버렸다고 했다. 여기서는 예상대로 유교적 분위기를 중시해서 "용주사에 산신각은 있어도 대궐 사찰이라서 산신각이라 하지 않고 시방칠등각(十方七燈閣)이라고 부른다."고 했다. 그래도 1980년대에 호랑이 벽화를 그렸던 사람은 경주 출신 김용주 씨라는 정보는 얻어낼 수 있었다.

현존하는 절의 벽화를 기를 쓰고 찾아보니 서울 화계사 명부전 벽에 토끼가 호랑이 담뱃불 붙여주는 그림이 있었다. 토끼가 어떻게 절과 인연이 깊은 것인지, 태고종 스님들의 붉은색 가사에는 지금도 해와 달을 상징하는 달나라 방아 찧는 토끼와 해 속에 들어 있는 삼족오가 수놓인다.

또 다른 그림 하나는 뜻밖의 장소에서 찾았다. 서울 보광동 붉은 벽돌담의 주택에서 담배 먹는 호랑이와 토끼 벽화를 발견했다. "문을 열고 들어오면 먼저 호랑이 담배 피는 그림이 보입니다."라고 소개한 한화그룹의 중견간부인 그 집 따님 이유리 씨는 "아버지가 조선민화를 본따서 그리신 것으로 이 호랑이가 우리 집을 지켜준다고 늘 생각합니다. 자세히 보면 의외로 호랑이는 착하게 생겼어요. 어느 날 밤 기운이 하나도 없이 집에 돌아왔는데, 호랑이 그림에서 빛이 나는 듯한 기분이 들어 호랑이를 만지고 나니 갑자기 기운이 생겼다는 나만의 일화가 있어요. 담뱃대를 붙잡고 뛰노는 토끼들 서 있

서울 화계사 명부전 벽에 그려진 담배 먹는 호랑이와 토끼.
아래 위 시설물에 가려져 잘 보이지 않지만 토끼 두 마리가
호랑이 입에 담뱃대를 물려주려 대령하고 있다.

는 게 꼭 사람 같아요."라고 블로그에 기록했다. 2009년도의 일이다.

'호랑이는 여전히 담배 먹는 중이고 토끼도 여전히 담뱃불 붙이는 중임'을 확인했다. 그것도 21세기 미디어 블로그를 통해서.

영리한 토끼의 전형적인 모습은 오래된 문학에도 나와 있다. 대표적인 것이 토끼가 거북 등에 타고 용궁에 갔다가 간을 빼먹힐 위험에 처하자 기지로 탈출하는 이야기이다. 이 설화를 막연히 조선시대 판소리 「수궁가」가 그 근원인 줄 알다가 이번에 『삼국사기』에서 아마도 가장 오래된 토끼전이라 할 것을 찾아 읽었다.

놀랍게도 그 토끼전은 고구려의 관리가 신라 사절 김춘추에게 비밀리에 알려준 정보이기도 했다. 『삼국사기』 열전 1에, 김춘추가 왕이 되기 전 고구려에 백제를 칠 구원병을 얻으러 갔을 때 이야기가 나온다. 보장왕이 되레 "신라에 귀속된 고구려 본래의 땅을 돌려보내라."는 요구를 하니 김춘추가 자기 맘대로 답을 못해 옥에 갇히게 되었다.

이때 김춘추가 미리 뇌물을 주고 사귄 고구려인 선도해가 '토끼가 용왕한테 뭍에 돌아가 간을 가져오겠다고 속여 무사히 돌아간 이야기'를 들려주며 어떻게 행동해야 할지를 암시했다.

김춘추가 그 비유를 깨달았다. 그는 곧 보장왕에게 "신이 귀국하면 우리 신라 임금에게 청하여 고구려 땅을 돌려주도록 하겠다."고 둘러

현대의 토끼는 호랑이와 맞장 뜬다. 토끼와 호랑이가 나란히 앉아 담배 피는 현대 민화. ⓒ
김유경

위. 용왕의 아들 중 하나, 거북 모양의 용 등에 타고 간 빼먹히러 가는 줄 모르고 아름다운 용궁으로 구경 가는 토끼. 보름달이 크게 떠있고 암석과 꽃이 어울린 서정적 바다 풍경인데 토끼는 약간 긴장한 듯 보인다. ⓒ 국립민속박물관

고구려 때도 있었던 토끼전의 문학과 그림은 근대에까지 이어졌다.
오른쪽 위. 이흥덕의 호마도. 깊은 산속 절벽 위에서 수도하는 달마 같은 호랑이가 토끼를 데리고 있는 평화. ⓒ 이흥덕

오른쪽 아래. 현대화가 김영미 '인문학을 건지다' 그림의 토끼. 인문학의 앞날을 걱정하는 학자적 토끼로 비정됐다. 한 인문학자의 연구실에 이 그림이 걸렸다. ⓒ 김영미

댔다. 이에 보장왕이 (토끼가 뭍에 돌아가 자기의 간을 갖다줄 거라고 기대한 바보용왕처럼) 기뻐하며 그를 놓아보내 김춘추는 무사히 신라로 돌아오고 이후 삼국통일의 길을 닦았다. 경주를 오늘의 경주로 이어지게 하는데 토끼가 그토록 암시적인 존재로 역사를 뒤바꾸리라고는 김춘추만이 알았을 것이다.

민속박물관 토끼 전시회에 거북 모양 용의 아들 등에 올라 용궁으로 떠나는 토끼 그림이 있었다. 통도사 명부전 안벽에도 토끼와 거북이 넓은 바다를 헤쳐가며 용궁으로 가는 서사적 벽화가 있다.

단순한 민담 정도로 알았던 그 이야기가 643년 이미 고구려에 보편적 이야기로 퍼져 있었다는 것, 토끼의 지혜가 김춘추를 살려 한국사를 근본부터 뒤흔든 계기가 되었다는 사실에서 힘이나 권력보다 지혜가 운명을 바꾸는 인간 사회의 드라마를 본다. 그리고 그런 토끼 이야기는 천수백 년이 지난 지금도 한국인들 사이에 깊이 뿌리내리고 있다는 사실이 새삼스럽다.

2011년 초 몇 개의 토끼 그림이 전시회에 나와 현대예술가들이 다루는 토끼를 볼 수 있었다. 인간처럼 생각이 깊은 면모를 보이는 토끼들이 있었다.

롯데화랑 전시회에서 김영미의 토끼는 모던 아트 책을 읽기도 하고, 바다에 흩어진 인문학의 종이책들을 배를 저어가며 주워올리려 한다. 화가 이홍덕의 유화 '호마도'는 담배 먹는 호랑이는 아니지만 수도승 달마의 모습을 한, 작가의 사고에서 우러난 정신적 호랑이를 보여준다. 호랑이 손안에 있어도 천연덕스럽고 편안한 토끼는 간 빼먹힐까 겁먹은 토끼가 아니라 수도로 얻어진 정신적 평화의 구현을 말해주는 것 같다. 2016년에는 인사동 한 가게에서 토끼가 더 이상 호랑이 앞에서 겁먹고 담뱃불 붙여주는 것이 아니라 호랑이와 아주 나란히 앉아 둘이 동등한 친구가 된 것처럼 맞담배를 피는 현대 민화를 보았다. 그리다 만 것같이 색칠도 덜 된 것이었는데 정호라는 화가의 이름이 있었다. 현대 평등정신의 승리인가?

감포 문무대왕릉

경주 동쪽의 토함산 너머로 동해바다가 펼쳐진다. 이곳 양북면 봉길리 해안에서 200미터 바다로 들어간 곳에 집채만한 자연석 화강암 바위가 모여 있는 문무대왕 수중릉이 있다. 3만 7천여 평(12만 4천m^2)에 달하는 묘역의 바위는 4개로 크게 구분되며 얼핏 보기에 4-5미터 남짓(개인적 눈대중임) 물 위로 솟아 있다. 안쪽에 물이 흘러들어 웅덩이를 이루면서 그 안에 직사각형의 궤처럼 보이는 큰 돌이 관처럼 뉘어져 있다. 대왕암이라고도 불리는 황갈색이 도는 바위 표면은 거칠어 보이며 썰물 때면 주변을 두른 작은 바위들도 드러난다.

바닷물이 쉴 새 없이 동서남북 사방에서 대왕암 바위틈으로 들어가고 흘러나오기 때문에 고여 있는 웅덩이가 아닌, 생생한 바다 한가운데 기운이 살아 전한다. 미륵사 탑 하부건축에 쓰인, 사방을 통하게 한 통로기법을 적용시킨 것 같다고 한다. 백제 미륵사 건축기법은 문무대왕을 기리는 감은사 금당 바닥구조에서도 나타난다. 신라왕의 능 건축에 백제 건축구조가 등장하다니, 그가 이룬 삼국통일이 실감나게 다가온다.

4개의 큰 바위가 둘러싼 한가운데 물에 잠겨 길게 놓인 돌은 681년 고질 끝에 화장 후 산골로 뿌려진 문무왕의 골수가 그 안에 있는 것처럼 느껴진다. KBS의 자체조사 결과 특별한 것이 없는, 그냥 돌 자체였다고 하는데 대왕암이 문무대왕릉으로 일반에 알려진 것은 1967년 이후이며 아직 문화재 발굴 수준의 수중조사는 진행되지 않았다. 접근불가 지역이어서 위에서 찍은 항공사진으로만 바윗돌이 수중에 배치된 구조와 바위의 결, 바닷물이 들고나며 물결치는 것이 보인다.

사진가 이순희 씨가 종종 촬영에 지친 몸을 이끌고 감포 문무대왕릉을 찾는 것은 1천4백년 전 문무대왕의 애타는 국토 방위의 일념을 생각해서라기보다 젊은 시절 이곳을 찾던 추억 때문이다. 대구에서 학교를 다닐 때 바다를 보러가려면 거대한 감은사탑과 문무대왕릉을 같이 보는 감포가 손꼽혔다. 학기가 끝나는 날 해

감포 봉길리 해안에서 200미터 바다로 들어간 곳에 있는 문
무왕 수중릉.

방감에 밤늦게까지 떠들고 놀다가 누군가 "감포 가자!" 그러면 모두들 흔쾌히 "오늘도 감포 가는 거야?" 하고 차 한 대에 6-7명이 포개 타고 쉬지 않고 달려 이곳으로 왔다.

깜깜한 모래사장에 앉아 파도소리를 들으며 "문무왕이 정말 용이 됐을까? 대왕암과 감은사, 이견대가 삼각형을 이루고 신문왕이 만파식적 피리를 신탁 받은 데가 감은사라지, 백제의 건축기술이 신라의 탑과 절에 적용되었지."

그런 지식들을 떠올리며 바다에서 동이 틀 때를 기다렸다. 새벽이 되고 해가 떠오르면 젊은

이들답게 새로운 날에 대한 예지를 다져보던 순간도 있었다. 그 다음에는 피곤이 몰려와 모두 모래밭에 쓰러져 잠에 빠져들었다.

문무왕 김법민이 용이 되어 왜구로부터 나라를 지키려 한 의지에서는 무열왕대부터의 신라사 몇 장면이 읽혀진다. 백제를 멸망시킨 무열왕 김춘추는 "661년 6월에 익산 대관사의 우물물이 변하여 피가 되고, 금마군에서는 땅에서 피가 흘러나와 다섯 보 너비나 되었다."는 기록

▶ 모래밭에서 용왕기도 드리는 무속인. 제물로 정한수와 쌀을 차렸다.

의, 대관사에서 벌어진 백제군과의 치열한 전투 현장에서 사망한 것으로 보인다. 그전 선덕여왕 때 신라는 백제·고구려의 침공이 빈번해 의자왕은 신라의 40여 성을 빼앗고 김춘추의 딸과 사위는 대야성(지금의 합천)에서 백제군에게 죽은 일이 있었다. 김춘추는 고구려에 억류되었다가 토끼전의 토끼 같은 명민함으로 풀려났다.

문무왕은 무열왕의 관 옆에서 즉위하고 삼국을 통일하고는 당나라 군사도 쫓아낸 뒤 무기는 절에 감추어 두었다. 문무왕이 사후에도 호국용으로 화신하기 위해 바닷속에 안장된 것은 그가 이룬 격동의 역사와 걸맞아 보인다. 화장 후 동해에 산골한 신라 임금은 681년의 문무왕말고도 742년의 34대 효성왕, 785년의 37대 선덕왕(선덕여왕이 아닌 남성 임금)이 있는데 이들에게는 문무왕 같은 장엄한 장지가 따르지는 않았다. 어쩌면 천연두 같은 전염병으로 사망한 것은 아니었을까, 혹은 무덤 흔적도 안 남겨 사람들이 그를 찾지 못하게 하려고 그랬나 멋대로 상상을 해본다.

신라 역사에는 박혁거세 임금이 지녔던 천문기구 금척(金尺)을 비롯해 진평왕의 특별한 옥허리띠, 신문왕에게 용이 신탁한 옥허리띠와 만파식적 피리, 원성왕대의 호국용 이야기 등 흥미로운 기록이 많고 경주 땅에는 실제 그 이야기를 뒷받침하는 유적들이 전해진다. 물로 물으로 이들을 찾아가 보는 과정이 여간 흥미진진하

지 않다.

접근 금지되기 몇 해 전 보트를 타고 대왕암을 돌아본 적이 있는데 파도에 휩싸여 부동의 자세로 서 있는 바위들이 평범치 않아 보였다. 비바람이 굉장해 파도가 일렁이고 어두컴컴한 때면 대왕암 주변은 무섭도록 장엄할 것 같다. 그런 날 이 장소에 와본 누군가가 있을까? 어민들은 익숙하게 본 광경일지도 모른다. 세계사를 통틀어 이런 왕릉은 문무대왕릉뿐일 것 같다. 바다에 이런 왕릉을 조성한 신라의 창의적 정신이 경주를 깊이 있게 해준다.

가을날 평일 오전 해변에는 낚시하는 사람 몇, 그 외 무속인들이 여기저기서 치성을 드리고 있었다. 두 번째 갔을 때는 일반인처럼 보이는 여성도 거의 바닷물에 닿을 듯한 자리에서 치성 드리는 것이 보였다. 여기의 동해용왕은 막강했던 문무왕의 후신이라는 구체적 상황이 더 붙여져 있다. 지금 대왕암에는 아무도 못 들어가게 하고 어촌계가 지정한 사람만 접근이 되는데 그래서 "여기 미역이 아주 많다."고 했다.

모래밭 뒤 언덕엔 텐트가 줄지어 20여 군데 설치돼 있었다. 무속인들이 텐트 안에 제물을 차려놓고 징을 치며 용왕제 지내는 광경이 보였다. 정월 대보름이면 특히 많이 찾아오는데 평일에도 줄잡아 50여 명은 와있으리라고 했다. 제천서 온 한 법사는 "용왕님께 어젯밤 11시, 자시에 첫 제를 올리고 오늘 아침 세 번째 제를

올리는 겁니다. 하늘에는 칠성, 바다에는 용왕님이 있죠. 여기 오면 정신무장이 됩니다. 용왕님께 새 제자가 생겼다고 알려드리려고요."라고 했다.

차려놓은 제물 중에는 삼지창칼, 오색 깃발 그런 무구 옆에 방금 지어 김이 오르는 밥이 솥째 올라 있었다. 모래밭에서 물 세 대접과 쌀 한 대접만 제물로 놓고 절실한 얼굴로 징을 치며 기도하는 대전의 무속인도 있었다. 징은 필수 도구였다. 따라온 가족이 설명했다.

"징은 신을 불러들이는 겁니다. 제 처가 무속인인데 텐트 속에 들어앉아 치성 드리면 신령님이 텐트를 날려버려요. 내가 멀쩡하다가 대감줄이 내려 지금 무당이 될락 말락 하는데 신의 제자가 되는 것은 죽기보다 힘드는 일이니 그것 막아달라고 용왕님한테 나 대신 빌어주는 거예요. 여기도 오고 서울 인왕산에도 가고. 닷새만 기도하려 했는데 열흘이나 하라 하고 마지막 날에는 소머리를 바치라고 용왕님이 그러시네요. 신을 모시는 데 돈이 많이 들어가니까 우리 집에 사람들이 점 보러 많이 오게 해달라고도 빌죠. 동해용왕님이 제일 힘이 세요. 기도 와서 말 많이 하면 안 돼요."

모래를 헤치고 앉혀놓은 종이컵에 소원성취

위, 문무대왕릉이 보이는 바닷가 천막 안 무속인의 제물상. 한가운데 갓 지은 밥이 솥째로 놓였다.

오른쪽, 오징어를 파는 건어물집 간판 가까이, 무당뉴스 보급함이 있어 무속인들의 활발한 움직임을 알린다. 간판 그림이 생생하다.

이견대에서 바라본 문무대왕릉.

촛불을 켜놓은 것도 있었다. 이들은 치성이 끝나면 대왕암 정면에 서서 사방을 돌아가며 절을 하고 음식을 고수레했다. 모래밭에 떨어져 있는 과일과 떡·쌀·과일 등이 그렇게 떨어뜨린 음식이었다. 그런데 얼마 후에는 또 누군가 와서 거둬가는 듯 어떤 것들은 금방 보이지 않았다.

무속인들의 용왕 기도는 이곳만이 아니라 동해·서해·남해 해안 어디서든지 이루어진다. 길 위에 줄지어 선 가게들은 횟집 겸 건어물 파는 곳인데 대부분 초·쌀·북어·색헝겊·방생 물고기 같은 치성용 물품도 취급하고 있었다. 간판에는 그런 내용이 안 써 있고 컵라면·커피·건어물·과자 같은 이름만 있다. '화려한 추억을 만들어주는 불꽃놀이 화약 팝니다.'라고도 했다.

오징어가 멋있게 그려진 간판 뒤에는 '무당뉴스' 신문보급함도 있었다. 무속인들은 여기서 민박도 하며 2010년 기준 평일 하루 3만 원 비용으로 텐트를 빌린다. 주말에는 더 비싸고 정월대보름 무속인이 대거 몰리는 시기엔 대여료가 8만 원으로 올라간다는데 끊임없이 무속인처럼 보이는 일행들이 오갔다. 이들의 자동차는 최고급 세단부터 고물 승합차까지 다양했다.

문무대왕릉이 잘 보이는 산자락의 이견정.

이견정 대들보에 그려진 황룡. 감포에서 본 유일한 용이었다.

길가 빈 공간에는 쓰레기가 넘치는 자루들이 뒹굴고 있었다. 대왕암의 위용을 존중하고 위하는 분위기보다는 방문객이 자신의 필요만 생각해 행동하는 터 같은 느낌이 더 강했다. 이곳을 고결하게 유지하려는 자생적인 규칙은 있는 걸까 없는 걸까.

문무왕 수중릉의 고귀한 역사를 짚어보기 위해 찾아온 이에게는 우선적으로 잡스런 풍경 없는 신성한 바다에서 대왕암의 위용을 제대로 느껴보고 싶은 욕구가 컸다. 당국에서는 이 해변에 넘치는 무속 행위를 막을 방도가 없다고 했다. 그래도 몇 년 전까지만 해도 해변 초입서부터 가득 들어서 있던 무속인 천막을 상당수 철거해 대왕암과 해변의 자연스런 모습이 가려지지 않도록 해놓았다. '쓰레기를 버리지 마시오.'

라는 팻말도 모래밭에 박아놓았는데 역설적이게도 이 자리는 대왕암이 가장 잘 보이는 명당이고 무속인들은 이 자리를 선호한다.

무속인이든 일반인이든 그들이 올리는 제는 특별한 광경을 형성하는 것이기도 했지만, 한 사람은 "여기 무속인들이 와서 징치고 해서 시끄럽고 돼지머리에 과일에 지저분하다. 당국에 신고를 해도 계속 그런다."고 불평했다. 해변엔 관광객이나 낚시꾼, 여행객, 로맨틱한 산책, 그런 것만 존재하는 건 아니니 음식을 먹는 일반인이나 해수욕객, 젊은이의 불꽃놀이나 치성 드리는 사람, 무속인의 무속 행위가 서로 어떻게 다르다고 할지는 모르겠다.

2000년에는 밀레니엄의 해를 기념하는 본격적인 동해안 별신굿이 대대적으로 열려 우리 문화의 자산으로 소개되었다. 여기는 용왕님의 존재가 어떤 형식으로든 실존하고 있다. 학계의 한 사람은 "이곳의 무속인 행렬이나 동해에 관련된 무속예술이 관광자원으로 활용될 수 있을 것입니다."라고 말했다. 문무왕의 대왕암은 그럼 그 부속관광이나 될 것이란 말인가? 경주 왕릉마다 후손들이 봄가을로 제사를 올리는데, 문무대왕릉에는 누가 어떤 형식으로 제를 올리는지 모르겠다.

수중릉이 보이는 산중턱의 이견대에서는 해변 모래밭과 부서지는 파도가 더 넓게 보이고 대왕암은 눈 아래로 조그맣게 보였다. 이견대 정자 대들보에는 떠도는 여의주를 콧수염으로 가볍게 말아쥐는 황룡, 청룡의 단청 그림이 있었다. 문무대왕의 기상을 나타내려 했다기보다는 특유의 민화적 해학 정도가 보이는 것이었을 뿐, 문무왕과 용의 인연을 다룬 후대인의 어떤 예술작품 같은 것이 그리웠다. 그런데 문무왕이 용으로 잠겨 있는 감포에서 본 용은 그나마 이것이 유일했다.

이견대라는 이름에 걸맞게 여기서 수중릉을 더 잘 볼 수 있는 망원경 시설 같은 것이라도 있으면 했다. 해변에 망원경이 있었는데 자꾸 고장나 철거했다고 했다. 그래도 경주에서 40킬로미터 떨어진 이곳까지 찾아왔는데 멀리 떨어진 자연상태의 바위 일부와 무속인들, 횟집말고 아무것도 더 볼 수 없다는 건 지극히 갑갑했다. 해변 안내판에 수중릉을 소개하는 내용도 사실적인 사진이 아니라 그림이라서 별 느낌이 안 왔다. 무속인들은 '무당뉴스'도 발행하고 활발한데 국가지정 사적지인 문무대왕릉은 신라 때 사적 이견대 외에는 그 위용과 기상을 지키는 아무것도 없고 항공사진 한 장 파는 것도 없어 사람들은 맨손으로 돌아간다.

문무왕의 길·1
사천왕사

삼국통일의 승자가 된 왕에게 바치는 아들 신문왕의 헌사는 거대한 삼층석탑이 있는 감은사 건축으로 이어졌다. 감은사에서는 다시 기림사와 용연으로 이어지면서 무열왕 이래 4대째에 이르는 효소왕까지 등장하는 만파식적 이야기를 확인했다. 뭍에는 문무왕대에 조성된 건물의 유적이 많아서 며칠을 두고 그 자취를 따라다녔는데, 그것만으로도 문무왕의 세계를 조금이라도 알게 된 듯한 기분이 들었다.

문무왕의 군사적 면모는 경주 사천왕사지와 무장사지, 그리고 경주박물관에서도 보였다. 사천왕사는 왕 생전인 675-679년, 애초부터 당나라와 신라 간의 전쟁을 담당하는 중요한 전초기지로 지어졌다. 이 땅에서 전쟁이 가장 많았던 7세기에 많은 절들이 전쟁의 역할 일부를 떠맡았고 실제 군사가 주둔했다. 사방을 향해 무력을 과시하는 천왕을 등장시킨 절 이름은 전투적인 힘을 상징한다. 이곳은 탑에도 양지 스님이

사천왕사지. 경주시 배반동 낭산 아래에 있다. 산 위에는 선덕여왕릉이 있다. ⓒ 문화재청

사천왕사의 서쪽 돌거북은 문무왕비를 천수백 년 동안 받쳐왔다. 대단한 기백을 지닌 거북은 살아있는 듯하며 조각이 화려하다. 근대 들어 목이 잘려나간 자리가 참혹해 보인다. 한발가락을 땅에 묻고 나머지 네 발가락으로 힘들여 나아가는 특유의 거북 생태를 표현한 사천왕사 문무왕비 돌거북 받침의 뒷발조각에서는 혼을 다한 예술가의 손길이 느껴진다.

사천왕상을 조각한 전(塼)벽돌을 장식했다.

1400년이 지난 지금 찾아보는 신라사가 그토록 흥미로운 것은 고대 사회의 감수성이 곳곳에 넘쳐나기 때문이다. 그때 신라에는 용이 넘쳐나고 거북이와 옥허리띠, 금척(金尺)이 곳곳에서 문화사에 참여한다. 우물은 바다 밑 용왕과 통하는 통로이기도 했다. 여우가 사람으로 둔갑하고 천마며 황금 자동차의 옵션 같은 비단벌레 날개의 말장식과 무한한 힘의 탄생을 상징하는 달걀이 무덤에서 출토돼 나온다. 문무왕과 동시대에 등장하는 명랑법사, 조각가 양지 스님, 원효와 의상, 왕의 동생 김인문, 심지어는 토끼전까지 흥미진진하다. 여성은 알영부터 원화·선덕·진덕·진성여왕이 당대와는 좀 멀리 떨어진 배경으로 떠오른다. 신라에서 여성의 위상은 수동적인 신분의 권력자 아내나 사랑의 대상만으로 존재하지는 않았다. 여왕 3인은 신라가 자주적으로 선출한 임금들이었다.

▶ 사천왕사 문무왕비의 상단부와 하단부. 돌거북 등에 서 있다가 경주박물관으로 옮겨졌다.

문무왕릉비 편 文武王陵碑片
Fragment of Monument of King Munmu

삼국이 통일된 뒤인 675년, 이번에는 당나라 50만 대군이 신라를 노리고 쳐들어왔다. 문무왕이 그 대책을 명랑법사에게 물었다. 명랑은 우물 속으로 해서 용궁에 들어가 용왕에게서 배워온 비법이 있었다. 『삼국유사』에 나오는 명랑의 비범한 행적은 그가 뛰어난 전략가이자 천문 기상에 해박한 지식인임을 알게 한다.

명랑법사는 우선 경주 낭산 아래 절터를 잡고 12명의 스님들과 '문두루 비법'을 썼다. 풍랑이 일어 당나라군은 모두 물에 빠져 죽었다. 신라는 안전해졌다. 679년 문무왕은 이곳에 사천왕사를 준공했다. 당나라 사신이 와서 사천왕사의 비밀을 캐가려고 애썼지만 신라는 사천왕사를 필사적으로 숨기고 그 대신 근처의 망덕사를 보여줬다. 이곳은 지리적인 것부터 어떤 전술전략을 통째로 간직한 군사기지가 아니었을까 한다.

여기에 문무왕비를 기리는 비석이 그의 사후 세워졌다. 56세로 사망한 왕을 바다 밑에 안장한 뒤 땅에는 대당전쟁의 본거지였던 이곳 사천왕사를 택해 비를 세운 것이다. 발굴 중인 사천왕사지에는 문무왕 비석을 등에 받치고 있던 돌거북이 있다. 경주에서 본 여러 개의 돌거북 비석받침 중에도 이곳의 서쪽 돌거북이 특히 생동감이 넘치고 사실적이면서 화려했다. 뒷발은 앞으로 전진하는 기상을 나타내느라 힘을 주었기 때문에 한 발가락이 땅속에 파묻혀 발가락 네 개만 보인다. 거북등의 육각무늬와 척추뼈가 근

육처럼 도드라지게 조각돼 있다. 비석을 받치는 네모 부분은 연꽃잎으로 화려하게 받치고 당초문양도 장식해 왕을 위한 정성을 다했다.

거북을 조각한 돌의 재질은 문무왕비와 같은 화강암이다. 끌의 쇳날이 튀어나갈 만큼 단단한 돌이기에 노천에서 천수백 년 넘게 풍상을 견디고도 버텨온 것이다. 산업도로가 지나는 시끄러운 길 둔덕 아래 수풀에 가려 잘 보이지도 않는 서쪽 돌거북은 금방이라도 덤벼들 듯하는 무인의 기상이 있었다.

그런데 동쪽에 놓인 거북과 함께 둘 다 머리가 참혹하게 잘려나갔다. 깨진 자리가 선명한 목에선 피가 흐르는 것 같다. 일제강점기 때 일본인들이 두 거북 사이로 사천왕사를 갈라놓는 길을 내면서 거북의 방향부터 돌려놓았다. "이때 목도 베어버렸다."고 발굴현장에서 오래 일해온 나이 많은 한 발굴원이 말했다. 학자 한 사람도 "경주 절의 돌거북은 조선시대 유교의 불교 폄훼와 일제의 한국문화 말살, 기독교의 무지한 신념으로 인해 거의 모두 목이 잘려나갔다. 사천왕사 돌거북은 일제 때 훼손된 것이 확실하다."고 했다. 경주 토박이 시민 이순영 씨는 1980년대 초등학생 학습지에 실린 사천왕사 돌거북 설명서에서 다음의 기록을 읽었다.

"천재지변이 많이 나는 일본에서 한국을 보니 왜구를 쳐부수려 작정한 문무왕비의 거북이 일본 땅을 바라보고 있었다. 그 때문에 일본에

재앙이 끊이지 않는다고 생각한 일인들이 강점기에 그 거북을 찾아 경주에 와서 머리를 잘라버렸다."

사천왕사도 길로 양분해놓은 일제는 그보다 더 한 짓도 서슴지 않았을 것이다. 잘려나간 거북 머리 하나는 경주박물관에 있는데 따로 떼놓은 그 머리만 보기가 참혹했다. 거북이는 발가락이 땅에 파묻힐 정도로 그의 모든 힘을 다해 문무왕 비석을 떠받들어왔다. 그런 거북의 목이 일제의 칼에 잘린 것이다. 문무왕은 사후 천수

백 년이 지나도록, 영원히 적들과 대적하는 운명인 듯하다.

경주박물관에서 문무왕비를 보았다. 문무왕 사후, 682년에 건립된 비석은 1796년에 이미 부러진 조각으로 발견되었다. 그후 또다시 잃어버렸다가 2009년 비석의 윗부분까지 우연찮게 되찾아 경주박물관에 들어왔다. 비문에는 김씨의 조상이 흉노로부터 온 핏줄이라고 천명했다. 흉노는 유목 기마족으로 일찍이 중국 한나라를 맘껏 제압했고 유럽으로 진출 정벌했으며 이후

무장사지의 쌍거북 돌비석받침. 비석 몸체도 사라지고 쌍거북 모두 목이 없어진 처참한 상태로 두 마리 용이 등에 여의주를 받쳐 든 비석머리 조각만 남았다. 원성왕의 아버지가 세운 절 무장사에 후일 손자며느리 소성왕비가 조성한 아미타불은 왕좌 주변에서 왕과 왕비였던 가족 모두를 잃은 소성왕비의 회한을 말해주는 듯하다.

역사에서 사라진 종족이다. 부여와 흉노 두 부족의 핏줄이 우리에게 이어졌나 보다.

2010년 11월 현재 문무왕비 하단부는 미술관에 있고 상단부는 '원효 특별전'에 나와 따로 전시 중이어서 찾아 맞춰보는데 시간이 한참 걸렸다. 두 조각을 합쳐서 볼 수 있었으면 전체적인 인상은 더욱 강렬했을 것이다. 두어 줄 간단한 설명으로는 문무왕대의 격랑이 그 자리에서 드러나 보이진 않았다. 그러나 금이 가고 마모된 돌이 주는 느낌은 '우리가 참으로 오래된 역사를 실물로 지니고 산다.'는 것이었다.

어두운 회색의 단단한 돌에는 바둑판처럼 줄을 긋고 글자가 새겨져 있었다. 치수는 아무 데서도 자료를 찾지 못해 눈대중하니 비석 높이는 1미터 이상, 가로 40센티미터, 폭 30센티미터쯤으로 보였다. 굉장히 묵직한 느낌을 주는 돌은 무게가 톤 단위일 것 같다. "경주에 올 때는 꼭 망원경과 줄자를 가지고 와야지."라고 결심을 또 했다.

문무왕의 길·2
무장사에서 용연과 추령 넘어 감은사까지

무장사의 한자 표기는 '鍪藏寺'이다. 감포 가는 길에서 암곡이란 동네로 들어가 무장산 계곡 길로 4킬로미터쯤 걸어가니 산 위에 쌍거북 비석받침에 비석 몸통은 없어지고 쌍룡을 새긴 비석의 머리 부분만 남은 무장사 비석과 삼층석탑이 보였다. 비석 유물은 내용이 적혀 있었을 몸통도 없고 쌍거북은 모두 목이 잘려나가서 처참한 모습이었다. 『삼국유사』에 "무열왕이 이곳에다 무기와 투구를 갖다두었다."고 했는데 학계에서는 문무왕 때 전란이 끝나도록까지 이곳에다 무기를 감춰두었으리라 한다. 군대 갔다온 한 남성이 "현대의 군대에서도 무기고는 이런 데다 두어 감추고 유사시 꺼내 쓰기도 용이하게 한다."고 한다.

암곡(暗谷)이란 이름부터가 심상치 않았다. 그래도 이름과 달리 경주 외곽의 양명한 농촌 동네여서 넓어 보이는 논밭지대를 지나 산속으로 들어갈수록 계곡이 깊고 엄청난 바위와 돌더미가 펼쳐졌다. 무장사지까지 돌 징검다리를 열 번 건널 만큼 계곡은 굽이굽이 돌면서 거칠어지지만 물은 조금밖에 흐르지 않았다. 넓게 다진 임도 옆 활엽수 숲은 그리 오래 되지 않아 좀 성거워 보였다.

가다 가다 보이는 엄청난 돌에 뿌리박고 자라는 소나무를 보면서 "고구려 주몽의 아들 유리가 저런 바위를 들추고 아버지가 남긴 증표인 칼을 찾아냄으로써 왕자임을 증명했던' 역사가 생각났다. 한국인에게 산속으로 들어가는 일은 고래적부터 참으로 많은 역사를 만들어내는 과정이기도 하다. 사고와 산불위험 등을 살피던 국립공원 지킴이 유수근 씨는 "그 걸음으로 꼭대기까지 가겠느냐?"라며 걱정하고 무장사지를 설명해주고 갔다. 이 산은 포항에 절반, 경주에 절반 속해 있다. 평일엔 7백 명, 주말에는 4-5천 명의 인파가 무장봉 꼭대기 억새밭을 보고 간다고 했다.

산꼭대기에 가기 전 오른쪽 언덕 위에 무장사지가 있었다. 내정된 왕권 계승자를 따돌리는 권력투쟁 끝에 왕이 된 38대 원성왕의 아버지가 그의 숙부를 위해 절을 지었다. 신라 큰 가문

무장사지 삼층석탑. 전방이 탁 트여 먼데까지 다 눈에 들어온다.

의 위세가 짐작된다. 목이 잘려나간 쌍거북 돌 비석받침이 있고 비석 자체도 없어진 채 두 마리의 용이 여의주를 받드는 비석 머리 부분 돌만 남아 있었다. 용 조각은 많이 마모되어 희미해 보였다.

　서기 800년에 죽은 39대 소성왕을 위해 계화왕비가 이곳 무장사에 아미타불을 조성했다. 소성왕은 원성왕의 손자로 1년 반 정도 왕위에 있다가 죽고 열세 살에 왕위에 오른 그의 큰아들 애장왕과 작은아들은 신라 말기의 왕권싸움 때

삼촌 헌덕왕의 칼에 죽었다. 소성왕의 딸은 흥덕왕비가 됐다가 2개월 만에 죽었다. 정권의 소용돌이에서 왕이던 남편과 그 역시 왕위에 올랐던 아들, 왕비이던 딸 등 사방의 구성원이 왕권 그 자체였건만 가족 모두를 허망하게 잃은 소성왕의 계화왕비가 어떤 심정으로 아미타불을 찾았을지, 그녀가 왜 하필 이 골짜기 무장사를 택해 불상을 모셨는지 궁금해진다. 죽은 가족들의 명복을 빌어 아미타불을 조성한 것인가. 2대에 이어진 왕을 가족으로 두었음에도 살해되고

요절하는 현실을 보고는 아무것도 믿을 수 없이 되어 시집 가문의 원찰에 의탁하려 한 것일까. 비석 바로 앞 전방이 환히 트여 먼데 길까지 내려다보이는 자리에는 삼층석탑이 있다. 삼국통일을 뒷받침한 비밀 무기고에 평화로운 시절은 금방 지나가고 피 튀기는 권력투쟁에 나선 패자들의 운명이 보이는 장소가 되었다.

문무왕은 동해를 감시하는 감포 언덕에 감은사도 처음 착공했다. 이곳에서는 육안으로 동해의 상황을 꿰뚫어볼 수 있다. 문무왕의 호국의지가 구조적으로 설명되는 것이다. 좀 떨어져 있는 기림사지 산속은 바깥에선 잘 보이지 않으나 안에서는 바깥이 훤히 보이는 터라고 한다. 이 모든 것이 경주의 군사체계라고 한다. 감은사에서의 정찰이 맨 앞이고 군대는 기림사에 주둔해 있으면서 뒤에서 움직였다.

감은사는 아들 신문왕대에 완성됐다. 여기서부터는 삼국통일 이후 전후세대의 심미안과 그 후의 신라 역사가 투영된 장소가 되었다. 감은사지의 금당 바닥구조는 마루처럼 깔린 초석과 기단돌 아래로 바다 쪽을 향해 구멍이 나 있다. 문화재 해설사의 설명 없이는 언덕 풀섶에 조금 뚫려 있는 이 자리를 알아보기 불가능하다. 동해바다와 연결된다는 것은 용이 된 문무왕의 혼

사천왕사 탑에 있었던 양지 스님의 조각 사천왕상. 문무왕의 호국의지는 땅에서는 사천왕사로 나타나고 바다에서는 용으로 현신했다. ⓒ 문화재청

감은사 동탑 출토 금동 사리함. 외함 사면에 새겨진 사천왕상은 사천왕사지의 사천왕상과 느낌이 비슷하다.

감은사지. 두 개의 거대한 탑 사이로 금당 터의 기단돌과 초석이
남았다. 백제 미륵사지의 건축기법과 동일한 수법으로 건축됐다.
감은사는 동해의 움직임을 정찰하는 곳이기도 했다.

백과 통한다는 것을 말한다. 절이 바다를 향해
나 있는 것 자체가 그런 상징이다. 그리로 바닷
물이 흘러들어 왔다기보다 건축적으로 건물 기
단 아래 바닷물로 인한 습기를 제거하기 위한
환기구 구실을 했다는 설명이었다. 감은사 금당
의 이런 구조는 역시 연못터를 메워 세워진 백
제 미륵사 기단 구조와 동일한 수법이다.

더 확실하게는 고구려·백제 건축에 사용된
돌못의 존재가 비로소 통일신라 건축인 감은사
에서도 보인다는 것이다. 돌못은 평면 돌을 이
어주는 쐐기 구실을 해서 지탱하는 힘을 높여
주는 구실을 한다. "돌못의 등장 이후 신라건축
은 비약적 발전을 이룩했다."고 경주대 이근직
교수는 논문에 썼다.

두 개의 삼층탑은 거대하다. 통일 이후 석가
탑·다보탑까지 짓게 될 백제인의 능력이 여기
도 적용됐으리라 짐작한다. 탑 속에 있던 황금
사리함은 양지 스님 스타일의 사천왕상이 조각
된 아름다운 것이었다.

문무왕이 죽자마자 신라에서는 기다렸다는
듯 반란이 일어났다. 신문왕은 여러 세력들 틈
에서 버텨나가야 했다. 그의 어린 아들 효소왕
은 반란 세력에게 당했으리라 한다.

682년 어느 날 동해바다에서 감은사 앞으로
섬이 떠내려오면서 두 개로 갈라졌다 합쳐졌다
했다. 신문왕이 그 섬에 올라 용과 만나서 이야
기를 나눴다. 용은 왕에게 흑옥대를 바치고 섬

함월산 계곡의 폭포와 용연. 신문왕의 수레가 이곳에서 잠시 쉬어 갔다고 『삼국유사』는 전한다.

의 대나무로 피리를 만들면 국가의 안녕을 보존할 만파식적 피리를 만들었다. 역사는 통일에 공이 많은 문무왕과 김유신이 죽어서까지 나라 걱정이다가 세상을 평안케 할 기구로 만파식적 피리를 신문왕에게 전했다고 했다.

국어학자 고 서정범 교수가 감은사 앞바다 바위섬에 관한 글을 남겼다. "문무대왕릉에서 동북쪽으로 10킬로미터 떨어진 곳에 소용돌이치는 소가 있고 여기 큰 바위섬이 있다가 지금은 가라앉았다고 한다. 물결이 여기와 부딪쳐 배를 삼켜버린다는데, 섬이 왔다갔다했다는 기록은 당시 여기에 섬이 있었다는 것을 보여주는 것이지만 지금은 섬이 하나도 보이지 않는다. 감포 앞바다에는 원래 섬이 12개 있었다."

신문왕이 섬에 올라 용과 대면해 말을 나누는 장면을 어떻게 형상화할 수 있을까. 이야기는 더 흥미롭게 진행된다. 왕 일행은 기림사 뒤 함월산으로 해서 월성으로 돌아간다. 이때 왕의 수레는 기림사 서편 시냇가에서 잠시 쉬어 갔다. 대궐에 있던 태자 이공(후일의 효소왕)이 옥대와 만파식적 보물을 가지고 돌아오는 신문왕을 맞으러 서라벌에서 말을 달려 몇십 리 떨어

기림사 진남루. 선덕여왕 때 창건된 건축으로 임진왜란과 일제 때 승군과 의병들의 지휘본부로 쓰였다.

함월산에 일찍 해가 지자 저녁 예불 종을 치는 스님.

진 이곳으로 왔다. 그리고 용의 비늘로 된 옥대의 띠판을 하나 끌러 물에 담궜다. 그랬더니 띠판에 새겨진 용이 살아나 물보라를 일으키며 하늘로 올라갔다."

많은 사람들이 이 이야기를 아름답게 새기고 기림폭포 아래 용연을 아낀다. 통일신라의 전후 세대들은 전쟁을 예술의 경지로 변화시켜 칼 대신 만파식적이라는 피리를 만들어냈다. 역사적으로 보면 태자 이공이 등장하기엔 이른 때였다. 하지만 월성에서 태자 같은 높은 신분의 누군가 기쁘게 왕을 마중 나왔을 것은 분명하다.

경주박물관에는 오래된 옥피리가 보존돼 있다. 정말 경주는 대단한 곳이다.

산악인인 부산일보 황계복 씨의 안내로 함월산 용연을 찾았다. 추령을 사이에 두고 토함산과 연이어진 570미터 높이의 함월산을 관통하는 계곡이 매우 깊었다. 크고 작은 바윗돌이 많아지면서 바위벽이 양쪽에 두개의 문짝처럼 가려선 시냇가 안쪽에 문득 7-8미터 높이의 폭포 물줄기가 떨어지고 있었다. 물소리는 그 앞에서만 들렸다. 폭포가 떨어지는 자리의 용연은 아담한 연못 같고 깊어 보이지는 않았지만 물은 정말 옥 같아 보이고 더할 수 없이 맑았다. 폭포 자리는 금빛 햇살을 담뿍 받는 비밀의 방 같은데 파란 하늘, 물과 바위가 어우러져 고귀한 장소 같고 왕의 수레가 쉬어 갈 만한 곳임을 알겠다. 여기는 경주시의 상수원 지역이기도 하다.

감은사에서 이리로 들어온 왕은 산 넘어 추령으로 해서 월성으로 돌아갔다. 681년 문무왕이 죽었을 때 월성에서 나와 능지탑에서 화장하고 감포까지 문무왕을 장사지내러 간 길도 같은 길이었을 것이다. 문무왕은 신라 왕실이 동해 자신의 능침까지 왕래할 때 이 길을 익혀두게 함으로써 왜적에 대비토록 했다고도 한다.

근처의 기림사는 남성적인 느낌이 강하게 드는 곳이었다. 임진왜란 때도 일제강점기 때도 이곳엔 의병과 승군이 주둔하고 무술을 연마하는 절의 전통을 가졌다. 우물이 다섯 군데나 있었는데 후일 왕조가 바뀌며 이곳에서 힘센 장사가 나올까 꺼려 우물을 막고 그 위에 탑을 세웠다. 탑에 귀를 대고 있으면 물 흐르는 소리가 난다고 한다. 폭풍처럼 일생을 살다간 김시습의 행적을 기린 영당도 여기에 있다. 억센 절에 이렇게 섬세한 예술도 있구나 싶게 네 귀퉁이에 날아가는 꽃송이 같은 금동장식이 달린, 천상의 물건 같은 사리함도 구경했다. 스님이 종치는 예불을 보고 나니 깜깜해진 절 마당엔 차가운 밤바람이 스산하고 사람 그림자 하나 안 보였다. 불빛 하나 없는 밤길에 넘어지고 엎어지고 하면서 절 밖으로 서둘러 나오기까지 짙은 어둠 속에서 누군가가 예리한 눈으로 외부인의 움직임을 살펴보고 있는 듯한 느낌을 받았다.

제4장
산중턱 불국사가
영지에 비치거든

불국사 가는 길의 왕릉과 영지

경주 동남쪽 울산 방향 7번 국도 옆에는 성덕왕릉·영지·원성왕릉이 있고, 좀더 떨어진 곳에 경덕왕릉이 있다. 불국사 가는 도중에 있는 이들은 불국사와 석굴암 건축과 예술을 가리키는 이정표인양 다가오고 8세기 경주 사람들의 일관된 어떤 정신을 떠올리게 한다.

35대 경덕왕 김헌영이 그 중심에 있다. 그의 재위 742-765년 중에 시작되거나 이뤄진 황룡사대종, 성덕대왕신종, 춘양교와 월정교, 성덕왕릉, 불국사와 석굴암, 충담과의 대화 등은 통일신라 문화가 학문과 예술 모든 방면에서 절정에 이른 시대를 말해준다. 성덕왕의 둘째 아들 경덕왕은 723년 출생, 형 효성왕의 뒤를 이어 20살에 즉위했다. 그의 치세에는 끊임없이 문물을 심화시킨 사실이 기록돼 있고, 신라문화의 정수를 이룬다.

성덕왕릉은 경덕왕대 불멸의 건축인 불국사와 석굴암의 서곡 같다. 토함산 서북쪽, 조양의 너른 벌판과 만나는 분지를 양장곡이라고 한다. 역사서는 이곳을 길지로 잡아 성덕왕릉을 축조했다고 했다. 지금은 들국화와 소나무가 논벌을 따라 피어 있는 이 장소는 유난히 온화하고 평정한 기운이 느껴졌다. 어느 시점엔가 머리가 깨진 커다란 두 마리 돌거북이 논 가운데 능역 입구에 좌정해 이곳이 애초 대단한 신분을 가진 이의 공간임을 알렸다.

성덕왕(재위 702-737)릉에는 세모꼴 받침돌과 십이지신상, 돌난간이 둘러져 있다. 경덕왕릉은 이 구역에서 서쪽으로 조금 떨어진 내남면에 있고 그의 능에도 십이지신상과 두 줄의 돌난간이 건축됐다. 성덕왕릉과 비슷한 구조이다. 왕릉 바깥쪽의 돌기둥 사이를 연결한 두 줄의 갸름한 돌난간은 즉각 불국사 청운교·백운교의 돌난간과 다보탑의 난간 조각을 연상시켰다.

"돌난간의 등장은 불교적으로 왕좌를 의미한다."고 신라왕릉 연구자 이근직 교수는 말했었다. 돌난간은 인도 불교의 최초 탑 산치대탑에 건축된 이래 불교문화권에서 능에서도, 탑과 계단에서도 왕좌를 뜻하는 특유의 건축장식으로 이용되었다. 경덕왕대에는 불국사와 석굴암 건

141

성덕왕릉, 능을 둘러싼 두 줄의 돌난간 건축은 불국사의 돌 난간과 느낌이 같다.

성덕왕릉이 있는 양장곡 분지의 돌거북. 거대한 조각의 머리는 깨어지고 비석도 사라진 채 논벌 한가운데서 능역을 지킨다.

축 등 최고의 불교예술이 실행되던 시기였다. 그 당시 불국사와 석굴암을 지은 김대성과 아사달말고도 또 누구 건축가가 있어 이런 돌난간 건축장식을 도입했던가.

원성왕릉(괘릉)도 불국사 가는 길에 있는데 여기에도 화려한 난간 장식이 있다. 불국사에 가서 이들 난간 둘린 왕릉과 한 시대에 건축된, 역시 난간 장식이 아름다운 청운교·백운교와 다보탑을 보기 전, 불국사 건축과 뗄 수 없는 이야기를 지닌 영지를 지나치게 된다.

토함산이 비쳐 보이는 영지는 성덕왕릉과 원

성왕의 괘릉 중간 외동읍 괘릉리 도로변 논과 숲에 면해 있었다. 불국사 건축의 핵심인 석가탑 조각가 백제인 아사달의 사랑이 깃든 연못이다. 불국사에 와서 탑 건축에 몰입하느라 오랫동안 보지 못한 아사달을 만나러 먼 길을 온 아사녀는 "일이 다 끝나면 영지 못에 불국사가 비치고 그때 만날 수 있으리라."는 말만 들었다.

영지 못을 매일같이 들여다보며 기다리던 아사녀는 어느 날 영지에 석가탑·다보탑이 비치자 그리움으로 껴안으려고 하다 그만 물에 빠져 죽었다. 아사달이 달려왔을 때 아사녀가 뛰어든

경주시 내남면의 (전)경덕왕릉. 성덕왕릉과 비슷한 구조이며 돌난간이 있다. 경덕왕이 사랑한 8세기의 건축장식처럼 보인다. 어떤 이들은 경주에서 경덕왕릉이 가장 사랑스럽다고 말한다.

영지 물속에서 바위가 하나 올라왔다. 그 바위를 사람들이 석굴암의 본존불처럼 똑같은 자세로 다듬어 불상을 만들어 세웠다.

그 영지는 근년에 못 한쪽이 잘려 도로가 나면서 면적이 줄었다. 길게 뻗어 있는 모양이 된 영지가 얼마나 큰지 알고 싶었는데, 낚시하는 이의 말로는 '서울의 여의도만 하다'고 한다. 기다란 사각형 또는 장화처럼 생긴 못이다. 참고로 여의도 면적은 2.9제곱킬로미터이다.

그런데 정말로 영지 못에는 토함산이 커다랗게 그대로 비쳤다. '산중턱의 불국사가 비치거든'이라던 아사달의 말은 '토함산 불국사에서 석가탑을 건축하고 있으며 그 토함산은 못에 그림자로 비친다.'는 사실만을 아사녀에게 전할 수 있었을 것이다. 옛날 불국사는 2천 간의 큰 규모라 했고 영지도 지금보다 두 배쯤 됐다. 영지 부근은 번잡한 것 없이 숲이 나 있을 뿐이었는데 최근 영지 끄트머리에 거대한 콘크리트 건축 리조트 단지가 들어서는 게 보였다.

못 옆으로 난 길을 건너 석불이 하나 서 있다. 이 불상이 바로 영지 못에서 나온 바위로 만들었다는 불상이다. 불상이 깎여나가 정밀한 예술의 느낌은 덜하지만 좌대나 불상의 자세는 비례가 보기 좋고 대형인데다 광배까지 다 갖췄다. 6·25 때 이 지역에 미군들이 주둔하면서 사격 연습하던 총탄자국이 이 불상에 남아 구멍이 숭숭 뚫린 것을 후일 보수했다.

그 옆에 영사라는 절 이름의 양철지붕 집 하나가 꽃밭을 달고 서 있는데 그냥 살림집처럼 보인다. 한 스님이 불상을 사진 찍고 있었다. 제를 올리는 신도들도 있어 여기저기 제물 놓인 것이 보였다. 부근에 보이는 '아사녀'란 이름의 도예공방이 유일하게 이곳이 아사녀의 근거지였음을 암시한다. 여기서 일하는 도예가 유재곤 씨는 3대조부터 이 터에서 1백 년 넘게 살아왔다.

"옛날엔 길을 넘어 논 몇 개 지난 저쪽 둑까지가 영지 연못이었으니 굉장히 컸어요. 길을 내면서 못이 중간에 뚝 잘린 겁니다. 이 석불은 못 중앙에 있다가 못이 줄어들면서 땅으로 드러난 겁니다. 아사녀를 새긴 거라고 우린 생각합니다. 석굴암의 부처님과 수인도 똑같이 만들었어요. 여기 절이 있었대요. 지금도 땅을 파보면 기왓장 파편 등이 나와요. 불국사에서 여기 영지가 내려다보입니다. 1960년대만 해도 저 같은 아이들이 소 데리고 나와 먹이고 풀 베고 고동 잡아먹고 못가에서 놀다가 저녁에 각자 자기네 소 몰고 집에 가곤 했죠. 지금은 못에 외래어종을 너무 많이 방생해서 배스가 많고 토종 물고기는 잘 안 보여요."라고 했다.

그런데 사람들은 영지 이야기를 잊은 것일까? 불국사의 그림자 같은 이곳은 경주관광에서 전혀 소개되지 않고 있다. 그래도 영지의 안내판에는 '아사달이 석가탑 다보탑을 만들 때

아사달의 예술과 아사녀의 사랑이 깃든 영지. 불국사가 있는 토함산이 물 위에 비쳐 보인다. 오른쪽에 길이 나면서 못은 원래보다 절반쯤으로 줄어들었다.

아사녀가 기다리던 곳'이라는 글귀가 있다. 길을 내느라고 잘린 쪽 둑은 볼품이 없지만 맞은편 둑은 오래된 풍경에 나무가 울창하고 무덤도 있었다. 토함산이 어른거리는 물은 고요했다. 관광객은 없고 요즘은 낚시하는 이들만이 찾아오고 배스 물고기 잡는 이야기만 한다.

유재곤 씨 말대로 불국사에서 보인다는 영지 못이 어떤 상황을 말하는지 확인하고 싶었다. 그런데 붙잡고 물어본 불국사 스님들조차도 모른다는 것이고 "영지 못을 왜 불국사에 와서 찾느냐."는 것이었다. "아 그 전설 말인교. 과거에 그런 일이 있었는지는 몰라도. 요즘 누가 그런 걸 궁금해한답니까. 불국사에서 영지가 보이는지 그건 모릅니더."라고 했다.

한참 걸려 결국 영지가 보이는 지점을 찾아냈다. 불국사 남쪽 정문 앞 주차장 자연보호헌장탑 있는 언덕에서 영지가 멀리 타원형으로 보였다. 무심히 보면 주변 풍경에 묻혀 눈에 띄지 않는다. 경주여행에는 정말이지 망원경이 필수 지참 도구다.

불국사에서 바라본 외동읍 괘릉리의 영지. 작가 이태준은 '산마루가 첩첩한 속 한 골짜기가 번쩍' 거울처럼 빛난다'고 했다.

영지에서 솟아나온 바위로 빚었다는 아사녀 불상. 석굴암 본존
불과 수인이나 자세가 같다.

'주차장에 가보라.'고 가르쳐준 불국사의 용역 인부는 "영지가 여기서 4킬로미터, 아니 8킬로미터, 아니 20킬로미터 밖이다."라고 확실치 않아 했다. 하지만 그렇게 멀리 떨어져 있는 것 같지는 않았다.

아사달은 여기서 영지와 아사녀가 있는 서라벌의 세속세계를 내려다봤을까? 예술과 사랑 사이에서 갈등하는 그의 심정을 알 것도 같다.

1975년 경주박물관에 석가탑·다보탑을 재현해 세우는데 "자그마치 각 분야의 전문가 장인들 150명이 참가해 몇 달이나 걸려서야 마칠 수 있었던 힘든 일이었다."고 현장을 감독하던 유문룡 문화재전문위원이 말했다. 8세기에는 얼마나 많은 인력이 투입됐을지 상상도 안 되고 일은 더 힘들었을 것이다. 불국사의 북적이는 공사현장에서 아사달에게만 기다리는 연인이 있였던 것도 아닐 것이다.

그때 아사녀는 영지 저수지 둑을 쌓는 흙을 나르면서 기다렸다고 한다. 그 옛날 불국사 건축은 유일하게 이곳 영지에서만 사진처럼 비쳐보였을 테니 아사녀가 여기 와 있었을 근거가 충분하다. 1939년 현진건 글에 노수현이 삽화를 그린 동아일보 연재소설 '무영탑'은 이들의 이야기를 그린 소설이고, 영지에 관해서는 이태준의 단편 '석양'에 묘사된 내용이 제일 자세하다. 이태준은 1941년 경주 어느 호텔의 영지가 잘 바라다보이는 전망대에 앉아 있었다.

" … 처녀는 영지(影地)를 향해 가장 전망이 좋은 자리로 매헌을 이끌었다. 매헌은 담배를 들고, 처녀는 태극선을 들고 깊숙이 의자에 의지해 먼 시선을 들었다. 몇십 리 기장이나 될까, 뽀얀 공간을 건너 검푸른 산마루를 첩첩이 둘리었는데 그 밑에 한 골짜기가 번쩍 거울처럼 빛난다.

'저게 영지로군!'

'네, 아사녀(阿斯女)가 빠져 죽었다는 … 전 여기서 내다보는 이 공간이 말할 수 없이 좋아요!'

딴은 오릉과 일맥상통하는 유구한, 니힐이 떠돈다. 가만히 살펴보면 작은 구릉들이 있고, 숲들이 있고, 꼬불꼬불 길이 달아나고, 꼬불꼬불 냇물이 흘러가고, 산모퉁이마다 작은 마을들이 있고, 논과 밭들이 있고, 그리고 그 위에 구름이 뜨고, 다시 그 구름의 그림자가 마을 위에 혹은 냇물 위에 던져져 있고 … 무심히 보면 그냥 푸르스름한 땅과 뿌연 대기(大氣)뿐, 아무것도 없노라 하여도 고만일 것이었다."

이태준이 크기가 줄어들기 전 영지를 바라보던 그 전망대 있는 호텔도 불국사 앞이었을 것 같다. 영지는 불국사에서 석굴암 올라가는 산길 초입 모퉁이를 꺾어 돌 때마다 나타나다가 꼭대기로 오르면서는 시야에서 사라졌다.

불국사에 들어서기 전 그 건축에 헌신했을 명장 아사달과 그의 사랑을 받던 8세기 실제 인물 아사녀의 모습을 한 번쯤 떠올리면서 멀리 영지를 바라보는 일이 불국사를 들어가는 첫 의례 같았다. 영지 주변은 최근 리조트단지로 개발 중이라 빨간 지붕 양식의 건물이 옆에 있어 멀리서도 표지처럼 식별됐다.

실측을 통해 본 불국사 건축정신

신라 경주에는 절이 별처럼 많았다고 했다. 그 시대에 지은 건축 원형이 유지되며 지금까지 경주에 남아 있는 절이 다섯 군데인데, 불국사와 석굴암도 그중에 든다.

불국사는 고려 때도 중수됐다가 조선시대 들어 임진왜란 때 모두 불탔다. 이후 복구되면서 1805년 순조 5년의 중수 기록을 마지막으로 몰락했다. 1910년경의, 난간도 파괴되어 무너져가는 청운교·백운교, 회랑도 없고 기둥만 남은 채 지붕 한끝이 내려앉은 자하문 등 폐허의 불국사 사진에서는 인기척도 거의 안 느껴진다. 그 와중에도 석축단 위에 반듯하게 올라와 있는 신라 것 그대로의 다보탑·석가탑이 조금 보인다.

이때 이곳에 스님들이 있었던가? 불국사에 걸맞은 유물로 세계에서 가장 오래된, 백지에 쓴 무구정광대다라니경이 석가탑에서 나오고 몇 번이나 백주에 도굴될 뻔했던 석가탑 사리함 일괄 유물이 있다. 그래도 사라진 다보탑 돌사자, 그 외 오래된 문서나 그림과 전적들, 기물이나 스님들 얘기 같은 유물이 남아 전한다는 말을 못 듣고 오직 석조 건축물 몇 개만 남은 역사가 허망하기도 하다.

오늘의 불국사는 언제 가보아도 인파에 북적인다. 세계문화유산이라는 타이틀도 가졌다. 하지만 "불국사에 기대하고 몇십 년 만에 가봤는데 사람은 많아도 정신적 분위기를 느끼기 어려웠다."고 서울의 한 사람은 말했다.

얼마나 정신이 없는지 매표구에서는 단체를 인솔해온 책임자에게 입장료는 현금으로만 받는다며 학생들 출입을 막고 옥신각신이고, 안내전단은 "사람들이 너무 많이 와서 가져가니까 달라는 사람만 준다."고 했다. 불국사미술관이라기에 기대를 하며 들어갔더니 단순한 매점이었는데 석굴암 소개에 가서는 진짜 같지 않고 이상하게 보이는 11면 관음상 사진을 버젓이 내놓은 책자를 팔고 있었다.

창고 속 유물까지를 생생하게 소개하고 각종 연구로 세밀한 부분까지 다룬 책자가 수십 종이 넘는 외국의 유적지를 생각하면, 그 많은 관

1910년경의 불국사 자하문 안팎. 청운교와 백운교도 많이 무너졌고 기둥과 지붕만 남은 석축 위로 석가탑이 보인다.

람객의 사랑을 받으면서, 그 대단한 세부구조가 있으면서, 변변한 자료 하나 내놓지 못하는 불국사는 왜! 하는 생각이 저절로 났다. 여기 경비를 맡아 건물 외부 사진도 못 찍게 카메라 든 팔을 툭 치고 가는 사람들 말로는 "연구야 어떻게든 다른 걸로 보고 하겠죠. 꼭 뭐 이걸 사진 찍어서 봐야 돼요?"라는 것이었다. 2011년 당시 여기는 용역이 불국사를 운영하는 별도의 규칙으로 움직이는 절 같았다. 박물관은 어떤 전시품으로 채워질지 궁금하다.

그런데 개의치 않고, 불국사 건물의 자리나 청운교·백운교와 두 개의 탑이 신라 때 그대로 남아 있다는 것을 생각하니 정신은 8세기로 돌아가 부드러워지는 것 같았다. 경주인들이 불국사를 이해한 대로 보는 방법은, 유문룡 문화재 전문위원이 일러준 순서를 따르는 게 한 방법이다 싶었다. 유문룡 위원은 1968-1973년간의 불국사 복원작업에 현장감독으로 참가하며 불국사 등 경주의 많은 유적을 10년에 걸쳐 실측해 도면을 남겼다.

"1968년의 불국사는 조선시대 건물인 대웅전과 극락전, 신라시대 건축인 석축, 석가탑·다보탑, 계단의 기초 정도만 남아 있고 나머지는 모두 파괴되다시피 했어요. 공사에 들어가며 불

153

불국사의 전면 2단 석축의 건축기법부터 회랑으로 길게 연
결된 4개의 건물과 난간이 아름다운 돌다리가 8세기 신라
불교의 자취를 전한다.

국사가 고려와 조선시대에 중수되면서 어떤 자(尺)를 기준으로 건축됐는지 알아내는 것이 우선이었습니다."

불국사 건축은 김대성과 아사달이 전체를 총괄했으리라고 그는 생각한다. 장인은 모름지기 건축 전체를 세부적인 데까지 꿰뚫고 있지 않으면 안 되기 때문이고, 김대성과 아사달 두 사람의 행적은 실로 세밀한 데까지 미치는 것이었기 때문이다. 불국사는 신라 이후에도 고려와 조선시대 내내 여러 번의 중수를 거쳤다. 지금은 터만 남은 곳까지 모두 조사한 결과 비로전지는

동위척에 가까운 자를 써서 고려 때 중수했다는 것, 관음전은 조선 초기에 영조척으로 건축한 것이고, 무설전은 조선 중기에, 자하문·대웅전·극락전은 조선 영조 때인 1765년 중수했음을 밝혀냈다.

"안양문은 사라지고 없어서 그때 국립중앙박물관의 미술과장 임천 선생이 강릉 객사문을 본떠 설계한 것입니다. 청운교·백운교의 난간과 회랑도 새로 만들어 복원했지요. 비로자나불이 그때까지 있어서 비로전에 안치하고 관음전의 천수천안 관음도는 복원하면서 새로 조성한 것

청운교·백운교. 구름을 타고 33천으로 올라가는 길의 상징이다.

안양문 앞 연화교의 연꽃이 새겨진 돌층계.

입니다."

서울 삼성동 사무실에서 그는 1천 기가 분량으로 입력된 문화재 자료를 풀어 보이며 실측을 통해 접근한 '불국사 본연의 건축정신'을 말해주었다. 이제까지 찾아낸 불국사 자료 중 가장 구체적인 접근이기도 했다.

"말하기 좋아하는 이들이 문화재를 두고 온갖 말을 지어냅니다. 그러나 실측을 해보면 건축 본래의 뜻이 짐작됩니다. 그 건물이 왜 그 자리에 왜 그런 모양으로 있는지가 실측과 수학과 역사를 통해 풀리는 겁니다. 거기다 문헌을 통해 공부하면 사물의 원리를 알만해집니다. 건축은 다 상징이에요. 기록과 맞춰 조사실측하다 보면 웬만한 상징성은 풀이할 수 있어요."

그래서 유 위원이 권하는 다음의 순서와 자료를 통해 얻어낸 여러 사실들을 생각하며 불국사

안을 들어가기 시작했다. 천왕문 있는 남쪽 입구로 들어와 조선시대 사천왕을 지나고 연못을 지나는 과정은 여느 절이나 다름없었다.

그러나 목조건축을 그대로 돌로 옮겨놓은 듯한 건축기법이나 석축, 토함산 물을 끌어들이는 수구, 그 위에 올라선 누각과 문, 청운교·백운교가 두루마리처럼 펼쳐진 광경서부터는 1천3백년 전의 건축 천재와 건축정신을 만나는 길이기도 했다.

"불국사의 모든 건축물은 사바세계를 넘어 수미산 정상의 불국토로 가서 여러 부처님들을 보는 과정을 건축으로 풀어낸 것임을 생각하고 움직여가며 차례대로 본다면 좀더 의미가 달라질 것입니다."

불국사의 전면은 왼쪽서부터 안양문, 범영루, 자하문, 좌경루의 네 개 건물이 회랑으로 길게

이어져 있다. 회랑은 영역을 구분하는 장치이 다. 자하문 앞에는 청운교·백운교가, 안양문 앞 에는 연화교·칠보교가 있어 지상세계와 부처님 나라를 연결해주는 구름다리 역할을 한다. 불국 토는 수미산 꼭대기 천상에 있다. 자하문과 안 양문 모두 불국토로 들어가는 문을 뜻한다.

자하문 왼쪽에 있는 누각 범영루는 리듬감을 주는 길고 짧은 8개의 초석들로 기학학적 구성 을 이루며 받쳐졌다. 좌경루 누각은 팔각 기둥 에 연화문을 조각해 비로자나불이 주재하는 연 화장 세계를 뜻한다. 8은 불교에서 중요한 숫자

이다.

불국토에는 연꽃이 가득한 연못이 많다고 한 다. 범영루 옆 석축에서 반원통형 수조 돌조각 을 통해 토함산의 물이 석축 아래 연못으로 떨 어지게 했다. 8세기 수구의 조각은 '어떻게 이 렇게 현대적일까?' 싶다. 경주시대에는 그 밑에 큰 연못이 조성되어 범영루가 비쳤다는데 지금

▶ 범영루 초석과 2단 석축및 난간에서는 8세기 불국사 건축 구조가 잘 드러나 보인다. 돌 쌓은 기법에서 오랜 전통이 느 껴지고 하단 석축 윗부분의 물 내려오는 수구의 돌조각과 그 아래 작게 축소된 연못이 보인다.

청운교·백운교 아래의 홍예. 정교한 돌 쌓임새를 볼 수 있다.

은 수구 아래 한 평가량의 조그만 연못이 장식처럼 있을 뿐이다.

자연석 돌을 쌓은 석축을 자세히 보면 자연석이 그 위를 덮은 판석과 톱니바퀴처럼 아래·위가 서로 이가 맞게끔 다듬어 맞추었다. 이런 건축기법은 한국만의 독특한 '그랭이 공법'이라고 한다. 하단의 석축은 큰 돌을, 상단의 석축은 냇돌 같은 말끔한 돌을 쌓았다.

자하문 앞 청운교와 백운교가 홍예문 위에 다리처럼 놓여 수미산 들어가는 길을 인도한다. 사람들은 무지개 넘어 희고 푸른 구름 위 계단으로 수미산을 향해 오른다. 돌계단 아래 1300년 동안 한 번도 허물어지지 않은 홍예문이 있어 건축적 설명이 따른다. 이곳의 무지개 같은 곡선과 계단 난간의 직선이 교차되는 건축적 미감을 갖췄다. 안양문 앞의 돌계단 연화교는 층계마다 연꽃잎이 새겨져 있다. 불국토로 발걸음이 닿는 곳마다 연꽃이 피어나도록 한 장식이다. 이렇게 중첩되는 상징을 바라보는 것만으로도 불국사는 여느 절과는 위상이 다르다.

자하문은 부처님 몸에서 나는 빛이 붉은 안개 같다고 해서 석가모니 보러 가는 문의 이름을 그렇게 지었다. 지금 청운교·백운교의 오래된 돌계단은 수많은 관광객의 발아래 상할까봐 입장이 금지돼 디디고 올라갈 수 없다. 석축 아래 서쪽 경사진 옆길로 돌아 들어가 자하문 앞에 가서 선다.

자하문으로 들어왔다 생각하고 회랑 안으로 들어가면 눈앞에 석가탑·다보탑이 펼쳐지고 대웅전이 그 뒤에 있다. 대웅전은 조선시대에 세워진 건축이고, 원래는 다보탑·석가탑의 뒷배경으로 지어진 누각이 있었다고도 한다. 자하문 앞에서 볼 때 왼쪽에는 석가모니가 설법하는 상징인 석가탑이 있고, 오른쪽에는 석가모니의 설법이 참이라고 증명하는 다보여래의 상징 다보탑이 있다.

두 탑은 법화경을 그 근거로 나란히 건축되었다. 두 탑 모두 극진한 불교적 상징으로 불국사 산책의 정점이라고 할 수 있다. 단 1-2분 보고 넘기기에는 너무 고귀한 예술정신이 발현된 8세기 철학이고 어느 것 하나 허투루 놓인 것 없는 건축과학의 승리이다. 이들 천재적 건축의 유산만으로 불국사는 8세기 한국의 대표적 예술이며 문화로 인식된다. 실측을 통해 알아낸 다보탑·석가탑의 구조와 그에 얽힌 이야기는 흥미진진하다.

33천을 올라 석가탑과 다보탑

화강암 석탑은 한국의 독특한 불교유산이다. 중국에는 흙을 구운 전돌로 지은 탑이, 일본에는 목탑이 많다. 이 땅에는 지금도 1천수백 개의 석탑이 있다. 그중에도 불국사 석가탑과 다보탑은 단연 돋보인다.

이 두 탑을 수식하는 말들은 이러하다. 한국인이 사랑하는 돌, 화강암의 단단하고 맑은 색조를 지니고 완벽한 조형으로 천수백 년간 거기 솟아 있는 탑. 드높은 정신세계를 알리는 상징이자 엄격함, 고귀함, 아름다움, 부드러움과 화려함, 강함의 모든 덕목을 갖춘, 한국불교의 미의식 세계를 결정적으로 나타내 보인 유물. 신라 땅에 대대로 백제 명장의 손으로 세워지는 탑의 건축사적 내력을 담고 있으며, 정교한 사리 유물을 간직한 탑이다.

한쪽은 절벽이고 한쪽은 산등성이인 불국사의 까다로운 지형을 딛고 쏟아지는 햇살 속에 바라본 두 탑은 언뜻 환한 두 그루 꽃나무가 피어나 있는 것 같았다. 사람들이 땅에 디디고 서서 보는 두 탑이 서 있는 자리는, 불교에서 말하면 청운교·백운교의 33천 세계를 올라온 수미산 정상이라 한다.

석가탑·다보탑에 대한 지식이나 상징의 해석은 현대에 와서 깊이를 더해가는 중이다. 1950년대의 교과서적 설명은 고작 '다보탑은 여성처럼 장식이 많고 복잡하고 석가탑은 남성처럼 소박단순하고 돌을 자유자재로 다뤘다'는 것, 다보탑의 사자상이 일제강점기에 사라졌다는 정도에 그쳤다. 왜 다보탑이 복잡한지, 석가탑이 어떤 기술력의 소산인지, 불교와 무슨 관계가 있는지 등은 그후 수십 년에 걸쳐 연구가 이뤄졌다. 두 탑이 세워진 8세기의 모든 의도까지는 아니라 해도, 그 지식의 양은 상당해져서 보는 이에게 예술적 감수성까지 높이 끌어올리는 것이 되었다.

석가탑은 진신사리를 간직한 석가모니의 상징이자 한국석탑의 양식을 완성한 정점의 탑이다. 석가모니는 고행 끝에 진리를 깨달은 이로, 자신을 치장하며 산 인물이 아니었기에 그의 탑 또한 별 꾸밈이 없다. 그러나 간결함이 추구하

청운교 · 백운교가 상징하는 33천을 올라온 곳에 나란히 자리해 설법하는 석가모니와 그의 설법을 듣는 다보여래의 상징 석가탑과 다보탑.

석가탑 사리 유물 중 금동사리 외함과 내함.

미터의 높이이고, 기단 폭은 두 탑 모두 4.4미터로 같다. 두 탑 사이는 30미터 떨어져 있다. 다보탑은 좌경루를, 석가탑은 범영루를 앞에 두고 있으며 두 탑의 뒤에는 대웅전이 서 있다.

1966년 석가탑에 두 번이나 악질 도굴범이 접해 탑석을 들어올리며 탑을 훼손했음이 밝혀지자 바로 해체하면서 사리함 유물의 존재를 알게 되었다. 금동 투조 조각의 사리 외함부터 녹색 유리병 등 사리장엄구 일체가 공개되고 신라 닥종이에 분명한 글씨체로 인쇄한 무구정광대다라니경 등이 나왔다.

이홍직 등 학자들은 이 불경이 706-751년 사이에 제작된, 세계에서 가장 오래된 신라 목판인쇄임을 입증하는 연구를 진행해왔다. 이들 사리 유물이 일반에 익숙해진 것은 발굴 이후 지속적으로 소개된 사진과 글, 전시회를 통해서다. 유물의 섬세하고 고상한 아름다움은 석가탑의 내면적 품위를 말해주는 듯하다.

그런데 처음 알려진 사실대로 석가탑이 흔들린 것은 지진 때문이 아니었다. 애초에 도굴범 소행임을 알아챈 사람은 황수영 박사였다. 경주 출신의 도굴범들은 첨단기구를 갖춰 전국의 온갖 탑을 다 뒤지며 다니던 악명 높은 일당으로 이미 황룡사 9층탑의 사리구를 도굴해낸 뒤였다. 그 당시 신문기사에는 누군가가 이들 도굴범 뒤에서 장물을 기다리고 있었던 듯 묘사되기도 했었다.

는 미의식과 탑 건축의 발전과정, 불교의 의궤와 상징을 담고 8세기를 대표하는 문물이다. 석가탑은 1038년 고려 때 와서 한 차례 중수되었다.

다보탑은 법화경에서 석가모니가 하는 설법이 참임을 증명하는 다보여래의 상징으로 지어졌다. 두 탑이 한 공간에 나란히 놓인 것은 석가 생존 당시의 설법 장면을 재현해 보이는 의도로 건축되었다. 다보탑은 10.4미터, 석가탑은 8.2

다보탑 사리 유물이 국내에 남아 있지 않은 상태에서 석가탑 사리 유물마저 도굴되었다면 두 탑의 가치는 반감되었을 것이다. 무구정광대다라니경이 지닌 목판인쇄술의 어마어마한 위상도, 금·은·수정의 보물 사리함도 구리거울도 물거품이 될 뻔했다.

1972년 두 탑을 정밀 실측하고 1200년의 풍화에 섬세한 조각이 마멸되는 것을 우려해 두 탑의 석재와 가장 근접한 화강암을 구해다가 복제하는 공사가 시작됐다. 탑 복제에는 돌을 다루는 실적과 경험이 가장 뛰어난 50대의 명장 김부관, 이복수 씨 등이 책임자로 매일 150명의 장인이 6개월간 작업했다. 이 작업에서 알려진 사실은 다보탑에 사용된 화강암재는 265개, 석가탑은 71개이며, 두 탑에 소요된 돌 무게는 280톤이란 것이다. 1975년 1월 복제 완성된 두 탑은 지금 경주박물관 뜰에 있다.

석가탑과 다보탑 건축이 법화경에 근거한 불

위. 석가탑 사리 유물 중 은제와 파리제(유리) 병으로 이뤄진 사리장엄구들. ⓒ 문화재청

아래. 석가탑에서 발굴된 642cm 길이의 무구정광대다라니경. 서기 751년 이전의 신라 목판인쇄술을 말해주는 가장 오래된 역사적 유물이다. ⓒ 문화재청

교철학에서 나온 것임은 미국 출신 미술사학자 존 코벨 박사의 1980년대 영문 글에서 처음 알았다. 천상의 것 같은 다보탑이 아무 근거도 없이 천재 조각가의 머릿속에서 뚝 떨어진 디자인이 아니라 다보여래의 상징으로 탑 구성의 모든 부분마다 불교의 정수와 가르침이 새겨진 것이란 것, 다보탑이 석가탑과 나란히 서 있는 근거가 제시됐다. 그 내용을 이해하고서야 비로소 청운교·백운교의 33천을 지나 올라온 뒤의 불교세계가 연결되었다. 2000년대에 나온 국내 학자들의 불국사 연구서들은 모두 두 탑의 예술적 조형을 파헤치는 동시 법화경 견보탑품(見寶塔品)의 이 사실을 중요하게 다루어 상세한 설명을 하고 있다.

석가탑은 주변 땅바닥에서부터 수미산 위 석가모니의 존재를 그려주는 상징세계가 펼쳐진다. 석가탑의 사방을 돌아가며 8개의 큰 연꽃송이 조각이 땅 위 지반에서 연결돼 있다. 신영훈 문화재전문위원 등은 법화경에 나오는 대로 하늘에서 뿌린 보배꽃, 또는 불법을 보호하는 팔방(八方)의 금강신들이 와서 앉는 자리라고 표현한다. 석가탑은 석조건축의 일대 혁신이라고도 한다. 기단석 아래 자연스런 모양새의 바위

◀ 석가탑 주변은 8개의 연꽃 조각이 둘러싸고 석가모니의 돌자리를 상징하는 자연석 바위가 기단돌과 맞물리는 그랭이 공법으로 건축되어 있다. 석가탑에서 우선적으로 눈여겨 보아야 할 부분이고 상징이다.

들이 원래부터 그 자리에 있었던 것처럼 수평의 기단돌과 톱니바퀴처럼 이가 맞게 재단돼 기단석과 단단하게 맞물려서 받치고 있다. 이 돌작업을 한국 특유의 '그랭이 공법'이다. 바위에 앉아 고행하던 석가모니의 자리를 표시하기 위한 울퉁불퉁한 자연석을 구현하는 데 그 공법을 썼다. 그렇게 해서 자연석은 그 위에 얹힌 기단돌과 수평을 이루며 맞추어졌다. "이 돌자리의 의미를 놓친다면 석가탑을 온전히 못 보는 것입니다."라고 신영훈 위원은 말했다. 회랑 아래 석축을 높이 쌓아올린 데서도 이 그랭이 공법이 보인다. 미국에서 온 재미교포 청년 한 사람은 "불국사는 왜 이런 중요한 이야기를 일반 관광객에게 설명 안 해주는 겁니까?"라고 했다.

실측은 또 다른 세밀한 면모를 알게 해준다. 석가탑은 바늘 하나 들어갈 틈도 없어 보이는, 치밀하게 수직으로 향한 미학을 대표한다. 그러나 한 치의 오차도 없는 수직처럼 보이기 위해서는 "탑신의 벽면 윗부분을 약간 좁게 한 미약한 사다리꼴 형태로 다듬어 전체적 체감에서 수직으로 보이게 한 것"이라고 실측자 유문룡 위원은 말한다.

"아사달의 천재성은 탑신과 옥개석의 좁아지는 폭의 정도를 치밀하게 계산해서 수직의 탑을 조성했다는 데서도 보입니다. 장인들은 착시에 의한 수법을 많이 활용합니다."

석가탑은 모두 71개의 석재를 사용해 건축됐

불국사 석가탑에 와서 탑신과 지붕돌이 각각 하나의 통돌을 써서 건축되었다. 엄정하게 솟은 수직의 탑을 세우는 데는 탑신의 비율 등에 착시를 이용한 기하학적 계산법이 활용 됐다.

왼쪽. 다보탑 하단은 직선과 반듯한 네모 위주의 조형으로 구사되었다. 돌계단 앞쪽 기둥석에는 돌난간을 설치한 구멍자리가 나 있어 5개 돌기둥으로 이뤄진 1층 탑신의 공간을 감실로 꾸민 구조라고 해석한다.

오른쪽. 목조건축 기법을 그대로 돌로 실현시킨 듯한 다보탑의 상층부는 팔각과 원형의 디자인이 겹겹이 중첩된다. 옥개석과 그 위에 설치된 돌난간의 비율이 아름답다.

다. 지붕과 탑신이 각각 하나의 통돌로 이룩됐기에 그전 건축 방식에 쓰이던 기둥 등 많은 부재를 줄인 것이다. 이후 한국의 석탑이 모두 이 방식을 따르게 되었기에, 석가탑이 한국 석탑의 양식을 완성시킨 것이라고 말한다. 상륜부의 장식은 아래쪽 노반만 남고 없어졌던 것을 1975년 실상사 탑의 상륜부를 모델로 하여 복원해 얹었다.

다보탑은 법화경에 수많은 난간과 감실과 보배로 장식되었다는 기록을 좇아 건축가의 능력과 천재적 예술성이 한껏 구현됐다. 상상을 초월한 이런 아름다운 탑은 세상 어디에도 전무후무한 것이며, 심주나 두공, 옥개석 등에 목조건축의 기법을 그대로 돌로 나타낸 신기(神技)가 발휘된 것이라고 모든 전문가들은 이구동성으로 말한다. 돌을 다루는 자신감이 얼마나 대단해야 이런 기법을 그토록 유연하게 쓸 수 있는 것일까, 불국사에서는 명장과 달인의 경지에 있는 돌장인의 무수한 숨결이 느껴진다.

기단 4방에 10계단으로 된 계단이 있어 탑에 웅장한 기운을 준다. 이 계단 입구에 서 있는 돌 기둥에는 난간석이 끼워지는 구멍 자리가 나 있다. 그렇다면 계단 위의 1층 탑신은 난간이 둘린 구조였을 것이고, 기둥 사이의 공간은 그대로 감실이 되는 구조라고 한다. 경전의 묘사와 일치하는 것이다. 네 마리 사자는 4방의 사천왕과 같다. 그중 세 마리는 일제강점기에 사라졌다.

탑신 기둥 위에 목조건축처럼 보이는 지붕받침(두공)이 있고 그 위에 날렵하게 네 귀가 쳐들린 옥개석이 얹혔다. 미륵사 탑이 생각나는 다보탑의 이 옥개석과 같은 형식으로 다듬은 눈썹지붕이 청운교에도 있다고 신영훈 씨가 그의 책 『불국사』에 발표했다. 그 위에 4방을 난간으로 둘렀다. 옥개석의 선 및 두께와 나란히 평행하는 4방 돌난간의 비례가 참으로 뛰어나다.

총 265개의 석재가 소요된 다보탑은 바닥부터 맨 꼭대기까지 불교적 상징의 중첩이자 층마다 달리하여 하나도 중복됨이 없는 설계이다. 기단부터 1층 옥개석 아래까지 탑의 하반부는 직선 위주의 네모 반듯한 조형임을 알 수 있다. 그 위의 4방 난간 안쪽부터 꼭대기까지 상반부는 원형과 팔각형 위주의 디자인이 적어도 15개 이상 각기 다른 디자인으로 연속된다. 팔각은 불교에서 중요하게 치는 숫자이다.

4방 난간 안쪽에는 기둥면마다 감실이 패어져 조각된 팔각 기둥이 있다. 그 위에 또 한 번 8방으로 둘린 난간 안에는 8개의 대나무 마디 같은 작은 기둥이 팔각 받침대를 감싸고 있다. 이곳에 사리가 모셔져 있다고 한다.

받침대 위에는 원형의 활짝 핀 연꽃 화판이 대좌처럼 놓여 있다. 이는 석굴암 본존불의 원형대좌와 같은 형식이다. 그리고 화판에서 솟아난 꽃술처럼 보이는 조형이 솟아 팔각의 최상층 옥개석을 받치고 그 위는 상륜부와 이어진다.

조각의 기술적인 면으로는 팔각돌의 모서리 점이 약간씩 두드러지게 다듬어졌다. "그래야만 전체적으로 팔각의 모양이 예리하게 살아납니다. 이 또한 착시현상을 이용한 중요한 기술입니다."라고 유문룡 위원이 설명했다.

성덕왕릉서부터 나타나는 돌난간은 다보탑에 겹겹이 설치돼 법화경에 묘사된 '수많은 난간과 감실'을 재현해 보인다. 난간은 불국사 석단 전체, 청운교·백운교, 연화교·칠보교의 계단에도 설치돼 있다.

경주박물관 홍사준 관장은 황룡사 9층탑을 건축한 아비지와 석가탑·다보탑을 지은 아사달은 동족일 것이라고 말했었다. 이런 건축은 신라인의 능력만으로는 이룰 수 없었던 것이며, 삼국통일 이후 경덕왕대의 안정된 사회에서 집결된 삼국의 예술적 통합을 지적하는 것이다.

불국사에서 돌로 된 모든 것들은 전란과 도굴 등으로부터 살아남아 후손에게 한없는 아름다움의 세계와 이런 조상의 자손이라는 자부심을 준다. 석가탑·다보탑은 세월 속에 그 본뜻이 수수께끼처럼 가려지고 말았지만, 후대의 전문가들은 하나씩 그 비밀을 밝혀내고 있다.

조선시대 건축 대웅전의 동물세계

불국사에는 6세기 법흥왕 때부터의 인물이 등장한다. 이차돈의 죽음 이후 왕실 사람들이 지극한 불교도로 헌신했다. 불국사의 시초는 528년 법흥왕의 어머니 영제부인(연제부인이라고도 한다)의 법명을 따서 창건한 법류사이다. 574년에는 진흥왕의 어머니 지소부인이 아미타불과 비로자나불상을 조성해 이곳에 안치했다. 670년 문무왕 때는 무설전을 짓고 신림·표훈 같은 스님들이 화엄경을 강의했다. 김대성의 불국사 중창은 경덕왕 때인 751년 전후이다.

신라 후기에도 수놓아 만든 석가모니와 헌강왕 초상화, 경명왕비(혹은 경문왕비)가 시주한 전단향 나무의 관음상이 있었다. 광학 부도라는 이름의 섬세하고 여성적 느낌이 나는 석조 부도 1기가 지금까지 남아 있는데, 헌강왕비의 법명이 광학이라니 혹시 연관이 있지 않을까 추측하기도 한다.

또 다른 무수한 이들이 불국사에 광휘를 남겼을 것이다. 하지만 불국사는 1592년 임진왜란 때 모든 보물과 건물이 불탔다. 역사기록은 『삼국유사』 외에 최치원의 글 약간과 1740년 동은 스님이 지은 『불국사고금창기(불국사고금역대기라고도 한다)』가 남았다고 한다. 이 책의 원본은 일본 도쿄대학에 가 있다. 광학 부도 또한 일본으로 반출됐다 돌아오면서 지붕돌이 반쯤 깨졌다. 다보탑과 석굴암과 석축·전적과 사리 유물까지, 불국사는 일본인들 손에 많이 훼손됐다.

현대 들어 1970-1973년간 그때까지 남아 있던 대웅전과 극락전은 새로 단장하고 무설전은 고려 때 양식으로 다시 지었다. 관음전, 비로전도 새로 지었다. 도편수 이광규, 신응수, 단청의 한석성, 관음전 탱화의 원덕문, 비로전 수미단 조각 박찬수 등이 나섰다.

불국사 정면 1백 미터가 넘는 듯 길게 펼쳐지는(석축의 길이를 어디서도 찾지 못해서 개인적인 짐작으로 본 치수) 대석단의 아랫단과 탑, 당간지주와 부도 등 8세기 신라를 보다가 그 주변 전각에 가서는 18세기 조선시대 후기의 절과 현대의 복원을 보게 되니 혼란스럽기도 하다. 지금 불국사는 5개 전각에 여러 부처님들이 상징하

불국사에서 제일 높은 관음전 구역에서 내려다본 다보탑과
회랑 주변. 이 광경은 과거에도 비슷했을 것이다.

는 구역 및 스님들 거처로 나뉘어 있다. 입구 쪽에 박물관을 새로 지어 2018년 개관했다. 석가탑 사리장엄구가 이곳에서 전시된다.

그중 대웅전은 석가탑 다보탑과 함께 상징 축을 형성하며 꾸준히 중창되어왔다. 화강암 기단과 초석, 석등은 신라 때 그대로이고, 지금 건물은 영조 41년인 1765년 채원(采遠) 스님이 중창했다. 가로세로 길이가 같은 정사각형 터에 전체 높이는 13미터지만 고건축 전문가 신영훈 문화재전문위원은 '기단 규모로 보아 원래는 이층 전각이었으리라.'고 한다.

처음 대웅전을 보았을 때는 미륵보살과 갈라보살, 석가모니불에 제자인 가섭과 아난의 입상이 있다는 것뿐, 벽화도 없이 텅 비어 있는 벽면투성이에 수미단은 평범하고, 닫집도 없어서 볼게 없다고 생각했다. 그런데 오래된 분위기가 담겨 있는 기둥 윗쪽의 건축 장식을 보는 순간, 새로운 세계를 발견했다. 그것은 8세기 신라 불국사 이후 조선시대에 건축된 제2의 불국사이기도 했다.

대웅전 안에는 10개의 기둥이 세워져 있다. 기둥 사이는 아주 넓은 편으로 위쪽으로 기둥 사이를 연결하는 이중 보와 천장까지 공간을 가득 채운 공포가 있었다. 그들 기둥 사이 보에 걸쳐 용이 있고 언뜻 돼지 같기도 한 하얀 코끼리, 표범 비슷한 점박이 사자가 좌우 칸에 둘씩 매달려 있는 커다란 조각이 눈에 들어왔다. 예사

1765년 천룡사 채원 스님이 중창한 불국사 대웅전. 안에는
코끼리·용·사자 등 여러 동물 조각이 있다.

로와 보이지 않았다.

그제서야 이 대웅전은 사방에 문이 나 있어 안으로 들어오는 햇빛만으로도 천장 구석구석 까지를 다 볼 수 있게 지어놓았다는 사실을 깨 달았다. 여기 천장은 닫집 장엄이 없지만 3단으로 층이진 평면 우물반자로 되어 있다. 한가운데가 제일 깊게 되어 변화를 주고 천장 가득 단청으로 된 다양한 그림이 있었다. 부처님께 예를 표한 뒤 천장 구석구석의 동물 조각들을 보

는 데 시간 가는 줄 몰랐다. 전각 안의 보살 한 분이 "코끼리는 보현보살이고 사자는 문수보살 이에요. 불단에 불상을 더 세울 수 없으니까 문수·보현을 그렇게 나타내 부처님을 모시는 거 라고요. 그런데 조각한 목수가 코끼리를 못 보 던 시대의 사람이라 저렇게 돼지같이 만들어놓 은 거지."라고 했다.

그의 해설은 소박하고 정겹기는 했지만 꼭 그 런 것만으로 이들 대웅전의 조각이 다 이해되지

대웅전에서 본 기둥 위 천장 사이의 여러 동물들. 대웅전 왼쪽에 흰 코끼리(?)와 용이 보에 걸쳐 있고 앞쪽 기둥에 붙어 있는 사자도 보인다. 사자 등에 있던 업경은 떨어져나갔다. 코끼리는 입에 반야용선 막대를 물고 있다. 대웅전 기둥 위쪽은 불국사에서 결코 놓칠 수 없는 광경, 18세기 불교 동물의 세계이다. 문화재청은 이 건물을 보물로 지정하리라 한다.

는 않았다. 용 조각은 익숙한 손길로 엄숙하게 제작되었지만 코끼리나 사자(혹은 해태?) 조각은 단순한 편이었다.

왼쪽에 있는 하얀 코끼리 조각은 코가 짧아서 코끼리 맞나 싶었다. 입에다 낡은 반야용선대(극락으로 가는 바다 위의 배를 상징하는 대)를 매단 쇠줄을 비뚜름하게 물고 있었다. 원래부터 그랬던 것 같지는 않고 철사 옷걸이처럼 줄을 걸어놓은 입술이 아파서 떨어져나갈 것 같다. 용선대에는 용머리 조각도 없고 일자형 막대에 종만 10개가 줄줄이 달려 있는데 군데군데 떨어져나간 빈자리도 많다.

다른 데서 본 반야용선대는 불국사 대웅전의 이 낡은 막대기와는 비할 수 없는 정밀한 용 조각에 규모가 크고 양쪽 끝에는 줄에 매달려 극락 가는 배 위로 올라가려는 악착동자도 매달려 있다. 이곳 대웅전의 용선대는 그냥 일자 막대기에 종만 매달아놓은 하품 같았다. 불국사의 위상을 생각한다면, 불교적 신앙심을 고취하려는 의도라면 그런 자리에 그런 모양으로 매달아놓지는 않았을 것이다. 새 한 마리가 가운데 올라앉아 있었다. "극락조예요."라고 보살이 눈을 내리깔고 답했다. 불국사의 위용에 어울리는 반야용선은 전혀 아니었다.

오른편의 알록달록한 점박이 동물은 하얀 몸뚱이에 꽂힌 것처럼 반점무늬가 있다. 철봉에 매달린 애기 같았다. 나중에 외국 사신 일행이

극락전 현판 뒤에는 멧돼지 조각이 있다.

대궐에 조공하는 선물 중에 이렇게 생긴 점박이 동물이 있는 그림을 보고서 대웅전의 이 동물 또한 근거를 지닌 존재임을 확신했다.(이름이 있었는데 다시 찾아낼 수가 없었다.) 그 옆에 나란히 있는 용은 무심한 얼굴로 보에 턱을 괸 채 긴 몸뚱이를 뒤로 빼고 있었다.

불상이 안치된 어칸의 기둥에는 천장을 두 손으로 받쳐들고 쭈그려 앉은 나찰, 또 다른 조그만 코끼리가 있었다. 맞은편 문 쪽의 기둥에는 업경(생전에 지은 죄를 비춰 보인다는 명부의 거울)

대웅전 오른쪽 기둥 사이에 걸쳐 있는 알록달록한 사자(?)와
용. 넓은 기둥 사이를 구조적으로 받쳐주는 듯하다. 그 뒤쪽
에 보이는 공포의 윗부분은 모두 봉황이다.

을 등에 지고 있는 사자가 조그만 조각품으로 붙어 있었다. 한 마리는 업경이 없어졌다. 사자는 씨익 웃고 있었다. 더 정밀하게 검사한다면, 어떤 것들이 더 나올지 궁금하기 짝이 없다. 불국사 측의 자료는 없다.

기둥머리 공포의 위쪽은 모두 봉황의 얼굴로 다듬어져 수십 마리 봉황이 자리했다. 용 또한 여러 마리가 보에 걸터앉아 지키고 있다. 그림 그려진 학이 날고 비천상은 날아갈 듯한 자세로 연주를 하고 있다. 갑자기 대웅전 천장 가득 온갖 동물들의 움직임과 소리가 가득 찬 것 같았다.

미술사학자 존 코벨은 절 천장과 대들보에 그려진 이들 무당 같은 비천상은 "대들보 신을 위해 즐겁게 연주를 함으로써 집의 들보가 무너지지 않게 하는 무속적 관습이 절에 적용된 것으로 비천의 시대적 변천상이기도 하다."라고 했었다.

동물들은 모두 생생한 표정과 몸짓으로 자기들 세계를 지키면서 저 아래 공간의 사람들을 내려다보는 듯했다. 아무도 눈치 못 채게, 이들은 미세한 움직임 속에 서로를 알아볼 것 같기도 했다.

관람객들은 이들 동물의 세계가 기둥 위에 펼쳐져 있다는 사실을 전혀 못 알아채고 지나가는 것 같았다. 사실 이런 구조가 눈에 들어오기 시작한 것은 연속해서 불국사를 네다섯 번 방문하고도 직업적으로 대웅전을 살펴보자는 생각을 하고 나서였다. 이 건물을 중창한 천룡사 채원 스님은 불교에 대한 어떤 원칙과 철학을 구현했을까, 건물을 지은 도편수는 누구일까, 생각은 마구 1765년으로 달려가는 것이었다.

조선시대 불교건축을 연구하는 경주대 오세덕 교수는 "아직 절의 이런 동물 조각에 관해서는 명칭도 확정되지 않고 이 방면 연구가 되어 있지 않다."고 학계의 현황을 말해주었다. 문화재청은 2011년에 이 건물을 보물로 지정했다.

이들이 불국사의 창건 이념과 관련이 있는지 없는지는 모르겠다. 하지만 1765년에 건축된 조선시대 절의 본래적인 모습임은 분명하다. 8세기 신라의 원래 건축은 아니라 해도 이들을 보면서 또 다른 불국사의 매력을 만끽하는 시간은 즐겁고도 진지했다. 전각마다 건물 내외벽의 아무 장엄없이 텅 빈 공간이 주던 허전함 같은 것도 잊었다. 다만 불국사 안에서조차 이들에 대한 어떤 자료 하나 없는 것이 아쉬웠다.

바깥에 나와서 쳐다본 대웅전은 처마마다 용과 봉황이 수십 마리는 되는 것 같다. 시대를 거치며 그렇게 됐는지 나무뿔이 조각된 용, 철사뿔이 달린 용, 그것도 없는 용 등 가지가지였다. 입에다 여의주 대신 생선을 물고 있는 용도 있다. 신적인 위치에서 내려와 약간 바보가 된 용처럼 보였다. 한국인은 용이든 호랑이든 신적 권위에 언제까지나 굴복하지는 않고 이렇게 일상적이고 편안한 것들로 환치시켜버린다. 같은 조선시대 건물 극락전에도 지붕 바깥처마 현판이 붙어 있는 바로 뒤에 멧돼지 조각이 숨어들어 있고 산신도 두 점이 아미타불 옆 칸에 있었다. 불교인지 민속신앙인지 헷갈리기 충분했다. 8세기 경주의 국찰이던 불국사가 세월과 함께 조선시대 건축으로 이렇게 민간신앙이 녹아든 불교의 터전이 되었다. 적어도 불국사의 건물 배치나 석가탑과 다보탑이 지닌 엄격한 불교의 상징과 대웅전의 이런 동물들 모습은 일관되게 보이지는 않았다.

석단이나 청운교·백운교, 홍예, 석가탑과 다보탑 같은 8세기 불국사의 웅대한 석조물을 보고 난 뒤 관람객이 혼자 알아서 곧바로 조선시대 불교세계로 적응해서 민속신앙과 결합된 불국사를 다시 보기는 혼란스러웠다. 하지만 역설적으로 그런 미술 속에서 보이는 조선 후기 절의 분위기조차 느껴지기도 했다.

대웅전에서 극락전으로 내려가는 길은 세 갈래 계단으로 구성된 삼도(三道)계단이었다. 자현 스님은 저서 『불국사에 대한 재조명』에서 "이 계단은 석가모니가 도리천에서 설법을 마친 뒤 지상세계로 내려올 때 양옆에 제석천과 범천이 같이 걸어 내려오던 삼도계단의 상징이다."라고 했다. 교리적 의궤성을 충실히 반영하는 불국사로서 대웅전과 극락전 간의 높낮이 차이도 분명히 의도된 것이라 한다.

비로자나불이 비로전에, 아미타불이 극락전에 안치되어 있는데 법흥왕의 딸이자 진흥왕의 어머니이던 지소부인이 조성한 6세기 불상과의 관련은 밝혀지지 않았다.

엄격한 것으로 알려진 불상의 도상에서 불국사 아미타불과 비로자나불은 왜 규범에 따른 수인과 달리 손의 좌우 위치가 반대인지에 대한 설명은 없다. 어떤 기관은 이들 불상 사진을 아예 반전시켜 '자료'라고 왜곡해서 제시하고 불상의 실물과 다른 틀리는 설명을 내놓고 있다. 학자들은 이들 불국사 불상의 제작 시기를 신라시대가 아닌 그 후대로 낮춰 잡고 있기도 하다.

불상 없는 무설전을 지나 관음전은 관세음보살이 남해바다 보타낙가 산에 상주한다는 상징을 구현해 제일 높은 지대에 지어졌다. 하지만 평지에서 동산 위의 관음전으로 난 가파른 직선 계단을 오르내리는 것은 극도로 공포스러웠다. 특별한 건축적 의미를 살리기 위해 그런 것이 아니라면, 지그재그로 해서 수월하게 걸어 올라가게 할 수 있지 않나 싶었다.

안에는 월주 스님(원덕문)이 그린 천수관음 탱화가 있는데, 왼쪽 아랫단에 용왕님이 그려졌다. 경주에서는 무수한 용왕을 만나게 된다. 우물에서도 나오고 바닷속에도 있다. 불교 절에도 이렇게 용왕님이 자리한다. 과거 관음전 주위에는 수많은 전각과 버드나무, 대나무가 있었다는데 지금은 대나무가 조금 주변에서 자랄 뿐이

관음전 벽에 걸린 월주 스님의 천수관음 탱화 중 용왕 부분. 경주에
오면 마주하는 수많은 용왕들 중 하나로 불교 절에서 만나는 용왕이
다.

◀ 대웅전에서 극락전으로 내려가는 삼도계단은 불교의 의궤를 상
징한 신라의 해석이라 한다.

다.

관음전에서 비로전으로 내려가는 통로는 대웅전에서 극락전 내려가는 것처럼 고저 차이가 있고 계단이 있지만 여기는 평범한 일도(一道) 계단이었다. 대웅전-극락전 간의 삼도계단과 차별화한 것 같았다.

비로전의 부처님은 대좌도, 닫집도, 협시불도 없고 벽화도 별로 없는 전각에 덩그렇게 모셔져 있다. 대좌가 없는 것은 문 앞에서 볼 때 불상 머리가 문틀에 걸린 듯 보이지 않게 하는 방편이라 한다.

비로전 앞마당 한구석에 광학부도가 있다. 이 자리가 원래 놓여 있을 자리는 아니었을 것이다. 한때 어지럽던 시기에 이처럼 아름다운 부도를 후손들로서 간수하지 못하고 과거에 일개 일본 요릿집에 빼앗겼었다. 얼마나 더 많은 걸작들이 과거 불국사에 있었을지 상상하기 어렵다.

천왕문의 사천왕을 더 볼 겸 그 문을 다시 지나 나왔다. 조선시대 후기 사천왕상 중 서쪽을 관장하는 광목천왕은 용을 한손에 움켜잡고 여의주를 빼앗아 들고 서 있다. 손아귀에 든 용은

무설전 뒤 관음전은 바다 한가운데 관세음이 상주하는 산을 상징한 곳에 지어졌다. 올라가기 어려울 정도로 무지막지 가파른 직선 계단을 해놓아 이용하는 사람이 거의 없다.

불국사 입구 가까이 천왕문의 광목천왕은 용을 미꾸라지처럼 움켜쥐고 여의주도 뺏어가진 모습으로 표현됐다. 신라적인 분위기는 느껴지지 않고 그저 억센 남정네 같기만 하다.

가엾게도 미꾸라지 정도로 묘사되어 있고 여의주를 잃고 고통스러운 표정이다. 너무 희화화되어 사납기만 한 것이 불교적 상징도 잃고 거의 잔인하기까지 했다. 불교의 터전에서 용이 이렇게 학대받아도 되나 싶었다. 신라다운 분위기는 없고 근래의 것인 듯한 사천왕상은 사납기 짝이 없는 사나이의 한 면을 언뜻 보는 것 같았다.

불국사 정문 앞에서 멀리 4킬로미터 밖 영지가 보였다. 자현 스님은 그의 책에서 "절에 들어가기 전에 있는 계곡이나 연못 등은 피안과 차안을 갈라놓는 구실을 한다."고 했다. 과연 영지를 가운데 두고 세속의 아사녀는 불국사를 만들던 피안의 세계 속 아사달을 접할 수 없었다. 그런 영지는 불국사와 떨어져 있어도 설득력 있는 불국사의 한 부분이 되고 마음은 다시금 불국사 본래의 8세기로 돌아가는 것이었다.

박혁거세의 박넝쿨 우물

경주에서 워낙 유명한 불국사나 석굴암, 첨성대, 대릉원 같은 유물을 돌아본 뒤에는 그 뒤에 가려져 있는 다른 것들이 눈에 들어오기 시작했다. 우물이 그중 하나였다. 경주의 우물에선 왕들이 태어나고 용이 넘쳐나고 용궁으로 통하며, 역사적 인물과 얽힌 이야기가 많다.

"지금까지 발굴된 경주의 우물은 260개이고 그중 211개 우물이 통일신라시대의 것이다."라고 2013년 5월 열린 신라 우물 세미나에서 김현희 김해박물관 학예사가 발표했다. 2015년 경주에서 열린 '세계 물포럼'에 온 각국의 학자들은 "경주 우물에 비상한 관심을 나타내며 이란의 지하수도 카나트 - 태국 - 중국 - 한국을 잇는 우물의 학문적 연구를 제안했다. 경주의 우물은 경주에 국한되지 않는다. 세계 물포럼이 경주에서 개최된 것은 이러한 오래된 삶의 형태를 보여주는 물문화 유적지가 밀집되어 있는 곳이기 때문이기도 하다."라고 물포럼을 개최한 이순탁 박사가 말했다.

경주에 처음 등장하는 역사적 우물은 신라를 건국한 박혁거세의 나정과 그의 비 알영부인의 알영정이다. 혁거세왕 이후 석탈해왕, 원성왕 등의 행적에도 우물이 따라붙는다.

"신라 사회에서 우물이 지닌 함의 중 가장 눈에 띄는 것은 건국신화에서 왕의 등장, 즉위와 관련해서이다."라고 한신대 권오영 교수는 말했다.

박혁거세의 탄생지인 '양산 아래 나정'은 서남산 아래 논으로 둘러싸인 곳에 있었다. 그의 본거지 양산은 '버들메'라는 뜻으로 물이 많은 지역임을 암시한다. 나정의 나(蘿)자는 넝쿨이란 뜻이다. 박넝쿨이 이곳을 뒤덮었다고 한다.

서기전 69년(단기 2264년) 봄, 알에서 태어난 잘생긴 아기 박혁거세가 출생의 비밀을 간직한 채 요람 같은 큰 바가지에 담겨 물의 지배권을 상징하는 이곳 남산 아래 우물가에 놓였다. 소년은 세력자들의 비호 아래 크며 용 옆구리에서 태어난 아가씨 알영을 왕비로 맞아들이고 국가를 이루고 뒤를 이을 왕자를 낳고 오래 살다 여러 성씨 세력들의 권력쟁탈을 앞두고 사망했다.

그렇게 신라경주가 첫 시작되었다.

경주의 왕가와 알과의 밀접한 연관은 1973년 4월 천마총 발굴에서 큰 철제솥 안 토기 속에 달걀 20여 개가 파괴되지 않고 들어 있다가 고스란히 나온 것으로도 알 수 있었다. 경주박물관에 전시된 그 토기와 달걀의 존재는 경주의 시작을 강력한 매력으로 보여주는 것이었다.

알은 신라만이 아니라 전 세계적인 상징물이기도 하다. 그것은 거대한 힘을 품고 있으며 언제든 방출될 수 있는 것, 만물의 생성 등을 상징한다. 즉 모든 것을 담고 있다는 뜻이다.

알에서 출생한 세 사람 중 박혁거세의 본거지는 양산, 석탈해의 본거지는 토함산, 김알지의 본거지는 계림이다. 국가를 다스린 고대 권력자들은 출생뿐 아니라 외모 또한 특이하게 묘사되었다. 『삼국사기』나 『삼국유사』에는 신라의 역대 왕들은 종종 기골이 장대하고, 키가 7자이고 콧대가 두툼하고 등의 묘사가 나온다. 박혁거세는 기골이 장대했고 그 아들 남해왕도 그러했다. 석탈해는 천하에 둘도 없는 장사의 골격을 갖추었다. 11대 석씨 성의 조분왕도 키가 크고 웅장했다는 표현이 따른다. 지금도 석씨 후손들은 체격이 보통 이상으로 큰 편이라고 종친회의 석진환 회장이 말했다. 18대 김씨 성 실성왕도 키가 7자 5치였다. 뒤이은 19대 눌지왕 또한 외모가 시원스럽고 우아했다 한다. 22대 지증왕도 체격이 매우 컸다. 23대 법흥왕은 키가

7자였다. 26대 진평왕은 태어날 때부터 용모가 기이하고 신체가 장대하고 신장이 11척이었다. 어느 날 왕이 섬돌을 밟자 세 개가 한꺼번에 부러졌다. 왕이 이를 기념으로 보존하게 하였다. 진평왕은 하늘이 주는 옥대 허리띠도 받았는데 너무 커서 왕말고는 아무도 그 옥대가 맞지 않았다. 『삼국유사』에는 왕을 이렇게 기리는 싯귀를 적어놓았다.

하늘이 주신 긴 옥대는
임금의 곤의에 알맞았네
우리 님 이로부터 몸 더욱 무거우니
다음엔 쇠로써 섬돌을 만들까 해

신라 29대 무열왕은 하루에 쌀을 6말, 꿩 10마리, 술 6말로 식사를 했다.

신라 여왕 세 사람의 용모도 보통 사람과 다른 데가 있었던 듯하다. 거구의 체격을 가진 진평왕의 딸 27대 선덕여왕은 총명하여 모란꽃의 향기 없음과 옥문곡 전투의 승패와 자신의 죽음을 미리 알아냈다. 선덕여왕의 사촌인 28대 진덕여왕도 용모와 자질이 아름답고 키가 7자에 손이 무릎 아래까지 내려왔다. 정강왕이 죽으면서 "나의 누이 만(진성여왕)이 천성이 총명하고 뼈대는 남자와 비슷하니 경들은 선덕·진덕여왕의 일을 본받아 만을 왕위에 세우라." 하여 진성여왕이 즉위했다. 여왕은 후일 헌강왕의 서자 요를 불러서 "내 형제·자매의 뼈대는 남들과 다

르다. 이 아이 등에 두 뼈가 불룩하게 솟아 있으니 진실로 헌강왕의 아들이구나." 하고 태자로 책봉했다. 이 사람이 52대 효공왕인데 특별한 치적은 없고 "비천한 첩에게 빠지니 당대의 실세 신하가 그 첩을 잡아죽였다."는 정도만 역사 기록에 남았다.

경주 탑동 유적지에서 2021년 7월에 인골이 발굴됐다. 키가 무려 180센티미터가 넘는 장신이었다. 대한제국 때 방한했던 외국인들은 그들이 접해본 조선인들이 "모두 중국이나 일본인들보다 키가 크고 엄청난 양의 밥을 먹는다."라고 묘사했다. 한국인의 체격은 과거나 지금이나 동아시아에서도 남다른 것 같다.

2004년 발굴을 끝낸 나정 현장에서는 기단 한 변이 8미터인 팔각형의 건물터 외에도 본래의 우물자리 몇 군데, 배수로, 679년의 기왓장 등이 확인되었다. 기와에는 주칠이 되어 있었다. 91평(300평방미터) 넓이의 팔각형 건물터 부분은 주변의 터보다 약간 높게 돋아 있다. 게시판의 설명은 발굴 결과를 말해주고 있지만 나정

은 지금 무성한 풀에 파묻혀 팔각형 터도 우물자리도 구별되지 않는 텅 빈 공간이다.

1803년 조선 순조 때 우물 옆에 세운 건물과 유허비는 한구석에 갓머리도 동댕이쳐진 채 돌덩이들과 섞여 있다. 우물터, 흰말, 박, 왕이 될 어린아이를 떠올릴 어떤 자취도 없다. 그런 현장이지만 박혁거세가 태어난 우물이 있는 곳, 백마와 함께 등장한 곳이란 사실은 물을 다스리는 지배자의 능력과 말을 대동한 왕자의 혈통을 동시에 시사한다.

"유허비문에 기록된 내용으로 보아 이곳은 조선시대에 본격적으로 관리되어 사당의 재축조와 더불어 우물이 복토된 것으로 추정되며, 이러한 추정은 발굴조사에서 확인된다."고 중앙문화재연구원은 발굴보고서에서 밝혔다. 하지만 그런 학문에 접근하기 이전, 현장에서 일반인의 눈으로 나정의 역사와 모습을 쉽게 알고 싶지만 높이 자란 풀만 발굴터 가득 뒤덮여 있다.

『역사의 땅 경주』 저서를 남긴 고 최용주 신

2021년 탑동 유적지에서 발굴된 인골. 키가 180센티미터나 되는 장신의 삼국시대 인물이다. ⓒ 문화재청

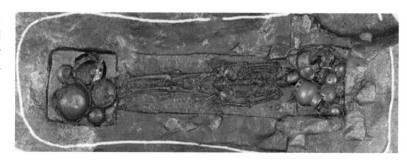

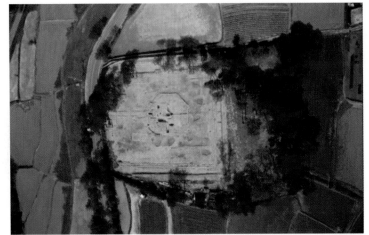

2004년 발굴이 끝난 나정 전경. 소나무로 둘러싸인 2220평(7328평방미터)가량의 터 안에 신궁터 팔각 건물지, 우물, 배수로 등이 확인됐다. 주변은 현재 논이 많은 한적한 동네로 초기의 왕궁터인 창림사지와 면해 있다. ⓒ 중앙문화재연구원

라문화동인회장의 글은 경주에서 오래 살아온 지식인의 눈으로 경주 곳곳의 신라 역사를 기록해 놓았다. 그것은 역사를 넘어서 경주 땅의 호흡을 전해준다. 경주 사람이 본 오래전의 나정과 그 주변 지형이 어땠는지도 나와 있다.

"알천(북천의 옛 이름)에서 남쪽(정확히는 남남서)으로 약 6킬로미터 지점에 있는 나정에 가보면, 보호각 유허비 뒤에 길고 넓적한 장대석으로 우물이 덮여 있다. 눈이 많이 온 겨울에 가보았더니 장대석 위에 둥글게 눈이 녹아 돌만 드러나 보였다. 이것은 겨울에 우물물의 더운 기운이 위로 치솟아 올라온 증거임에 틀림없었다. 나정이 있는 곳은 둘레의 땅 높이보다 조금 높다. 그런데도 수량이 많은 우물이 있는 것에 주목해볼 일이다. 예전에 장대석을 들어보니 물이 쪽박으로 풀만치 높이 찼더란다."

서기전 69년 음력 3월 1일 경주의 육촌장이 모여 나정에서의 박혁거세 등장을 목격한 장소는 경주의 상징 알천(북천)의 언덕이다. 신라의 건국을 처음 의논한 장소가 하고많은 곳 가운데 왜 알천이었을까? "대수롭게 보아 넘길 일이 아닌 것이다."라고 그는 썼다.

물길이 흐르는 냇물 언덕에서 음력 3월 봄에 마을지도자들이 모여 하는 가장 중요한 일은 "논에 물대는 일을 의논하는 것"이라고 한평생 농사만 지어온 할아버지들이 보편적으로 말한다. "가래나 삽을 들고 개울 바닥에 퍼질러앉아 봇도감을 뽑고는 봇갓(보에 필요한 나무를 베기 위해 공동관리하는 산)을 쳐서 보를 수리하는 일, 봇도랑을 깊이 파는 일 등을 진지하게 의논하던 모습"은 농사일을 해본 사람들에게 자연스럽게 떠오르는 광경이라고 최용주는 짚어냈다.

갓머리도 떨어진 박혁거세 유허비와 중요한 돌덩이 등이 나정터 한구석에 모여 있다. 나정터에 가서도 풀이 무성해 어디가 우물터인지 팔각신궁 건물터인지 알아보기 어렵다.

"그것은 아주 오래전부터 땅과 물과 인간과의 관계를 결정짓는 중요한 의논이었다."

혁거세왕의 비 알영 또한 우물의 계룡에게서 태어나 알천에서 목욕하고 허물이 벗겨져나가 예쁜 여아의 모습을 갖췄다. 알천은 그후에도 남해왕 때(서기 14년) 낙랑군이 쳐들어왔다가 물러나며 진을 친 자리이고, 5대 파사왕(94년), 7대 일성왕(138년), 10대 내해왕 때(200년)는 이곳에서 군대 열병을 크게 실시했다는 기록이 『삼국사기』에 있다. 8대 아달라왕 때는(160년) 홍수가 져서 집이 떠내려가고 대궐 북문이 허물

어졌다.

신라 후대에도 알천은 홍수로 인해 대궐로 제때 들어오지 못한 경쟁자를 물리칠 빌미가 돼서 원성왕이 왕위에 오르게 되는 역사를 만들었다. 고려와 조선시대에 이르기까지 알천은 자주 범람했기에 둑을 고쳐 쌓곤 하여 다스렸다.

"그렇게 알천은 옛날부터 중요하면서도 다스리기 어려운 물줄기였다."고 최용주는 경주 이야기를 이어나갔다. 지금 와서는 북천이라고도 부르지만, 알천이라는 옛 이름은 잊히지 않고 있다.

이 알천 지역을 지배한 양산촌장 알평공의 박에서 싹이 나와 넝쿨이 바위를 덮었다고 한다. 넝쿨우물, 나정이란 이름은 양산촌장의 박과 연관이 있는 것인지? 나정과 박혁거세는 경주 알천과 긴밀한 관련을 맺고 있는 것이 분명해 보인다.

나정 가까운 거리에서 '넝쿨매운탕' 간판을 보았는데 그것이 나정을 의식한 이름인지 물어봤더니 '그냥 돈이 넝쿨째 들어오기 바라서 붙인 이름'이라고 했다. 나정과 관련이 없다 해도 안 본 것보다는 반가웠다.

박혁거세왕의 죽음을 앞두고도 우물이 등장한다. 왕의 재위 60년인 서기 3년 음력 9월, "용 두 마리가 금성의 우물 가운데 나타났는데, 우레가 울고 폭우가 쏟아지며 궁성의 남문에 벼락이 쳤다."고 『삼국사기』에 나와 있다. 그의 사후에 왕권이 석씨, 박씨, 김씨 간에 각축전이 있던 것으로 보아 기록에 나온 용의 등장을 '권력투쟁이 암시된 것'으로 보기도 한다. 박혁거세왕은 그 다음해인 서기 4년 3월에 사망했다.

◀ 박혁거세 당시의 왕궁터로 알려진 나정 옆의 창림사지.

195

신라 여성의 위상-알영의 흔적

혁거세왕의 비 알영 또한 태생서부터 우물을 지녔다. 그녀의 위상은 그만큼 평범한 여성의 그런 것이 아니었던 듯하다. 경주시 탑동 오릉 안 알영정 비각 뒤 지금의 알영우물은 땅 표면에 맞대어 두꺼운 장대석을 3매 연이어 덮어놓았다. 그 틈으로 물이 조금 들여다보였다. 알영의 혼이 저기 있으려나? 물속으로부터 맑은 소리가 울리는 듯했다.

과거엔 땅위로 알영의 위상에 걸맞은 테두리돌이 둘려 있었을지, 우물의 깊이가 얼마나 될지 아무런 정보가 없어 알 수 없다. 쪽박으로 물을 떠내는 샘이었을지도 모른다. 2천 년 전의 이 우물은 나정과 함께 한 분명한 우물 자리라는 사실만으로도 벅찬 느낌이다.

그런데 역사와 일치하는 중요성에도 불구하고 이 자리는 알영 기념비각 건물만 두드러질 뿐, 실제 우물에는 아무 표시도 없다. 주의해 보지 않는다면 우물인지 뭔지 알 수 없을 것이다. 심지어 우물이 있는 비각과는 떨어져 있는 건물 숭덕전 안에 '알영정'이라고 쓴 큼직한 바윗돌이 커다란 연못 옆에 설치돼 있어 자칫 이 연못을 알영정으로 착각하기도 한다. 여기도 아무 설명이 없다.

오릉은 월성터(5만 5천 평)보다 더 넓은 5만 8천 평 면적에 펼쳐져 있다. 알영우물은 그 오릉 숲속 외진 자리에 위치한다. 하지만 경주를 이해하는 단어 '알'자가 들어 있는 자기 이름을 지닌, 신라사에서 유일하게 탄생의 상징 우물을 지닌 여성이자 박혁거세를 왕으로 만들었으며 성인으로 일컬어진 역사기록 등으로 보아 그녀의 존재는 단순하지 않다. 신라가 후일 자체적으로 여성 임금을 세 명이나 세울 수 있었던 것도 이런 알영의 여성으로서의 위상이 본보기가 되었을 것 같다. 알영을 거둬 기른 이도, 석탈해가 알로 동해바다에 떠왔을 때 이를 거둬 기른 이도 물고기 재산권을 가지는 등 모두 자기 역할이 뚜렷한 여성들이었다. 단순히 모성적인 역할만으로 이들이 역사에 남은 것은 아니며, 신라사에서 여성의 위상에 중요한 단서를 가진 여성들이었다고 생각한다.

어느 국가나 권력의 원천은 철의 확보였다. 알영 이후 석씨 왕조를 연 석탈해와 김씨 왕조의 조상 김알지 모두 철이나 금으로 상징되는 역사를 지녔다. 경주 근방은 지금도 포항제철로 상징되는 철의 고장이다. 알은 현대미술에서도 종종 다뤄지는 주제다.

미술가 김홍석이 2000년 파란색 알 모양의 조형물을 만들어 베니스 비엔날레를 통해 발표했다. "플라스틱을 써서 예술언어에서 완전함을 뜻하는 둥근 구형을 만들고 누르면 알에서 태어난 옛 사람들의 역사가 영어 번역된 음향이 들려나오게 했다. 작품 의도는 알에서의 탄생 그뿐이다."

포항제철이 2003년 이 작품을 사갔다. "알에서 국가 시조가 태어났다. 국가는 철로써 이룩되어간다."는 내용의 작품해설로 역사관에 전시하고 있다. "고대인들이 강모래에서 걸러 얻는 사철의 알갱이를 알이라고 불렀다."는 고학적(古學的) 전제가 있다. 서울 평창동의 한 화랑카페에는 이성민이 대학 졸업작품으로 만든 화강암의 타원형 알 조각이 놓여 있다.

알영의 정체가 밝혀진 것은 아니지만 부모도

경주시 탑동 오릉 안 알영 비각. 알영부인 유허비와 우물이 있다.

알영비각 건물 안의 알영우물. 장대석 3매를 연이어 막아놓
았다. 그 아래 고인 물이 약간 보인다. 무엇을 구성하던 것인
지 큼직한 석재들이 한구석에 있다.

박혁거세가 묻힌 오릉. 알영우물과 같은 구역 안에 있어 그가 죽어서도 알영의 영향 아래 있는 것같이 느껴진다.

아무 집안 배경도 안 알려진 박혁거세는 정치적으로 성장해가는 과정에서 알천, 알평공, 알영, 김알지처럼 '알'자 들어간, 당대 권력집안의 인맥과 부가 절대적으로 필요했을 것은 분명하다. 그가 등장한 나정이 알영정과 가까이 있는 우물이며, 신라 초기의 궁궐터인 창림사지가 연이어 있고 무덤인 오릉 또한 알영정 구역 안에 있다는 사실은 우연을 넘어 이곳이 알영 집안의 세력권이 아니었을까 상상을 하게 만든다.

박혁거세가 묻힌 오릉(사릉; 뱀무덤이란 뜻)에서는 "혁거세왕이 다섯 부분으로 몸이 분해돼

죽었다."는 것과 "후일 알영부인이 죽어 합장하려하니 뱀(경쟁세력으로 보이는)이 줄곧 방해하려 쫓아다녔다."는 『삼국유사』 기록에 보이는 권력다툼의 잔혹함도 스며나온다. 『삼국사기』에서는 신라 초기의 임금 5인이 묻힌 곳이라고 한다.

한국인, 그중에도 건국을 이룬 왕과 같은 중요한 남녀의 사랑 이야기는 전형적으로 버드나무 있는 우물가에서 일어난다. 지나가던 출중한 젊은이가 목이 말라 우물가의 처녀에게 물을 청한다. 아름다운 아가씨는 바가지에 맑은 물과

함께 버들잎을 띄워주어 그가 급하게 마시다 탈이 나지 않도록 배려하는 지혜와 부덕을 갖춘 장래의 왕비감이란 이야기.

주몽의 아버지 해부루와 유화부인의 만남에도 버드나무가 암시되고, 실제로 고려의 건국자 왕건과 장화왕후(고려 2대 혜종의 어머니)의 우물가 버들잎 연애담을 간직한 우물 완사천이 전남 나주에 있다. 서울 정릉동에는 조선 건국자 이성계가 두 번째 왕비로 들여 사랑한 신정왕후 강씨(사후 첫 왕비의 적장자 아들 태종 이방원에게 엄청난 복수를 당한 왕비)가 건네준 사랑의 우물과 버드나무가 있다. 신라인 알영의 우물에는

이런 사랑의 부드러운 이야기는 전하지 않고 역사기록에서는 계산된 정략적 결합이 느껴질 뿐이다. 알영정의 돌담 주변은 버드나무도 없이 대나무가 무성하고 인적도 없이 조용하기만 했다.

세월이 지나 고려를 거쳐 조선시대가 되면서 오릉에 있던 절 담엄사의 당간지주는 유교식 홍살문 기둥으로 바뀌고 사당은 조선시대 유교의 구조와 분위기를 지녔다. 지금은 옆 건물에 커다란 연못을 새로 지어놓고 본래의 알영우물은 장대석으로 입구를 꽉 막아 그저 우물에 빠지는 사고만은 막아둔 조그만 물웅덩이일 뿐인 이곳

계림 숲 김알지 비각의 우물 테두리 돌은 진짜 우물이 아니라고 한다. 왜 이런 가짜 구조물이 들어서 있는지 아무 설명도 없다.

이 '우물인지 뭔지 몰라도 그만'이라고 하는 것 같이 보인다. 알영의 위상을 알려줄 모든 것이 사라졌지만 그래도 '성인'이라고 추켜진 알영의 우물만큼은 옛 이야기 그대로 남았다. 오히려 다행일지 모르는 '왜곡된 꾸밈'은 없다고 해도 알영에 대한 이런 철저한 무시 또한 남성위주 유교사회의 이념 탓은 아닌가 생각이 들었다. 알영에 대한 학술적 접근도 없어 보인다.

'알'자가 들어간 이름으로 신라사를 좌지우지한 또 하나의 성, 금의 상징 김씨 왕계를 탄생시킨 김알지가 등장한 계림 숲에는 1803년 순조 임금 때 세운 유허비가 비각 안에 있어 김알지의 장소임을 알려주고 있다. 순조 임금은 1803년 국토 곳곳에 이런 건국자 유허비와 비각을 세웠다. 계림에 가볼 때마다 비각 문이 굳게 닫혀 있더니 언젠가 문짝이 떨어져나가 안이 다 보였다. 들어가 보니 비각 뒤에 가로세로 1.8미터가량의 돌로 마감하다만 우물 테두리가 있었다. 어디서도 김알지의 탄생에 우물이 동반한다는 것을 들어본 적이 없어 그 광경은 놀라웠다.

우물 흔적이 없는 땅위로 우물 테두리 돌과 뚜껑처럼 덮으려던 장대석도 어지럽게 흩어져 있다. 그냥 땅 위에 우물 시늉만 해놓은 것처럼 보였다. 김알지도 혁거세왕이나 알영처럼 태생에 우물을 지녔다고 과시해보려는 것일까?

학계에서는 김알지 우물에 대한 기록이 없는만큼 이곳을 우물로 보지 않는다. 그렇지만 우물 테두리가 있다는 것은 어느 시점에서 김알지의 탄생과 우물을 한데 엮으려는 시도를 했던 것이 분명하다. 김씨가 왕권을 오래 잡으면서 조상을 신격화시키고 싶었는지? 현대에 와서 그런 것은 아닌지?

우물같이 보이게 한 테두리 돌이 최근에 이루어진 것이라면 유물을 마음대로 변조한 그 왜곡과정이 밝혀질 수도 있을 것이다. 이곳 계림의 숲은 규모가 작긴 해도 김알지 비각과 옛 숲이 조금이나마 남아 있다는 사실만으로도 신라사의 초기 분위기에 접할 수 있다.

"『삼국유사』에 왕과 왕비가 등극할 때 무속의식으로 연희하였다는 기록을 볼 때, 박혁거세와 알영의 탄생과정을 나정이나 알영정에서 소리개와 계룡(鷄龍)의 형상을 등장시켜 연희가 이루어졌을 것으로 추정된다."고 한 윤경수의 논문 「도해 한국신화와 고전문학의 원형상징성」을 인용해 경주대학 김규호 교수가 신라 우물 세미나에서 밝혔다. 그 당시는 무속 샤머니즘이 세계 여러 나라의 유일한 종교였다.

자세한 내용은 소개되지 않았지만 소리개는 박혁거세의 모계와 관련된 사항인 듯하고 계룡은 물론 알영의 태어남을 상기시키는 것이다. "단군 등 국조의 주인공들은 신으로 숭앙되었고 이들 신화가 제의와 관련성이 있다고 할 수 있다."고 송효섭이 『설화의 기호학』에서 언급했다는 것도 인용됐다.

석탈해와 토함산 우물

신라 석씨 왕계의 시조 탈해왕도 그의 본거지 토함산에 우물 이야기를 남겼다. "토함산(東岳이라고도 부른다.)에 갔다가 돌아오던 길이었다. 탈해에게 줄 물을 떠오다가 먼저 마셔버린 백의에게 각배가 입에 붙어 떨어지지 않았다. 탈해가 꾸짖고 백의가 맹세한 뒤에야 떨어졌다. 지금 동악의 산속에 우물 하나가 있는데, 사람들이 요내정(遙乃井)이라 하는 것이 이것이다."는 『삼국유사』의 기록이다.(지금도 어른 드릴 물을 아랫사람이 먼저 마시면 물그릇이 입에 붙는다는 민담이 전해진다.)

"이 우물물은 토함산에 있는 요내정인데 각배에 떠 담은 물은 일종의 성수(聖水)였을 것이다. 물을 다루는 고대 왕자의 풍모가 잘 드러나는 광경이다."라고 권오영 한신대 교수는 신라 우물 세미나 발표문 「신라왕경의 우물제사」에 썼다. 각배라고 하는, 근원이 중앙아시아 어디 먼데일 것 같은 도구가 석탈해의 일화에 나오는 것도 주목해야 한다고 한다.

역사기록에 나오는 석탈해는 경주에서 태어

토함산 정상으로 오르는 길. 관광객들이 다니는 큰 길에서 벗어나 등산객들이 주로 애용하는 길이다.

토함산 정상에서 내려다본 경주 시내. 석탈해가 경주에 처음 들어와 '정탐'한 반월성 부근 능선도 이 모습 그대로였을 것이다.

난 인물이 아니고 동해를 통해 신라 땅에 들어와 경주로 진출하고 결국은 왕의 사위가 되어 정치적 기반을 닦아 신라 왕계를 이어간 야심가였다. 『삼국유사』에는 그가 서기 43년 가락국에 먼저 들러 수로왕을 내쫓고 왕위를 차지하려 했으나 실패하고 계림의 신라 경계로 스며들었다고 한다. 어떤 학설은 석탈해 관련 언어를 분석하여 그가 인도 철기문화권에서 온 사람이라고 한다. 동해로 들어온 그를 돌봐 키운 사람은 박혁거세 임금 때 물고기 담당이던 여성이었으니까 상당한 권력자였던 것으로 짐작된다.

이후 서기 48년 인도 아유타국에서 허황옥(황옥이라는 명칭은 유리공예 중 가장 정교한, 금으로 물린 유리구슬을 말한다고 한다.)이 가야국에 도착한 것 등 경주 신라와 가야에는 인도·아라비아 등으로부터의 인물 유입이 계속 나오고 있어 이 시대 역사적 인물에 대한 상상력과 추론을 불러 일으킨다.

▶ 2013년 여름 석굴암 아래 감로수 우물 전경. 장충식은 석탈해 왕이 떠마신 요내정 우물이 이곳이라 한다. 그러나 이 우물은 1910년대 석굴암 보수공사 중 석굴암 내부 11면관음상 뒷벽의 용출수를 수도관을 묻어 끌어내며 생긴 것이라 한다.

석탈해왕은 경주에서도 유별나게 동쪽의 토함산과 관련이 깊다. 『삼국유사』 및 『삼국사기』에 이와 관련된 기록 네 개가 전한다.

첫 번째는 그가 동해를 통해 경주에 들어온 직후 토함산에 올라가 돌집을 쌓고서 산 아래 경주를 살펴보다 반월성 터를 점찍었다는 것이다. 그는 이 집터의 원주인 호공의 집에 철기 다루는 족속임을 말해주는 숫돌을 몰래 묻어놓아 대대로 내려온 대장장이 집안이라고 하면서 그 터를 빼앗아 자리잡았다. 철기 다루는 족속의 힘을 가진 그는 남해왕의 사위가 되고 권력자로 군림하다가 이어서 4대 신라 임금이 된다. 박씨 아닌 타성으로 바뀌는 역사의 변환점이다.

두 번째 기록은 왕이 되기 전인지 후인지 확실치 않으나 토함산 요내정의 우물로 지배 능력을 보였다는 내용이다.

세 번째는 왕이 되어 재위 3년 음력 3월 토함산에 오르니 검은 구름이 양산처럼 머리 위에서 오래 흩어지지 않았다. 이 두 가지는 그가 보통 사람과 다르다는 것을 강조하는데 모두 토함산과 연계되어 있다는 점이 특이하다.

마지막 네 번째 기록은 『삼국사기』에 나온다. 그가 죽어 처음엔 다른 데 장사지냈지만 680년 문무왕의 꿈에 나타나 '나의 뼈로 뭉쳐 만든 상을 토함산에 세워두라.' 하였다. 문무왕이 이 말을 따라 산 정상에 탈해 사당을 세우고 그를 토함산신, 즉 동악신으로 삼았다.

석탈해가 마신 토함산의 물, 요내정의 위치가 여기서 논란이 된다. 이에 대하여는 2004년 장충식(단국대)의 논문과 2008년 최민희(화랑중, 서라벌대)의 논문이 주장하는 두 가지 설이 나와 있다.

장충식은 『한국불교미술연구』에 실린 논문 「토함산 석굴의 점정과 배경」에서 1933년도 발행 『경주읍지』에 나온 "석굴암 아래 있는 유물은 이른바 약수요, 그 물맛은 맑고 시원하며, 석굴 내 석불대좌 아래에서 굴 밖으로 용출하는데 이를 요내정이라 한다."는 구절을 인용해 '지금의 석굴암 감로수 우물이 요내정'이라 단정한다.

이 논문은 석굴암이 건립된 배경을 주제로 다루고 있으며, 감로수 우물은 석굴암 같은 대규모 토목공사를 할 수 있는 의지처가 되었다고 보고 있다.

그런데 석굴암 굴에서 용출되는 물은 11면 관세음이 서 있는 자리 암벽에서 많은 수량으로 솟아나기 시작한다. 이 지하수 처리는 1913년 일제가 석굴암을 보수할 때도, 1961년 황수영 박사가 석굴암을 중수공사할 때도 문제가 되었다. 신라시대에는 아무 문제 없었던, 천 년 넘게 굴속에서 지속돼 온 용출수와 석굴암 내부를 잠식하는 습기 간의 역학관계가 현대에 와서 규명

▶ 요내정에 대한 또 하나의 주장, 포수우물 가는 길. 좁은 길이고 산비탈이 이어진다.

되지 못했다.

1961년의 중수공사 때 결국 용출수가 솟아나는 11면 관세음 뒤편 암벽은 파괴되어 물은 다른 방향으로 돌려내게 되었다. 이를 두고 "당시의 기술로서는 최적의 방법이었을지 모르나 8세기 석굴암 건립 당시의 용출수 문제에 대한 신라인의 대처방식이 충분히 검증되지 못한 점은 못내 아쉬움으로 남는다."고 장충식은 썼다.

그런데 암벽에서 물이 솟아나오는 자리에 석굴암 관세음보살이 서 있다는 사실은 뱃사람과 어부들의 수호자이기도 한 관세음의 위상을 떠올리게 한다. 석굴암 11면 관세음이 선 자리는 용출수와 직접 관계가 있는 것은 아닌지? 미국의 동양미술사학자 존 카터 코벨은 고려시대 양유관세음도 연구를 통해 이런 사실을 자세히 밝혀놓았다.

장충식은 이어 문무왕이 석탈해의 뼈로 만든 상을 다른 데도 아닌 토함산에 안치하여 동악의 산신으로 만든 것은, 문무왕이 죽어 동해구에 장사지내면서 그 자신이 바다의 신, 용이 되어 국토를 수호하는 것과 동일선상의 배려라고 하였다. "고대사회에서 뼈의 주술적 힘은 대단

포수우물의 2013년 12월 모습. 최민희는 이곳이 석탈해가 마신 요내정이었으리라 한다. 수량은 석굴암 감로수보다 적으나 가뭄에도 마르지 않고 나온다. 지금의 헬리포트에서 200미터가량 떨어져 있다. 경주 시내로 흐르는 알천의 발원지이다.

한 것이었다."라고 했다. '진골·성골을 구별하는 신라의 신분제도가 뼈에 근거한 골품제도임을 상기할 필요가 있다."고 한 존 코벨의 지적도 같이 떠오른다.

그러나 석탈해가 물을 마신 요내정에 대한 2008년 최민희의 「석탈해왕의 토함산 요내정에 대한 고찰」(『비화원』 제8호, 안강문화연구회)은 장충식과 다른 주장을 편다.

그는 토함산 정상 조금 못 미쳐 있는 헬리콥터 발착장 헬리포트에서 2백 미터가량 떨어진 산비탈의 돌 틈에서 흘러나오는 한 줄기 약수의 포수우물이 석탈해가 마신 요내정이라고 추정한다. '포수우물'이란 이름은 근래 들어 등산객들이 붙인 이름이다. 경주에 살면서 현장에 밝은 그의 경주관련 논문 10여 편 중 하나인 「토함산 요내정에 대한 고찰」은 탈해왕의 토함산 관련 흔적들을 구석구석 뒤져가며 보는 듯하다.

높이 745미터의 토함산은 산자락에서 정상에 이르기까지 군데군데 약수가 있다. 오동수, 동산령 참물래기 약수, 석굴암 감로수, 그리고 정상 부근의 포수우물이 대표적이다. 산자락의 오동수우물이나 동산령 참물래기 약수는 동네 가까이 있는 것이니 산중 요내정의 가능성이 거의 없다. 석굴암 감로수 또한 요내정이 아니라고 최민희의 논문이 부정하는 이유는 세 가지이다.

첫 번째는 석굴암 감로수 우물은 1913년 일제가 석굴암 내부의 용출수를 굴 밖으로 끌어내

1990년대 중반 포수우물로 불리는 토함산 정상 부근의 약수. ⓒ 최민희

며 비로소 생겨난 것이란 점이다. 장충식의 논문은 이 점은 언급하지 않고 1933년의 기록만 인용했을 뿐이다. 하지만 최민희의 논문은 감로수 우물이 1913년에 생긴 사실을 지적하고 있지만 그 이전 석굴암의 용출수가 어떤 형태로 석굴암 밖에서 존재했는지에 대해서는 언급하지 않았다. 1913년 이전의 기록은 아직 발견되지 않았다고 한다. 관세음의 뒤편 암벽에서 솟아나오는 이 용출수는 대종천과 감은사 앞으로 해서 문무대왕릉이 있는 동해바다에 이른다.

두 번째는 일연이 『삼국유사』를 쓰던 시기에 이미 석굴암이 있었다는 사실이다. 그렇다면 요내정의 위치를 '산중에 한 우물이 있으니.'라고 하지 않고 '석굴암 앞에 있는 우물'이라고 사관으로서 기록했을 터인데 그렇지 않으니 이는 요내정이 아니란 것이다.

세 번째는 '토함산에서 돌아오다가'라는 기록으로 보아 요내정은 토함산에서 경주로 바로 들어오는 경로에 있었으리라는 것이다. 포수우물은 석굴암 감로수 우물보다 훨씬 최단거리로 토함산에서 경주로 들어오게 되는 자리이다. 540

토함산 정상 부근 헬리포트 윗부분 억새밭이 석탈해왕을 토
함산신(동악신) 삼아 그의 뼈로 만든 상을 안치한 탈해 사당
이 있던 곳이다. 조선시대의 봉수대 자리로도 보고 있다.

미터 높이의 석굴암과 745미터 토함산 정상 사이 625미터 지점에 위치한 포수우물은 탈해 사당에서 헬리포트 지나 북동쪽으로 내려가는 곳에 있다. 감로수보다 수량은 작지만 경주에서 가까운 코스로 다녀올 수 있고, 석굴암은 경주에서 멀다는 점에서 최민희는 이곳이 '토함산에서 돌아오다가'라는 기록과 더 맞는다는 점을 들어 이 포수우물을 요내정으로 보고 있다.

포수우물의 물길은 경주 알천으로 흘러드는 발원지라고 한다. 석굴암 용출수가 동해로 흘러드는 것과 함께 이 사실은 무엇을 의미하는 것은 아닐까라고 이 논문은 의문을 제기하고 있다.

그의 논문은 석탈해의 토함산 유적에 대해서도 상세한 기술을 했다. 탈해가 처음 토함산에 올라 석총을 쌓고 7일간 머물며 경주를 살펴봤

탈해 사당터의 주춧돌. ⓒ 최민희

경주시 동천동의 석탈해왕릉. 석씨들이 이 무덤을 석탈해왕
릉으로 정하여 제사를 지낸다. 1974년에 도굴되었다. 왕릉
앞의 누운 소나무가 아주 명물이었는데, 2014년 초 폭설에
고사하면서 흔적도 없이 사라졌다.

다는 자리에서는 경주분지와 반월성, 해안선까지 한눈에 내려다보인다. 이곳엔 지금도 돌무더기가 남아 있다. 탈해는 여기서 단을 쌓고 뭔가를 했던 것 아닐까 한다.

탈해의 뼈로 만든 상을 모신 탈해 사당은 헬리포트 위쪽 지금 억새로 뒤덮여 있는 곳이다. 탈해 사당의 존재는 『신증동국여지승람』(1531)까지는 나오고, 『동경잡기』(1669)에는 '폐허가 되었다.'고 한 것으로 미루어 1530년대에서 1660년대 사이에 폐허가 된 것으로 보인다. 지금도 건물터 주춧돌이 남아 있고 안산암 전돌과 수많은 기와 조각들이 발견된다. 얼마 전 글자가 있는 기와 조각이 수습되었다. 포수우물은 탈해 사당에서 소용되는 물의 공급원이었으리라 한다.

최민희는 "석탈해가 동악신이 된 것은 서악인 선도산에 서술성모라는 여신이 모셔져 있는 만큼 기골이 장대했던 석탈해왕의 뼈로 동악인 토함산의 산신을 삼아 조화를 갖추는 것"이라고 보았다. 『삼국유사』 가락국기에는 그의 머리둘레가 1자였다고 하는데 『삼국사기』에는 탈해왕의 골상이 특이하고 몸의 뼈는 9자 7치, 머리뼈는 3자 2치나 되는 아주 힘센 역사(力士)의

기골이 장대한 골격이었다고 한다.

현재 알려진 석탈해왕의 무덤은 경주시 외곽 동천동 솔숲 안에 있다. 유골을 토함산에 두고 별도의 능을 만들었는지는 확실치 않지만 20세기 들어 석씨 후손들이 이 무덤을 석탈해왕릉으로 정하고 보살핀다. 1974년도에는 도굴까지 당했다.

처음엔 단순해 보이던 석탈해왕과 요내정 이야기가 장충식·최민희 두 사람의 논문을 통해 이야기를 듣는 것만으로도 동해와 토함산, 석탈해, 석굴암 11면 관세음과 용출수, 문무왕, 이런 역사의 고리를 꿰어가는 것 같았다. 우물 하나를 통해 역사의 바다에 흘러간 느낌이 들었다.

막상 경주 토박이들도 토함산 포수우물에 대해서는 거의 모르고 있었다. 산 높은 곳의 비탈길, 이정표도 별로 확실치 않은 자리의 포수우물을 찾아가기는 힘들었다. 하지만 경주에서도 이렇게 사람 손을 안 타고 감춰진 곳이 있다는 것이 좋기도 했다. 최대 관광지라 해도 한발만 더 깊이 들여다보면, 관광객에게는 드러나지 않는 것들 투성이었다. 사실은 그 때문에 경주 산책이 시작된 것이기도 하다.

명랑법사의 천문비법과 우물

명랑법사는 경주의 우물을 역학적으로 다룬 인물이다. 그는 물과 용을 부리는 데 능했다. 흥미로운 일화가 『삼국유사』에 나와 있다. 명랑이 632-635년간 당나라에 갔다가 신라로 돌아올 때 "바다 용의 청에 의해, 바닷속 용궁에 들어가 비법을 전하고 황금 1천 냥을 보시 받아 땅 밑을 잠행하여 경주 자기 집 우물 밑에서 솟아나왔다."고 했다. "이에 자기 집을 내놓아 절을 만들고 용왕이 보시한 황금으로 탑과 불상을 장식하니 유난히 광채가 났다. 그런 때문에 절 이름을 금광사(金光寺)라고 했다."

경주시 탑동 박혁거세의 나정 앞에 펼쳐진 논밭지대를 금광평이라고 한다. 이곳에 오래된 남간마을이 있다. 학계는 이 동네가 명랑법사의 어머니이자 자장율사의 누나인 남간 부인과 연관되었으므로 남간이란 마을 이름을 지녀왔다고 보고, 명랑법사의 출생지이자 몇 가지 석조유물이 나온 금광평의 한 연못 부근이 금광사였으리라 추정한다.

신라의 우물은 그에게 와서 이 세상과 저세상을 연결하는 상징이 되었다. 명랑의 아버지는 신라 진골 출신이고 어머니 남간 부인의 남동생은 석가모니의 진신사리를 받아와 양산 통도사를 창건한 자장율사였다. 두 형 또한 대덕(大德, 덕이 높은 고승) 칭호를 받은 이들이고 보면 그의 집안은 왕족에다 당대의 신진 주류세력인 불교 지식인층을 다수 배출한 상위권의 엘리트 같다.

명랑은 문무왕 가까이서 움직였던 듯하다. 금광사·사천왕사·원원사 등 그가 창건에 관련한 절은 그가 일으킨 이적을 기린 신인종(神印宗)이란 종파를 창건해 당나라의 침입을 방어하는 전략으로 활용했다. 명랑법사의 능력과 지도력은 문무왕대에 나당전쟁을 치를 때 극명하게 발휘되었다. 『삼국유사』에 의하면 "삼국이 통일된 뒤 문무왕 연간에 설방이 이끄는 당나라 50만 대군이 신라를 노리고 쳐들어왔다. 왕이 그 대책을 명랑법사에게 물었다. 명랑은 우물 속 용궁에 들어가 용왕에게서 배워온 비법이 있었다."

명랑법사는 우선 경주 낭산 신유림 아래에 비

명랑법사의 우물이 있던 금광사지로 추측되는 금광평의 요즘 풍경. 새 연못 태진지가 하나 생겼다. 나정과 삼릉 가는 길 중간에 있는 논밭지대로 평안하고 조용하다.

단으로 사천왕사를 가설하고 12명의 스님들과 '문두루 비법'을 썼다. 천문기상을 예측하는 지적 능력의 팀원 스님들을 모아 자료수집과 그 활용방안을 같이 연구한 것인지도 모른다. 그러자 풍랑이 일어 당나라군은 신라 국경에 닿기도 전에 모두 침몰했다. 그 뒤 또 한 번, 조헌의 당나라 5만 군사가 신라를 치겠다고 나섰다. 이번에도 명랑의 문두루 비법이 적을 풍랑으로 물리쳤다. 경주는 안전해졌다. 명랑법사는 신인종 불교 종파의 개조가 되었다. 학계의 연구에 의

하면, 방위 개념이 중요한 것으로 다뤄지며 사천왕의 용맹과 십이지신의 존재가 부각된다. 천문기상 연구에 관한 역점이 주어지지 않는 것은 이상하게 보인다. 문외한이 보기에도 명랑은 천문기상과 전략연구 등에 해박한 지식을 가지고 이를 활용한 인물임이 분명하다.

명랑법사가 문두루 비법으로, 아니 천문기상 학자로 활동한 이 기간은 신라가 당나라를 상대로 전쟁을 벌이던 670년부터 676년에 해당한다. 『삼국사기』에는 실제로 있었던 나당간의 중

요한 전투 두 개가 기록돼 있다. "675년(문무왕 15년) 9월 지금의 한탄강 부근 경기도 연천 일대의 매소성 전투에서 신라군은 당나라 이근행이 이끄는 20만 대군을 패주시켜 말 3만여 필과 병기를 노획했다." 하고, 676년(문무왕 16년) 11월에는 지금의 금강 하구인 기벌포에서 스물두 번의 전투 끝에 당나라 설인귀의 수군 함대를 대패시켜 결정적인 대당전쟁의 승리를 가져왔다고 한다. 기벌포는 660년 나당연합군이 백제를 치기 위해 만났던 장소이기도 하다.

대당전쟁은 수많은 군사·장수·무기·전략물자의 동원과 함께 후방에서 민심을 통제할 구심점도 있었을 것이다. 명랑법사가 역사에 실재했던 매소성과 기벌포 두 전투와 직접 연관이 있는지는 기록에 안 나와 있지만, 기상천문의 예측에 달통한 그의 능력으로 당나라 적을 제압하기 위한 전략자료를 사천왕사에서 연구하고 군에 제공했음이 분명하다. 두 전투의 배경은 임진강, 한탄강과 금강이었다. 기상변화와 풍랑이 직접적으로 영향을 끼치는 전장이기도 하다. 결과는 신라의 승리였다. 제자 팀원들을 이끌고 기상을 예측해 전투에 적용시킨 명랑법사도 전쟁의 중요한 리더였음이 분명하다.

명랑법사가 태어난 동네와 우물 흔적이라도 보고 싶어 경주로 가는 발걸음이 빨라졌다. 대당전쟁이 마무리된 뒤 문무왕 19년인 679년에 완공된 사천왕사도, 또 사천왕사를 감추기 위해 그 옆에 지어진 망덕사도 오늘날에는 폐허가 되었다. 그러나 발굴에서 드러난 심초석은 우람하고, 비석을 등에 지고 있던 돌거북 조각은 살아 있는 무인 같은 기상이 넘친다. 양지 스님의 가장 훌륭한 사천왕 조각도 이 절터에서 출토됐다.

남간마을엔 '남간사지 우물'이 하나 있다. 명랑 스님과 관련이 있는지는 알 수 없지만 어쨌든 그의 동네에 오래전부터 있어온 우물임에는

남간사지 석정의 본래 모습.

문화재보호 조치가 취해진 2013년의 남간사지 석정. 고대 우물의 오래된 면모가 가려져버린 듯 아무 느낌이 없다.

틀림없다. 골목을 한참 왔다갔다하다가 동네 공터에서 돌로 훌륭하게 다듬은 오래된 우물 테두리 돌을 보았다. 두 개의 돌을 상석처럼 이어 붙이고 지표에서 한 10센티미터쯤 위로 솟은 돌 우물인데 크지는 않았다. 문화재보호를 위해 옛 우물 위에 큼직한 돌을 덮고 그 위에 또 스텐 구조물을 얹어놓아 옛 우물의 면모는 가려져 있었다. 아직도 우물물이 계속 고인다고 동네사람들이 말했다.

그 당시 우물에 들어갔다가 나오곤 하던 신공을 가진 사람으로 명랑 스님 외에 혜공 스님도 있었다. 두 사람은 동시대 인물이었다. 이 시대 신라의 에너지를 보여주는 듯한 이들의 일화 중 하나는 혜공이 그가 살던 부개사 절의 우물 안에 들어가 몇 달씩이나 나오지 않다가, 어린 동자가 먼저 솟아나와 기다리면 뒤이어 혜공이 우물에서 솟구쳐나왔다고 한다. 이상한 것은 물속에서 나오는데도 옷이 물에 젖지 않고 말짱한 것이었다. 또 하나는 문무왕 때 금강사(金剛寺)를 창건한 날 혜공이 오지 않다가 다른 사람 아닌 명랑이 기도를 하니 그 소리를 듣고는 바로 왔다고 한다.

명랑법사는 우물에서 황금 천냥을 얻었다. 기록엔 용왕이 보시한 것이라고 한다. 우물 연구자인 김현희 김해박물관 학예사는 이를 명쾌하게 현대적 관점에서 해석한다.

"우물은 고대에서 근대까지 귀중품의 비밀

저장소이기도 했다. 비상시에 귀중한 물건을 던져넣었다가 후일 꺼내 가질 수 있다. 명랑법사가 얻은 황금 천냥은 제사 등으로 우물 속에 그만한 황금을 두어뒀다가 꺼낸 것일 수 있다. 우물은 도교적으로 용왕이 살고 있는 바다와 통하며, 이 세상이 아닌 다른 세계를 상징해왔다. 우물에서 얻은 황금은 따라서 용왕이 준 황금이라고 해석하기에 무리가 없다. 용왕이 물속에 살아도 옷이 물에 안 젖는 것처럼, 명랑과 혜공 스님도 우물을 통해 다른 세계에 다녀온 것일 수 있다."

근래에까지도 우물에 귀중품을 던져넣었던 이야기는 여러 차례 들었다. 1천3백 년 만에 발굴된 백제의 용봉금동대향로 또한 백제 패망시 이 보물을 적에게 넘겨주지 않기 위해 최후의 수단으로 우물에 던져넣었던 것이라고 들었다. 6·25 때도 중요한 집기를 우물에 던져넣었다가 꺼낸 예가 많다. 김현희 학예사는 "명랑 스님은 풍수와 천문기상에 능한 전략가였을 수 있다. 중국에는 『삼국지』에 나오는 제갈공명이 그러했다."고 풀이했다. 그러나 "용왕이 등장하는 것으로 보아 명랑이 속한 불교 종파는 도교적 영향이 많다."고 보았다. 학계는 그의 신인종이 이적을 중시하는 밀교의 강력한 종파였다고만

▶ 원원사의 십이지신상이 새겨진 삼층석탑 2기. 한가운데는 연꽃 모양의 석대가 있다. 원원사의 옛 흔적 중 하나이다. 1930년대에 부서진 것들을 맞춰 세워놓았다.

말한다.

명랑법사의 영향이 미친 또 하나의 절을 보았다. 울산 방향 외동읍 모화리에 있는 원원사(遠願寺)는 금광사와 더불어 통일신라시대 문두루 비법의 중심 도량이 되었던 사찰이라고 한다. 명랑의 후계자인 안혜·낭융 스님과 김유신·김의원·김술종 화랑(죽지랑의 아버지) 등 국사를 논의하던 중요한 인물들이 뜻을 모아 세웠다. 전략기지를 세웠다고 생각된다. 명랑의 시대이기도 했다.

지정학적으로 원원사는 대단한 호국사찰의 지세에 세워졌다. 불교국이 된 서라벌로 들어오는 관문의 모화란 지명은 머리를 깎고 들어온다는 뜻이다. 바다를 통해 들어오는 울산에서 경주까지 15킬로미터에 이르는 도로 중간에 경주의 최남문인 관문성이 세워졌다. 주로 왜구를 경계한 것인데, 바다에서 들어와 왕도인 경주로 들어가는 모든 것을 일차 검열하는 곳이다. 관문산성이 있는 모화에서 보면 이 산속에 무엇이 있는지 전혀 보이지 않는다. 원원사는 이곳 모화에 군사 매복 기능을 가진 사찰로 존재했다.

원원사 터에는 계곡을 끼고 리어카 하나 다닐 만한 길이 1킬로미터가량 이어지는 옛길이 있다. '김유신이 말 타고 다니던 길'이라고 부르는데, 계곡이 끝나는 능선에서 석굴암이 보이는 지름길이라고 한다. 지금은 등산로로 이용된다. 석굴암에서 조금 떨어진 곳에 바로 바다에 면해

있는 장항사도 호국사찰의 지세이다. 산 너머가 바로 감포이고 여기엔 동해 호국용이 되리란 문무왕의 수중릉이 있다. 기림사도 그러하다. 여기는 온통 호국의 이름으로 자리잡은 절들이 있어 서라벌을 위호했다.

하지만 조선시대 임진왜란 때는 첩자가 있어 원원사의 존재를 왜군에게 알려주는 바람에 왜군이 가장 먼저 이곳을 쳤다고 한다. 원원사가 언제 어떻게 폐사되었는지는 알려져 있지 않다.

원원사 옛터에는 대웅전 터 앞에 십이지신상을 조각한 삼층탑이 동서로 나란히 2기가 남아 있다. 1930년대에 일본 교토대 고고학 교실 조수 노세 우시조(能勢丑三)가 석탑을 지금의 모양으로 복원했다(보물 1429호). 다른 유물에 대해서는 알려져 있지 않다. 이 과정을 재일 한국인 연구자인 가종수(賈鍾壽) 일본 슈지쓰(就實)대 대학원 교수가 최근 공개했다. 십이지신상이 새겨진 탑이 사천왕사, 그리고 김유신 묘와 상통하는 무사적 느낌을 준다. 문두루 비법에는 적어도 십이지신의 방위개념이 같이 등장하는 듯하다. 절 뒤 계곡에 범어가 새겨진 것 등 4기의 부도가 있는데 고려 때 것으로 추정한다.

이 탑에서 좀 떨어져 대웅전 터 왼쪽에 용왕각이 있다. 용왕각이 이처럼 중시되어 모셔진 절은 처음 봤다. 큰 네모 돌확에 고이는 우물이 있고 그 위로 지붕을 겸한 보호각처럼 전각이 세워졌다. 1980년에 경주 인근 신도들이 시주

위. 1980년 신축한 용왕각 전각 안에 돌확우물이 보이고 바깥쪽에 오래된 돌 수로가 보인다. 두 개의 웅덩이가 패여 져 있고 수로 끝에는 큰 돌확이 있어 물을 저장했는데 근래 치워졌다.

아래. 산에서 솟아난 물이 고이는 원원사 우물. 전각 안에 용왕님(오른쪽)과 장군신상이 그려져 있다. 1980년 건축되었다.

하여 건축한 것으로 수도가 나오기 전 여기서 나오는 물을 전각 앞 돌로 된 수로를 거쳐 흐르게 하여 또 다른 커다란 돌확에 받아서 썼다. 수로에는 길게 홈이 패여져 물이 흐르는 길 역할을 하게 했으며 중간 두 군데에 웅덩이가 패여 있다. 산에서 솟아나는 물은 이 과정에서 잔돌 같은 부유물이 걸러져 어느 만큼 자정된다. 3미터가량 이어져 있는 수로는 원원사지 폐허에 원래 남아 있던 것이라 한다. 수로 끝에서 물을 저장하던 큰 돌확은 쓸씀이가 없어져 대숲 안으로 치워놓았다.

옛 원원사 대웅전 터 앞에 1970년대에 영호

원원사 옛 절터 대웅전 왼쪽의 용왕각

위. 신라시대 절 원원사 옛터 아래 요즘의 절 원원사. 불국사 복원공사에 참여했던 모화 사람 이동우 씨가 1978년 불국사 석단을 본떠 소박한 돌축대와 층계, 연못을 신축했다.

아래. 용왕각 우물과 수로를 설명하는 현오 스님. 우물물은 이제 이 돌수로를 통해 흐르지 않고 땅 밑으로 호스와 연결돼 아래채 건물의 생활용수로 쓰인다.

스님이 새로 천태종 소속의 절을 건립해 원원사로 부르는데, 2대 주지 현오 스님은 이 우물을 두고 "신라 때부터 용왕님이 다니시는 우물입니다. 특별한 곳입니다."라고 했다. "이 절 창건에 관여한 명랑법사께서 스승으로 섬기던 용왕이 다닐 물길을 만들어놓은 것으로 생각합니다."라는 것이다.

어느 절이나 용왕각은 있지만 두 군데 웅덩이를 거치며 흐르는 수로를 낸 우물은 그만큼 물길을 중시한 절터의 역사를 말해주는 듯하다. 1500여 년 전의 자정과정을 보여주는 우물로 보였다. 지금은 호스를 땅 밑으로 연결해 전각 안에 고이는 물을 끌어다 아래쪽에 건축한 절의 생활용수로 쓴다.

이 우물을 울산-포항 간 전철 노반공사를 하던 터널 건축담당 엔지니어들과 함께 보았다. 전각 안 돌확은 깊이가 1.2미터나 됐다. 우물의 치수를 재던 전광규 씨가 주변 상황을 말했다.

"이곳은 땅에서 솟아나오는 일급수가 있는 상수도 보호지역입니다. 수로나 돌확의 돌은 원원사의 오래된 주춧돌과 같은 재질로 보입니다. 물은 200미터만 흘러가면 스스로 자정되지요. 지금 같은 정화시설이 없던 옛날 이곳에선 샘에 수로를 잇대어놓음으로써 물이 웅덩이를 거쳐가는 동안 정화된 물이 큰 돌확에 고이게 해 썼을 겁니다."

우물 안 전각 벽면 세 곳에는 용왕님 두 분과 무신 한 사람이 그려져 있다. 명랑법사의 우물 이야기는 경주 전역에서 거의 잊혀진 듯하고 원원사에서도 주지스님만이 그의 존재를 원원사의 근원으로 바라보는 듯하다. 전각 한쪽은 용왕에게 빌어 태어난 사람들의 복을 비는 인등이 가득하다. "정월 대보름날이면 용왕님께 공양을 드리는 의례를 가진다."고 스님은 말했다.

우물은 원래 대웅전 좌우에 두 군데 있었다. 오른쪽 우물은 버려진 터만 남았다. 옛날 난리 때 금불을 여기 우물에 집어넣었다가 꺼냈다고도 한다. 우물은 보물과 자산의 저장소였다는 연구자의 말이 생각나고 명랑법사가 우물에서 1천 냥의 재물을 꺼내온 것도 생각났다. 하지만 지세와 우물과 십이지신 삼층쌍탑만으로도 이곳은 특별해 보였다. 아직 본격적인 발굴은 이루어지지 않았다.

1970년대에 새로 지은 천불보전 앞은 원래 밭이었는데 불국사의 석단과 구조가 같은 석축 55미터를 새로 쌓았다. "1978년 1월 28일 이동우가 쌓음"이라는 팻말이 있다. "여기 돌축대는 불국사 석축을 본따서 내가 쌓았어요."라던 그는 불국사 복원공사 때 석축공사에 참여했던 인물로 그때의 경험을 살린 것이다. '불국사 석단의 원형이 이곳 원원사 석축'이라는 한 전문가의 주장은 연대의 전후가 바뀐 것으로, 이동우란 인물을 간과한 데서 온 주장이다.

원성왕의 생전과 사후를 지배한 우물

경주 분황사에는 돌을 팔각형으로 다듬어 만든 커다란 우물이 있다. 조그마하고 지표면에 거의 붙어 있다시피 한 다른 우물과 비교해보면, 엄청났을 바위 하나를 통째로 속을 파내고 조각한 이 우물은 최고의 공을 들인 건축임을 알 수 있다.

1967년 분황사지 발굴에서는 크고 작은 우물이 20여 개나 있었다고 하며 지금 남아 전하는 이 돌우물보다 더 큰, 지름 1.9미터의 우물도 있어 안에서는 목이 잘린 불상 14구가 나왔다. 지금 경주박물관 뒤뜰에 줄지어 전시되고 있는 불상들이다. 현대적 조형미까지 느낄 수 있는 이 우물을 포함한 우물 규모만으로도 과거 분황사의 위상이 충분히 짐작된다.

이 우물은 지름 1.2미터, 지표면의 우물담 높이가 72센티미터, 우물 바깥지름 129센티미터, 돌두께를 뺀 안지름 88센티미터, 우물 아랫단 지름 170센티미터로 지금까지 남아 있는 신라 우물 중 가장 크다. 건축적으로는 놀랍게도 화강암 석재 하나를 통째로 써서 둥글게 안을 파내고 외부는 돌아가며 팔각으로 아랫단이 넓게 벌어지는 꽃잎같이 각을 잡았다. 신라가 국가철학으로 받아들인 불교의 팔정도를 상징해 외부를 다듬었다고 하며, 원형에 이어 우물 내부의 사각형 틀까지 기하학적 모양새를 갖추었다. 얼마나 심오한 철학적 선택과 인간의 공력이 들어간 것인가. 이 우물을 기획한 사람의 손길이 보이는 듯하다. 우물엔 지금도 물이 고이지만 쓰지는 않고 훼손을 방지할 겸 안전을 위해 사각 틀 위에 철망을 쳐놓았다.

서울 창덕궁 비원 옥류천 부근에 이와 똑같은 팔각형 돌우물이 있는데, 그 크기는 분황사 우물에 비하면 아주 작고 외부의 모양도 위아랫단 없이 단순하다. 지금은 물도 안 고이지만 이 부근에서 열린 포석정 비슷한 풍류에 관련된 우물같이 보인다.

▶ 바위 하나를 통째로 깎아 세운 경주 분황사의 돌우물. 전탑과 보광전 건물 사이에 있으며 지금까지 남아 있는 경주 우물 중 가장 크다. 겉모양은 팔각으로 각을 잡아 아랫단으로 갈수록 넓게 다듬었다. 우물의 맨 윗돌과 아랫단이 훼손되었다.

분황사에서는 원효 스님이 있으면서 저술을 했고 자장 스님도 주석했는데 분황사 우물이 역사적 현장으로 등장하는 것은 신라 후기 원성왕대 들어서이다. 그리고 여기서 벌어진 이야기는 분황사 우물의 규모와 조형의 위엄에 맞게, 국제간의 외교 군사문제에 국가 안위가 달린 중요 사안이었다. 신라사에서 우물과 뗄 수 없는 운명을 가진 원성왕의 재위 11년, 795년에 일어난 그 이야기는 『삼국유사』에 다음과 같이 기록돼 있다.

"분황사 우물과 서라벌 동북쪽 동천사에 있는 '동지'와 '청지'라는 두 우물에는 용이 살고 있었다. 중국 당나라 사신이 하서국(어느 곳인지 미상) 사람을 데리고와서 이 세 우물의 용을 물고기로 둔갑시켜 당나라로 가져가려 했다. 다음 날 원성왕 꿈에 용의 부인이 나타나 남편용을 다시 우물에 데려와달라고 부탁했다. 원성왕이 군대를 풀어 이들 당나라 일행을 붙잡아 용을 되찾아와 분황사 우물과 동지·청지 각각의 우물에 놓아주고 다시 살게 하였다."

그 우물이 지금 남아 전하는 이 돌우물인가? 아니면 이보다 더 컸다는 우물인가? 분황사 20여 개 우물은 어떤 특별한 구조 속에 존재했던가? 1300년 전의 일은 알 수 없고 지금 분황사에는 단 하나, 이 화강암 돌우물만 남아 원성왕과의 유대를 생각하게 한다.

동천사라는 절은 신라에 불교를 처음 공인한

진평왕이 지은 것이고, 두 우물은 동해 용이 왕래하면서 설법을 듣던 곳이라고 『삼국유사』는 기록했다. 신라의 우물에는 용이 얼마나 많이 등장하는지 모른다. 황룡사 터에는 용궁도 있었다. 용은 아주 부유한 물권력자나 장보고 같은 해상 권력자를 말하는 것일까? 신라 우물을 들여다보면 불교와 무속, 신라 토속이 저마다 힘껏 역량을 발휘하는 것 같다.

후사 없던 선덕왕(선덕여왕과 다른 37대 남자왕) 사후 원성왕은 왕위 계승 서열이 가장 높고 자신과 파벌이 다른 왕족 김주원을 제거하고 왕이 됐다. 신라사를 뒤흔든 이 일은 애초에 우물과 관련이 있다. 어느 날 그는 천관사 우물 속으로 들어가는 꿈을 꿨다. '왕이 될 징조'라는 해몽에 그는 알천(북천)의 신에게 제사를 지냈다. 선덕왕이 죽자, 군신은 김주원을 왕으로 세우기로 했다. 그런데 알천 너머에 집이 있던 김주원이 마침 큰비로 물이 불어난 알천을 건너지 못해 대궐에 들어오지 못했다. 이를 기회 삼아 원성왕은 '하늘이 그를 왕으로 세우지 않으려는 것'이란 논리로 김주원을 제치고 785년 신라 38대 왕위에 올랐다. 원성왕 측에서 제1 후계자인 김주원이 알천을 못 건너오게 필사적으로 막았는지도 모른다. 이후 그의 후대는 줄곧 왕권을 노리는 김주원 등 계파 간의 피비린내 나는 투쟁으로 지새우는 백여 년을 이어갔다.

원성왕은 왕이 되게 이끌어준 천관사 우물을

잊지 않고, 통치기간 내내 경주의 우물을 특히 신성시하고 위하던 왕이었으리란 짐작이 된다. 그런 만큼 분황사와 동천사 우물의 용을 지켜낸 것이 원성왕인 것은 누구보다 적절한 역할이었을지 모른다.

그의 전 생애를 통해(사후까지도) 우물, 용, 연못 등이 크고 작은 일에 등장한다. 천관사는 김유신이 이곳의 천관녀를 배신하는 과정에서 말의 목을 베었다는 일화가 있는 절이다. 불교적인 것보다는 그 이전 신라의 토속종교가 더 많이 느껴지는 천관사의 우물이 원성왕의 왕이 될 야심을 부추긴 것이라는 사실은 천관녀 같은 존재가 천관사(天官寺)의 성격을 말해주는 것 같다. 평범한 일반 절은 아니었을 것이다. 천관사는 지금 지상에 남아 있는 흔적이라곤 없이 논

으로 덮어버린 사적지를 한창 발굴 중이다. 어떤 사실이 밝혀질지 기대된다.

원성왕은 재위기간에 백제 비류왕이 처음 만든 김제 벽골제를 보수하기도 했다. 한 기록에 의하면 왕의 두 손녀 호칭이 대룡부인, 소룡부인이었다. 굉장히 기고만장했을 인물의 호칭처럼 느껴진다. 자고로 옛날의 임금들은 용왕의 딸과 많이 결혼했다.

재위 14년째인 798년에 원성왕이 죽었다. 왕이 묻힌 경주시 외동읍의 괘릉은 못과 관련이 있다. 1669년 간행된 『동경잡기(동경은 경주의 옛 이름)』에 "연못을 메워 원성왕 무덤을 마련했는데 관을 연못 바닥에 둘 수 없어 공중에 걸어 장사지냈다."고 했다. 최치원이 비문을 썼다는 비석은 사라졌다. 그러나 부근에 『삼국유사』

원성왕릉 뒤편에는 배수로가 반원형으로 길게 나있어 괘릉이 건설된 연못자리를 짐작하게 한다. 배수로 담에 쌓은 돌에는 항상 물기가 스며 있다.

229

신라 38대 원성왕릉 앞의 넓게 트인 풀밭에는 곳곳에 배수
로가 나 있고 큰비가 오면 풀밭은 모두 물에 잠긴다. 물에서
사는 풀이 잔디와 같이 자란다. 공중촬영한 사진을 보면 원
성왕릉은 정확한 원형을 하고 있다.

에 기록된 숭복사 터가 있어 원성왕이 그 부근에 묻혔다는 기록을 토대로 괘릉을 원성왕릉으로 보고 있다.

괘릉은 밑지름, 높이가 21.9×7.5미터의 무덤으로 십이지신상이 조각되어 있으며 그 사이의 면석에 글자가 새겨졌던 흔적이 있으나 알아볼 수 없게 훼손됐다. 봉분 밖으로는 25개의 돌기둥을 연결하는 돌난간을 둘렀다. 나지막한 언덕 위에 조성된 봉분 앞 남향으로 펼쳐진 2만 2,800평 능역에는 솔밭과 4방위를 가리키는 돌사자, 문인상과 서역 무인상, 돌기둥(화표석) 2개가 남아 양쪽에 갈라서 있다. 능 앞의 탁 트인 정경이 어느 경주 왕릉보다 안정감이 있다. 신라사에 왕성하게 무역활동을 펼친 서역 소그드 사람들을 능지킴이로 내세운 괘릉은 오늘날 경주 관광객이 가장 많이 찾는 신라왕릉이다. 돌사자 중 하나는 고개를 돌려 옆을 돌아보는 모습이 특이하다.

원성왕릉은 봉분 뒤 언덕에 면해 반원형으로 물길을 낸 배수로 돌담으로 물이 배어나오고, 능 앞으로도 양쪽에 수백 미터의 긴 배수로가 나 있다. 배수로가 나 있는 왕릉은 이곳뿐이다. 능 앞에는 괘릉천이 흐른다. 또한 경주 모든 왕릉 중 유일하게 봉분에서 동쪽으로 20여 미터 떨어진 아래쪽에 우물이 있다. 아직도 솟아나는 우물은 오래된 신라시대 유물처럼 보이지는 않는다. 괘릉천까지 포함해 얼마나 많은 수량이

원성왕릉을 감싸고 있는 것일까? 맑게 고인 우물물에는 주변의 소나무와 하늘이 그림처럼 비친다. 원성왕릉은 사방에서 물이 배어나오는 자리에 들어 있는 것이다. 묏자리를 일부러 이런 곳에 썼던 것이리라. 살아서 꿈에 우물 속에 들어가 권력을 쟁취했던 그는 사후에도 실제로 물속 한가운데서 존재한다. 조금 더 자세한 역사 기록이 남아 전한다면….

김창구 문화해설사는 "원성왕릉 주변이 언제나 물로 질퍽거려서 방문객들은 신에 진흙이 묻어 흙을 묻힌 휴지를 흘리고 다니니 관리차원에서 안 되겠다." 하여 '10여 년 전 봉분 뒤와 양옆에 배수로를 냈다.'고 설명했다.

"비가 많이 오면 능 앞 풀밭은 바로 물이 찹니다. 여기서는 물속에서 자라는 특수한 풀이 잔디와 같이 섞여 자라죠. 능역은 지금보다 훨씬 넓었을 거예요. 두 개의 돌기둥(화표석)이 안쪽으로 너무 가깝게 들어서 있는 것이 비례가 맞지 않는 위치니까요. 그러면 능 앞에 있는 괘릉천까지 능역에 포함된다고 볼 수 있어요."

몇백 년째 경주 괘릉리에서 토박이로 산 주민 김진환 씨는 그의 자서전 『80년을 회고하며』에 괘릉의 지하수와 우물을 언급했다.

"이 동네 이름은 원래 능말이었다. 연못에 돌기둥을 세우고 관을 걸어 왕을 장사지냈대서 괘릉이라고 불렸는데 성덕왕대 연도의 절 감산사가 마을에 있었다. 괘릉 주변 50여 개 산골짜기

안에 들어선 전형적인 농촌마을 한가운데서 남쪽 울산만과 북쪽 포항만으로 물길이 나뉘어 흐른다. 다시 말해 괘릉리는 물이 모이고 고이는 곳이 아니라 비가 내리면 곧장 남북으로 갈라져 흘러나가는 지형상 상습 가뭄지대라서 밭농사 위주로 하다가 덕동호 저수지가 생긴 후에야 논농사를 짓게 됐다.”

그럼에도 불구하고 괘릉이 1년 내내 물기가

배어나는 지대인 것은 이곳이 연못자리였기 때문이라 한다. 능역 안에 있는 우물에 대해서도 말했다.

“200년 전 경주에 장티푸스가 돌아 인명이 많이 죽어나갔다. 어느 날 괘릉리 이규목이란 주민의 꿈에 왕릉 쪽에서 말쑥한 차림의 백발노인이 와서 ‘못되고 흉측한 것들을 쫓아내고 나니 허기가 나서 왔노라.’ 하고 사라졌다. 다음 날

원성왕릉 봉분에 바짝 붙어 있는 우물.

괘릉 앞쪽에 나 있는 개천 괘릉천. 풀이 가득 덮여 있는 사이로 물이 흐른다. 이렇듯 원성왕릉 주변은 물길이 사방에서 보인다. 개천과 능역 사이에 보이는 길은 1930년대에 난 신작로다.

일어나 보니 집안의 큰 소가 별안간 죽어 있었다는 것이다. 이상하게 여겨 이 사실을 동네에 알렸는데 이웃동네마다 병으로 고통이 많았으나 그 동네만은 무사하게 지나갔다.

이때부터 꿈에 나타난 그 노인을 동네마을의 수호신으로 받들어 왕릉제를 지내게 되었다. 제주들은 가느다란 왼새끼 3백 발을 꼬아 능 전체에 금줄을 치고 왕릉 옆 우물을 청소했다. 제삿날에는 이 우물물로 밥을 지어 올렸다. 마을주민들이 지내던 왕릉제는 1982년까지 거행되다

가 이후에는 경주김씨 종중에서 지내는 제사로 바뀌며 사라졌다."

왕릉 옆 우물은 이로 미루어 200년 전 왕릉제 때 이미 존재했던 것 같다고 한다. 2010년경 상수도가 들어오기 전까지도 주민들은 이 우물을 썼다. 물이 시원하고 좋았다. 능 바로 옆에 괘릉초등학교가 있는데, 1950년대 이 학교에 다닌 한 분은 "어릴 때 이 우물에 와서 물을 떠가고 청소하는 걸레도 빨았다. 그래도 비바람이 치는 날에는 소나무 숲이 빽빽한 능 옆의 이 우물이

무서워서 접근하지 못했다."고 회상한다.

경주의 여느 오래된 화강암 우물은 아니고 일정한 크기의 돌을 쌓아 만든 우물(바깥지름 가로세로 1미터가량)은 크지도 작지도 않은 네모에 계속 물이 올라오고 있었다. 최근의 경주는 모든 지하수가 오염돼 지금은 이 우물도 사용하지 않는다.

괘릉의 이런 지형을 두고 지리학이나 풍수학에서는 어떻게 말하는지 궁금하다. 왕이 되기 위해 꿈에 천관이 있는 천관사 우물에 들어갔으며 재위 때는 우물의 용으로 상징되는 국제적 군사문제가 있었고 죽어서도 물이 들어찬 연못에 들어가 사후 천수백 년째 명부의 잠에 들어 있는 원성왕이다. 왕으로서의 운명을 사후에도 연장하기 위한 바람으로 원성왕은 물이 고이는 자리를 일부러 택해 능을 쓴 것인가?

괘릉은 현대에 와서 두 번이나 도굴됐다. 일제강점기에 한 번, 6·25 혼란기에 또 한 번. 그때 김진환 씨는 15살이었는데 능이 도굴된 날을 뚜렷이 기억했다.

"그때가 10월이었는데 때 아니게 서리가 하얗게 내리고 천둥번개가 쳤어요. '능 팠다!' 다급하게 외치는 소리를 듣고 아침도 먹기 전에 동리사람들이랑 달려가 보니 도굴꾼이 키 두 길 길이쯤을 옆으로 파놓았어요. 타고 남은 초가 있었습니다. 이때는 능 안까지 파고들진 못했던 것 같습니다."

어떤 구조의 무덤에 원성왕은 들어가 있는 것일까. 언제고 알 수 있는 때가 올까. 일제강점기 일본인들의 도굴로 사실 확인이 어려워지진 않았을까. 원성왕은 왜 이런 자리에 능을 썼을까. 경주는 임금의 생과 사부터가 이처럼 흥미롭다.

월성의 화려한 숭신전 우물

경주의 대궐터 월성에서 현재 유일하게 남아
전하는 우물은 석탈해왕의 사당 숭신전 옛터에
있는 연꽃 조각 돌우물이다.

2010년 월성에서 옛 숭신전 앞을 지나쳤으나
그때는 숭신전 원래 자리라는 것도 몰랐다. 지
상에서 눈에 띄는 구조물로 석빙고 하나를 보았
을 뿐 땅 위로는 텅 비어 있는 월성에서 팔각 돌
기둥 두 개가 거리를 두고 문기둥처럼 서 있는
광경이 돌연 눈에 들어왔다. 팔각으로 된 유
적이 세속적 가치 이상의 경건한 의미를 주어서
뿐만은 아니었다. 몇백 년은 됐을, 월성에서 제
일 큰 소나무가 높이 180센티미터쯤 돼 보이는
팔각기둥 가까이 있었고 주변은 어두운 대숲이
었다.

그 광경은 뭔가 권력의 비밀증표가 될 부러진
칼 같은 것을 품고 있는 고대사적 분위기를 냈
다. 고려 때 재상을 지낸 이규보의 저작 『동국이
상국집』에 나오는, 고구려 유리왕이 아버지 동
명왕의 아들임을 증명해줄 칼이 감춰져 있던 곳
으로 소나무와 모난 바위가 같이 있는 상황이

전해지지 않는가.

처음 봤을 때 그곳은 폐허 같았다. 박정희 대
통령 때 숭신전이 1980년 동천동 석탈해왕릉
옆으로 강제 이건된 후, 마구 자란 나무 풀숲에
가려진 채 설명 한 자 없이 버려진 듯 보이던 팔
각기둥은 아주 오래된 것 같아 보이지도 않으
니 그저 경주에서 보는 돌덩이 중의 하나로 여
겨지는 것인가 싶었다. 돌기둥 앞뒤로는 어두운
대숲에 물웅덩이 그런 것들이 들어서 있는데 그
속에 무엇이 있는지 없는지 알 수도 없었다. 하
물며 아름다운 우물이 감춰져 있을 줄은 더더욱
몰랐다. 그때 이후 6년 만에 숭신전 터를 확인
하면서 왕이 관련된 역사적 장소라는 사실이 아
귀가 맞아들어갔다.

2013년 신라문화유산연구원이 주최한 경주
우물 세미나 자료집에서 '월성내 우물' 다섯 글
자로 소개된 것이 전부인 사진을 처음 보았다.
학계에서도 이 우물에 대한 언급이 전무하고 문
외한은 더더구나 팔각기둥 있는 터와 우물을 연
계해볼 생각 같은 것은 하지 못했다. 그러다가

236

2010년 9월 월성 안 석탈해왕의 사당 숭신전 옛터(위). 월성에서 제일 큰 소나무 옆 팔각 기둥 앞뒤로 어두운 대숲과 풀로 뒤덮여 그 속에 뭐가 있는지 짐작도 하기 어려웠다.

경주 우물을 취재하면서 비로소 몇 년 전에 본 사진 속의 월성 우물을 다뤄야겠다고 생각했다.

2016년 5월 가봤을 때 월성은 2014년 말부터 발굴이 시작되어 곳곳이 파헤쳐지는 중이었다. 석빙고 안쪽 평지 풀숲에 솟아 있는 팔각기둥 안쪽에 그 우물이 있었다. 경주의 중요 하천인 남천을 마주보는 방향이고, 위치도 남천과 멀지 않았다. 그러면서 비로소 이곳이 원래의 숭신전 터라는 것을 알았다. 간단한 설명이 적힌 안내판이 2012년 들어서야 생겨나 이곳이 숭신전 터이며 신라시대 우물이라고 설명한다. 화려한

연꽃잎이 새겨진 것이 부처님 발밑의 대좌처럼도 보이고 석등의 받침돌처럼도 보이는 이 우물돌이 팔각기둥과 한 구역에 있다는 것이 우연한 배치는 아니었던 것이다.

지표면의 우물 윗돌은 가로 세로 모두 150센티미터가량 되는 네모난 형태로 각 변에 6개씩의 쌍엽연꽃잎을 새긴 돌 두 개를 맞붙이고 그 위에 삼단에 걸쳐 기하학적 직선 구획이 되어 있는 정교한 것이었다. 지표면에서 약 35센티미터가량 높이로 돌출되어 있고 물이 닿는 구연부 둥근 부분 안지름은 65센티미터 내외로 보

월성 안에 유일하게 남아 있는 숭신전 터 우물. 지금도 물이 고인다. 깊이 10미터. 뒤쪽에 팔각 돌기둥이 보인다.

였다. 맨 윗부분 두레박줄 닿은 부분의 돌은 많이 훼손되어 떨어져나가고 연꽃 조각도 풍상을 머금고 닳아내린 것이, 오랜 기간 사용해온 우물 같았다. 우물돌 두 개가 맞물린 부분은 근대에 와서 시멘트로 이음 부분이 벌어지지 않게 고정시키고 연꽃 조각이 떨어져나간 부분은 메꾸었다. 경주에 남아 있는 모든 우물 중 대궐 구역에서 보는 우물답게 화려한 조각이 있는 우물

▼ 2016년 5월의 숭신전 터(아래). 소나무와 팔각 돌기둥 너머로 우물과 비석받침이 있고, 그 뒤로 숭신전 터가 드러나 보인다.

이었다.

지표 아래로 둥근 냇돌을 써서 원형으로 정교하게 쌓아올린 우물은 10미터 깊이라고 한다. 내려다보니 까마득하게 고인 우물물이 보였다.

비석이 얹혀 있던 듯한 받침돌이 우물과 나란히 위치해 있고 조금 떨어져 숭신전 본전 터가 있었다. 그동안 경주를 수십 번 갔었으면서 월성 안에 이런 아름다운 유적이 있다는 것을 왜 모르고 있었던가 싶었다. 불과 36년 전인 1979년까지도 대규모 건물 숭신전과 함께했던 유적인데도 아는 사람이 드물었다.

월성에 있는 석탈해왕 사당 숭신전 본전 건물터. 주춧돌은 이건 당시 가져간 듯하다는데 기단을 두른 돌도 사라진 채 돌계단 석줄만 남아 터를 받치고 있다.

대한제국 고종 때인 1898년 석탈해왕의 후손 석필복의 주관으로 월성 옛터에 소나무 숲을 만들고 숭신전이 건축됐다. 석(昔)씨 대종회 석진환 회장 설명에 따르면 숭신전의 역사는 우여곡절이 많다.

"팔각기둥을 지나 안쪽 본전으로 들어가는 경엄문에 이르는 바깥마당에 이 우물이 있어 숭신전에서 사용했다. 조선 태조 임금 이성계가 월성 터를 석씨 문중에 사패지로 하사해 종중이 계속 받들던 것이 일제강점기 토지조사 때 모두 일제에 몰수됐다. 1979년 월성 전체가 경주

국립공원에 포함되면서 정부가 숭신전을 월성에서 없애기로 결정, 종중의 반대에도 불구하고 숭신전 전체를 현재의 동천동 터로 이건하였다. 이때 팔각 문기둥은 이전하지 않고 그 자리에 두고 왔다. 동천동에는 대신 홍살문과 영녕문이 들어서고 비석은 비각 안에 모셨다.

숭신전 터의 우물은 경주 석씨 숭신전지에 의하면 1938년 820원의 비용으로 관리실 5칸을 짓고 우물을 설치하였다는 기록이 한 줄 있는데 설치가 어떤 규모의 공사를 말하는지 자세히 알 수 없다. 다만 숭신전이 처음 세워질 때 우물이

240

먼저 있었을 것은 확실해 보인다."

석진환 씨는 1955년부터 계림중학교 교사로 있으면서 이곳에 자주 들어와서 수업교재도 만들고 숭신전도 돌보고 했는데 우물물이 어떻게나 찬지 여름에 바로 등물을 할 수 없었다고 한다. 숭신전 관리자가 여기 살면서 이 우물을 향사며 제반 일상에 사용했다.

우물에서 몇십 발자국 떨어진 안쪽으로 숭신전 본전 자리가 지표면에서 계단 4개 높이로 솟은 터에 남아 있다. 주춧돌은 1980년 숭신전을 이건할 때 함께 가져갔으리라 한다. 빈터에는 돌계단만이 초여름 길게 자란 풀에 덮인 채 보일 듯 말 듯 남아 있다. 기단을 둘러 형성한 면돌이 후일 어느 때 없어졌는지 알 수 없고 전각으로 오르던 석 줄의 반듯한 돌계단이 있어 기단을 그나마 지탱해주는 것 같았다.

우물 옆에 이곳에 세워졌던 듯한 비석의 받침돌이 있는데 비석은 없다. 현재 동천동 숭신전 경내 비각인 모우각에 석탈해왕의 행장을 기록한 비석 '신라석탈해왕비명'이 있다. 비석의 글은 1921년 김윤식이 짓고 윤용구가 행서 글씨를, 최현필이 머릿글 전서(篆書)를 썼다. 비각 안의 비석을 받치고 있는 받침돌은 월성 안 우물 옆에 있는 석조물 받침대와는 다른 평범한 것이, 특별히 조형을 염두에 둔 것 같지 않다. 1980년 강제 이전 이후 새로 지은 비각은 비석 윗부분이 천장에 닿을 듯 비좁아서 받침돌을 생

략했는지 모른다. 비각이 꼭 그렇게 낮아야 했는지, 건축 전후 상황이 바뀐 듯 보였다. 받침돌 없는 비석은 격을 잃고 어디가 모자란 모양새였다.

경주시 문화재과의 학예연구사 이채경 팀장은 "우물을 밑바닥까지 발굴해보지는 않았으나 쌓아올린 구조와 깊이, 외형으로 볼 때 신라시대의 우물로 추정합니다."라고 했다. 1967년 초등생 시절 소풍 왔다가 본 숭신전 우물을 기억하는 유갑준 전 국세청 공무원은 "우물에 대략 1미터 높이의 우물담을 쳐서 사람이 빠지지 않게 해놓고 쓰던 것으로 기억한다."고 했다.

"숭신전이 이건된 뒤에는 폐허나 다름없어서 2000년경에는 우물 위의 돌출부도 없어진 채 흙에 파묻혀 우물이 지표면에 얕게 돌출되어 있었지요. 누군가 우물인지 모르고 걷다가 빠지지 않게 우물 위를 나무기둥 같은 것으로 얼기설기 가려놨습니다. 그걸 헤치고 보지 않는 한 이곳이 우물이라는 것을 알 수도 없고 사람들도 관심을 안 가졌습니다."

우물 돌에 연화문 조각이 되어 있는지는 흙에 가려져 한참 동안 몰랐다고 한다. 이제 그 우물이 제모습을 환히 드러내며 다시 주목되기 시작했다. 현재 우물에는 길고 묵직한 장대석 두 개를 걸쳐놓았다. 『삼국유사』를 연구하는 동호인 모임의 한 회원은 "월성대궐 터에서 유일한 우물입니다. 경덕왕 연간 가뭄이 심했던 753년

1980년 동천동 석탈해왕릉 옆으로 이건된 숭신전 본전. 건
물 앞 팔각 외기둥 위에 얹힌 상석 같은 돌은 제향 때 밤에 돌
위에 불을 피워 밝히는 용도로 사용했다.

에 용장사 대덕 스님이 대궐에 와서 금광경(金光經)을 읽으며 기우제를 올린 뒤 물길이 일곱 길이나 솟아났다던 그 우물이 아닐까 추정해봅니다."라고 했다. 『삼국유사』에는 "그 일이 있은 후 우물 이름을 금광정으로 불렀다."고 기록되어 있다.

2016년 소나무와 팔각기둥 안에서 본 것은 고구려 왕자의 증표인 '부러진 칼'이 아니라 수정처럼 맑고 차가운 물이 고이는 화려한 금광정 우물이었다. 천수백 년 지나 조선시대에 와서 우물을 큰 소나무 있는 팔각 돌기둥 안에서 보게 만들어놓은 조상이 있었다는 사실이 기쁘다. 새로 지은 동천동 숭신전 건물에서도 팔각기둥을 보았다. 숭신전 본전 앞 왼쪽 마당에 팔각 외기둥을 세우고 위에 육중한 돌을 상석처럼 얹은 석조물이 그것이다. "밤에 거행되는 제향 때 여기다 불을 밝혔습니다."라고 석진환 회장이 말했다.

지금은 전기 외등이 서 있고 우물 대신 상수도가 들어와 있지만 세상에 흔하지 않은 역사적 장소에서 팔각기둥 돌 위에 불을 피우는 고대사적 제례가 행해진다면 볼 만할 것 같다.

술 빚는 구기자 우물, 두레박 뜨는 김호 우물

"물과 관련한 경주의 특색은 우물이라 할 수 있습니다."라고 이순탁 2015 세계물포럼 조직위원장이 말했다. "신라 이래 2백여 개 우물이 경주에 남아 전합니다. 최근의 '물포럼'에 경주 우물에 대한 문화적 토론이 빠지지 않는 것도 그런 바탕에서 출발했습니다."

국제회의에서 나정(蘿井) 등 경주 우물 사진을 본 외국학자들은 대뜸 "이 우물들, 가서 볼 수 있나요?"라며 학문적 호기심을 보였다. 신라 경주만큼 많은 우물 기록이 있는 역사도 없다. 민가에도 신라시대 우물이 전해진다. 고령에는 가야시대 우물도 존재한다. 그러나 우물에 대한 우리 학계의 연구는 최근에 와서 시작됐다. 학자들 말로 경주의 우물은 211개가 남아 있다는데, 현장 문화해설사가 전하는 말로는 1백 개 정도가 보존되어 있고 그중 60개 정도에

경주박물관 뒤뜰에 모여 있는 경주 일대의 옛 우물돌.

▶ 서출지 부근의 임씨 마을 입구에 있는 우물. 시멘트로 덮어 옛 우물 모습은 보이지 않지만, 누군가 우물가 소나무 아래로 물을 길러 내려올 것 같은 분위기다.

김유신의 집터 재매정. 비각 옆에 우물이 붙어 있고 발굴된 돌무더기들이 집터에 쌓여 있다.

는 물이 올라와 고인다고 한다. 지하수가 오염되어 식수용 우물로는 사용 않고 파이프를 연결해 허드렛물로 쓰는 용도이다. 경주시의 상수도는 1980년대에 집중적으로 이루어져서 70퍼센트가량 보급됐다.

경주박물관 뒤뜰에는 경주 곳곳에 흩어져 있던 신라 우물 돌조각을 모아놓은 것이 있다. 통돌을 써서 만든 우물도 있고, 반원형 화강암 2-3개를 꺾쇠 같은 것으로 고정한 우물도 있다. 이미 자리를 떠나 있던 돌들이라 출처가 밝혀져 있지는 않았다. 경주 우물은 물만 길어올리는 것이 아니라 형이상학적 장소로도 묘사되어

재매정에서 출토된 인물상. 확인되지는 않았으나 김유신 상이라고 속칭한다. ⓒ 경주박물관.

박혁거세 임금 때처럼 용이 나타나기도 하고 문무왕 때 명랑법사처럼 재물을 꺼내오기도 하고 승려들이 우물 속에서 솟아나오기도 하는 어떤 통로이기도 했다. 이한성 교수가 경주박물관 건물 구역에서 발굴한 우물에서는 어린아이 뼈도 나왔다. 우물 속에 던져넣은 ㄱ자형 윗돌 4개는 아이가 빠진 비극적 사건 이후 우물을 폐쇄해버린 흔적이었다. 고고학적 연구 가치 때문에 건사된 그 우물돌을 차마 바라보기 어렵고 무서웠다. 역사가 언제나 명랑한 것만은 아니지 않나.

신라통일 당시 활약한 인물 김유신의 집터 재매정에도 우물이 남아 있고 이 터에서는 아주 최근 인물 두상도 발굴되어 속칭 '김유신상'이라고 부른다. 645년 역사기록에 김유신은 집 앞을 지나면서도 전투 중임을 내세워 집에 들르지 않고 다만 물을 떠오게 하여 마시고 '우리집 우물맛이 아직도 옛 그대로구나' 하고 집안이 별고 없다는 것을 확인했고는 더이상 집안일을 묻지 않았다고 한다. 그때 김유신이 마신 우물물이 지금 남아 전하는 재매정의 커다란 네모 우물인 듯하다.

신라 왕릉이 모여 있는 대릉원 옆에는 거북이 입을 통해 물이 흘러나오는 쪽샘 우물이 있어 관광객들이 쉽게 접하지만, 최근 제작된 거대한 거북이한테서는 오래된 우물 같은 기분이 별로 안 난다. 하지만 아주 오래전부터 있던 우물이

고 '물이 달다'고 했는데 경주에서 마셔볼 수 있던 유일한 우물이었다.

경주 마을 깊숙이 발을 들여놓으며 고색창연한 돌우물을 많이 보았다. 서출지 주변 임씨 마을 입구에는 소나무 아래 약수터 같기도 한 우물이 있다. 시멘트에 작은 돌을 버무려 우물담을 붙인 것이 오랜 옛날부터 최근까지 여러 번 손질해가며 쓰던 우물터 같았다. 야트막한 우물가에 앉아서 두손으로 물을 뜰 수도 있다. 공동우물의 전형과도 같은 이곳으로 누군가 물을 길러 나올 것만 같은데, 한낮은 그저 적막했다. 밤에도 어느 집 담 위에 핀 박꽃이 얹혀 있을 뿐

경주의 국학이었던 향교의 우물. 원래는 요석궁 우물이었다.

교동 최부잣집동네 최영식 가옥의 우물이 있는 안마당. 꽃이 만발한 안마당 장독대 옆에 시멘트관으로 개조한 커다란 우물에 뚜껑이 덮여 있다.

인기척 하나 없었다. 2015년 현재 경주의 상수도 보급률이 90퍼센트에 이르면서 이젠 우물을 쓰는 사람도 없고, 우물가에 모일 일도 없이 그저 하나의 풍경으로 남은 것이지만 옛 마을 우물의 전형을 보는 것 같아서 오래 잊히지 않았다.

계림 숲 옆에 있는 향교 우물은 신라시대 '요석궁 우물'이라고 했다. 요석궁 자리에 후일 신라의 국학 향교가 들어선 것이다. 원효가 남천의 다리에서 물로 떨어져 요석공주와 만나게 되는 느릅나무 다리가 요석궁 가까운 월정교 부근

에 있었다. 두 사람의 세기의 로맨스를 기억할 증인인 요석궁 우물이란 사실이 생각할수록 대단한 존재로 보였다. 보통 우물이 아니라 궁의 위상에 맞는 커다란 돌우물이란 사실이 이해되었다. 그 옛날에는 요석공주도, 원효도, 설총도 이 우물 옆으로 왔을 것이다. 신라 국학이 되면서는 젊은 남자들이 이 주변에 모여들었을 터이다. 무슨 이야기들을 했던가. 지금은 시끄러운 관광객들로 소란스러운데, 염색으로 눈썹을 진하게 그려놓은 개가 무심한 듯 우물 옆을 지킨다. 두꺼운 반원형 돌 두 개를 맞붙인 이 우물이

248

없다면, 지금의 향교는 옛날의 위상을 잃은 데 더해서 더 무미건조할 것 같다. 가장 안쪽 지름이 80여 센티미터로 규모가 상당히 크고, 내부는 원형으로 쌓아올린 뒤 장대석으로 네모난 틀을 지어 얹은 것까지 반듯하게 남았다. 우물은 아주 깊어 보였다. 나무 뚜껑으로 덮였다가 1년에 한 번씩 청소하는데, 지금은 물이 짜서 먹을 수도 빨래를 할 수도 없다고 한다. 그저 향교 건물을 위한 방화수 정도로 존재한다.

향교 건물 옆은 경주 최부잣집이 350여 년 전 조선 후기에 정착한 교동 일대로 '최준 가옥'을 비롯해 10여 일가가 모여 사는 큰 기와집 여러 채가 있다. 1년에 쌀 3천 석을 소비했다던 최부자 가계의 마지막 주자 최준 집에 소속됐던 우물은 둥근 시멘트관을 우물담으로 세운 구조로 바뀌어서 고풍의 면모는 없어진 데다가 집터가 분할되면서 최준 가옥에 딸렸던 서너 개의 우물 모두 다른 집에 편입되었다. 영남대학교로 소유권이 넘어간 최준 가옥은 지금 부엌이 있는 안채에 현대식 수도 하나가 있을 뿐이다. 담 밖 길 건너 다른 건물에 편입되어 뒷구석에 버려진 듯 황량하게 보이는 우물 하나는 이제 최씨 집안의

교동법주를 빚는 최경 댁의 우물. 특별히 물맛이 좋은 우물이었다고 하는데 우물 옆에 구기자 나무가 있었던 것을 뽑아냈다. 술 항아리들이 마당 전체에 가득하다.

유산도 아니어서 최준 가옥의 쓸쓸한 잔영처럼 보였다.

최준 가옥은 과거 국내외 중요 인물들을 접대하면서 경주 엘리트의 문화적·외교적 수준을 과시하던 곳이었다. 1926년 스웨덴 구스타프 6세 아돌프 왕이 세자이던 시절, 신혼여행 중 조선 경주 서봉총 발굴 소식을 듣고 왔다가 이 집에서 묵었다. 왕자 일행은 외부 손님이 들어갈 수 없는 안채가 어떻길래 이런 굉장한 음식을 만들어내는지를 궁금해했다고 한다. 6·25 때 의료단으로 참전한 스웨덴군이 자국 왕실의 요청으로 최부잣집 안채 사진을 샅샅이 찍어갔다. 그 사진에 무엇이 찍혔을지 음식 사진도 있는지, 1950년에는 우물이 어떤 형태로 남아 있었을지 궁금해진다. 이 사진 기록은 책으로 만들어져야 하지 않을까?

지금도 최씨 일가들이 모여 거주하는 교동의 커다란 한옥들은 저마다 특색 있는 모양새를 하고 있었다. 그중 최경 댁과 최영식 댁 안채 우물을 볼 수 있었다. 최부잣집 일가는 모든 집이 한꺼번에 우물을 개수(改修)했는지, 최씨 일가 모든 집에 남아 있는 우물은 하나같이 둥근 시멘트관을 세워놓은 근대식 우물로 바뀌었다. 외관상 별로 매력적인 것은 아니었지만 최경 씨네 안채 우물 옆에는 구기자나무가 있었다. 우물이 음식과 직접적인 관련을 가진다는 것은 상식이다. 이 집 며느리로 교동법주(法酒)를 만들던 국가지정 무형문화재 배영신 여사는 생전에 "우물 맛이 좋아 이 집안에서 문화재 술이 나왔지요."라고 말했다.

경주 최부잣집으로 알려진 최준의 본가 사랑채 터. 월성터에서 가져온 꽃무늬 주춧돌과 장대석을 써서 지었다고 했다. 대구대학이 없어지면서 지금은 영남대 소유로 넘어갔다.

그 우물은 경주의 지하수가 오염되면서 2000년대 초 폐기되고 구기자나무도 없어졌다. 그래도 마당엔 꽃나무가 많고 시멘트 우물이긴 해도 안채마당에 가득 채워진 큰 독 수십 개 사이에 그대로 우물 자리가 남아 있다. 이곳 교동의 최부잣집 일가 집안의 모든 딸, 며느리 들이 "우리 다 교동법주 빚을 줄 알아요."라고 했는데, 그중 최경 집안의 배영신 씨가 무형문화재로 지정된 것에 우물물이 연관되었을까?

여기서 교동법주를 사들고 최준의 동생 집안에서 경영하는 식당 요석궁에 가서 점심식사를 했다. 수십 가지 음식이 차려진 커다란 교잣상 한정식 차림 중 최부잣집 고유의 어떤 반찬이 나오는지 맛보고 싶었다. 스웨덴 구스타프 왕세자 일행이 감동했던 최부잣집 상차림 접대의 한 면모라도 보고 싶었다.

이 집안은 최준 씨가 생존해 있는 동안 경주를 방문하는 대통령급 인사들이 방문하고 음식을 통한 교류가 이뤄지는 곳이었다고 했다. 영호남 대결이 있던 시절에도 경주에 온 김대중 대통령 후보도 여기서 묵었다. 내가 아는 한 서울이든 어디든 국내외 대통령급 인사들이 개인적으로 민가를 방문해 음식을 사이에 두고 오래된 문화를 배경으로 외교적 만남을 성사시킬 수 있는 건축적·음식적·장식적 여건을 갖춘 집안으로는 서울에서 단 한 군데 고 김상협 고대 총장의 집, 그리고 경주에서 단 한 집 이곳 최부잣집 이야기를 들었다. 그런 행사가 펼쳐질 수 있으려면 우선 실제 거주하는 주인의 집이 전통 한옥이고 손님접대를 받아들일 만한 규모여야 하며 오랜 전통의 맛을 지닌 음식솜씨와 세련된 대화가 이뤄질 문화적 조건이 갖춰진 집안이라야 한다. 이런 집들이 적어도 각 도시마다 한 집씩이라도 있으면 한국음식의 외교적 광휘는 굉장하겠다는 상상이 되었다.

최부잣집을 보면서 이 집안의 음식 이야기만을 다룬 기록이 실제 사진과 함께 기록이 된다면 바람직하지 않을까 생각했다. 그나마 이 집안이 쓰던 술 중에서 교동법주가 살아남았다. 요석궁 식당에서 먹은 음식 중 배추의 흰 줄기 부분만 써서 실고추만으로 담그는 김치와 젓갈 몇 가지가 최부잣집 고유 음식이라는 것을 알았다. 이미 식당 운영자들은 최부잣집 인맥과는 직접 상관없는 업체에서 운영하는 것이어서 자세히 알기가 어려웠다. 이 집 음식을 잘 아는 사람은 "밥을 토종닭 육수로 짓고 고등어를 몇 상자씩 들여와 푸른 등 부위만 회를 떠내니 맛이 안 좋을 수가 없는 거잖아요."라고 했다. 경주 토박이들보다는 외지인들이 더 많이 이 식당서 밥 먹는 걸 좋아한다는 것.

1921년 일제가 행한 서봉총 발굴에 난데없이 끼어들었던 스웨덴 황태자지만 그때 접대받은 최부잣집 음식이 얼마나 인상 깊었으면 세월이 한참 지난 뒤에 와서 스웨덴 왕실의 지시로 이곳 최부잣집 부엌을 낱낱이 다 사진 찍어갔을까. 지금은 최부잣집 본가 건물의 이모저모가 관광객에게 공개되어 있어 대단한 규모의 창고서부터 안채·바깥채·사랑채까지 다 볼 수 있고 대를 이어 부를 이룬 과정 등이 전하지만 실제 어떤 음식 전통이 있었는지 궁금하기만 하다. 대대로 살아오던 최씨 일가가 밀려나고 영남대 소유가 되면서 이미 사람들이 거주하지 않아 실제적인 느낌이 없이 박제된 건물의 부엌살림 사진만으로 최부잣집 안채에서 여성들이 만들어 내놓은 음식의 분위기는 전혀 느껴볼 수 없었다. 음식 만드는 이의 손으로 무에서 유를 창조하다시피 하는 게 음식인데, 부엌살림도 남아 있지 않고 애석한 것은 이미 우물조차 다 사라졌다. 하지만 지금이라도 누군가가 애쓴다면 이 집안 음식문화 이모저모를 알아낼 수 있지 않을까.

요석궁 식당이 된 최부잣집은 커다란 방들이 많고 고풍스런 장식이 되어 있었다. 건물 기둥의 주춧돌은 월성터 기둥의 주춧돌과 같은 꽃무늬 모양으로 다듬어 받친 것이 눈에 띄었다. 넓고 풍성한 정원에는 최부잣집 일가의 모든 재산이 대구대학이라는 교육사업에 투자되고 이어서 최씨 집안은 배제된 채 영남대학으로 모든 소유권이 바뀌는 과정이 적힌 설명판도 있었다. 요석궁 식당은 최준의 본가를 포함해 최부자 일가의 모든 재산이 영남대학으로 넘어가버린 와중에 간신히 되사온 최준의 친동생 최윤의 소유 건물이라고 한다.

최준의 일가 최영식 댁은 대문에서 중문 안채로 들어가는 풍경이 아주 고즈넉하고 아름다웠다. 대문에서 중문 사이 마당이 부잣집답게 넉넉한데 해마다 경주문화제 때면 이곳 마당에 큰 널을 놓아 널뛰기 대회가 열리고 백일장 대회도 열려 많은 문인들이 심사위원 겸해 마당에서 행사를 이끌어갔다. 안채·사랑채·바깥채로 통하는 많은 일각문들이 모두 모양이 다른 건축이었는데, 십수 년 전 태풍에 문이 다 넘어진 뒤로는 복구하지 못했다. 안마당에는 백일홍이 가득 피어 있고, 장독대 옆에는 역시 시멘트관으로 개조한 우물이 남아 있어 수도관을 이어두고 막 쓰는 물로 사용하고 있다. 최영식 댁에 며느리가 모두 세 분인데, 명절이나 집안의 큰일이 있을 때 한 사람은 떡 담당, 한 사람은 고기 담당, 한 사람은 전 담당을 한다고 했다. 무언가 유행을 따르지 않고 대대로 전해지는 음식들이 있으리라 싶다. 그러나 이 집의 오래된 고서·골동품을 연달아 세 번이나 도둑이 들어 몽땅 훔쳐갔다. 아마도 일반적인 재물만 노린 도둑은 아니었을 것이다.

최부잣집과 같은 가풍을 지닌 경주 시민이 또 있다. 육영사업과 독립운동 지원, 구휼사업을 벌인 수봉 이규인(1859~1936)을 조상으로 둔 집안이다. 관광객의 발길이 미치지 않는 외동읍 조용한 동네에 들어서면, 길가에 대문을 활짝 열어놓은 집이 '수봉정'이다. 이곳에서 아주 크고 아름다운 우물을 봤다.

"근래까지도 바깥채에 늘 외부 손님이 50여 명씩 찾아들어 그분들이 주로 사용하던 우물입니다. 우물 역사는 우리 집 수봉정 역사와 비슷하게 100~120년 됐음직합니다. 2014년부터 이 지역에 상수도가 들어와 우물을 쓰고 있지 않지만, 옛 그대로의 구조를 위해 수리를 거듭하면서도 없애지 않았습니다."라고 이태형 수봉교육재단 이사장이 말했다.

수많은 방문객을 접대하던 가풍이 활짝 열린 대문과 깊이 있는 우물로 남아 있는 듯했다. 우물은 경북기념물로 지정된 수봉정 서당(書堂)채며 본채 건물과 탑 등 정원 장식물, 그리고 이 집에 깃든 내력과 어울려 넓은 마당 한쪽을 차지하고 있다. 집안에는 세 개의 우물이 있는데, 안채에서 쓰지 않는 우물돌을 바깥채에 옮겨두었다. 신라시대 석재로 보이는 그 돌 틈에, 봉숭아 한 포기가 올라와 피었다.

탑동 식혜골 김호 장군(?-1592) 고택은 경주에서 가장 오래된 17세기 전후의 민가다. '식혜(識慧)'라는 도승, 혹은 '식혜사'라는 절이 있었기에 동네 이름도 '식혜골'이다. 통일신라기의 명랑법사가 관련된 유명한 남간사 절터가 바로

앞에 있으며 당간지주도 그대로 서 있는데, 동네 전체가 신라시대 절터였다고 한다. 1976년의 문화재관리국 조사보고서에는 우물을 비롯해 신라시대 석재가 집 여기저기에 쓰이고 있다는 사실이 보고됐다. 임진왜란 때 3대에 걸쳐 전장에서 활약한 김호 장군의 집이 이곳에 자리 잡았고, 지금은 14대 종손이 거주한다. 오래된 건축기법과 김호 장군 집안의 맥을 간직한 경주 최고의 민가라 중요민속자료로 지정되었다.

안채와 바깥채에 각각 우물이 있는데, 안채 우물은 일찌감치 시멘트관 우물로 바뀌었다. 그래도 바깥 우물은 우물돌도 옛 그대로이고, 두레박 줄을 묶어두고 고정시키는 큼직한 돌도 원래대로 붙박이로 박혀 있다. 수도관을 설비하지 않고 예전처럼 두레박으로 물을 길어올려 쓰고 있다. 경주에서 가장 고풍의 모습과 이야기를 지닌 우물유산이다.

김호 장군의 14대손인 안주인 이영숙 씨가 하루 종일 움직이며 농사에, 제사에, 민박 운영에 온갖 집안일을 하면서 유지하고 있었다. 경주에서 본 우물 중 실생활과 가장 밀착된 우물이기도 해서 이런저런 이야기를 들었다.

"옛날에 이 집에 3대가 다 함께 백 살도 넘게 오래 살고 있어 기가 정체되어 있었답니다. 안 스님이 우물가에 있는 앵두나무와 향나무, 그리고 또 다른 나무 중 한 그루를 뽑아내라고 했대요. 말씀대로 한 뒤 집에는 기(氣)가 원활하게

수봉 이규인의 후손이 사는 수봉정 바깥채의 우물. 우물은
지금 쓰지 않지만 많은 손님을 접대하던 수봉정의 옛 모습을
보존하기 위해 그대로 두었다. 봉숭아 한 포기가 피어 있다.

김호 고택의 우물. 경주에서 가장 오래된 민
가로 신라시대 절터에 자리잡았다. 우물은
신라시대 유물이다. 두레박줄을 묶는 돌기
둥도 옛 그대로다. 아래 사진 왼쪽은 우물
마개 삼아 쓰는 삼각추 형태의 나무틀.

돌았다고 합니다. 그런데 뽑아낸 나무가 무슨 나무인지는 아무도 모른답니다."

앵두나무와 향나무는 아직도 있고 그 외 많은 나무가 이 집 우물가에 크고 넓은 그늘을 만든다. 경주에서 본 우물가 나무는 뽕나무도 있었고 구기자나무와 느티나무·소나무 등 다양했다. 안주인은 물건이 우물에 빠지는 것을 방지하는 마개 삼아 막대기 6개로 엮은 삼각추를 담가 두었다.

"처자를 물색해 선을 보러 가면, 그 처자에게 꼭 바깥 우물에 가서 물을 떠오라고 시킨다고 했어요. 뒤태가 어떤지 물 떠오는 모습을 통해 살펴보려고요."

우물을 앞에 놓고 이런 얘기를 들을 수 있는 것은 우물가에서 대를 이어 살아온 사람들이 아직 있어서 일 것이다.

월지의 7세기 입수시설

경주 월성 대궐에 딸린 연못 월지(안압지)는 문무왕 때인 674년 생겨났다. 통일신라 최전성기의 기운을 담아 토목공사의 장대함과 심오한 조경의 정원까지 갖춘 화려한 못이다. 현대에 복원된 4,730평 넓이의 연못은 어느 방향에서도 한눈에 전체가 다 조망되지 않아 여기에 지어진 전각의 명칭은 임해전(臨海殿)이다.

효소왕(697), 혜공왕(769), 헌안왕(860), 헌강왕(881) 등이 여기서 봄·가을 신하들과 잔치를 벌였다. 왕이 직접 거문고를 연주했다. 화려한 대궐 파티였지만, 태평성대는 오래가지 못했다. 신라 말 경순왕이 여기서 고려 태조 왕건과 만나 경애왕이 견훤에게 피살된 일을 전하고 고려에 항복했다.

월지는 그후 쇠락하고 대궐터의 초석은 밭이랑에 묻혀 기러기 떼나 내려앉는 쓸쓸한 안압지란 이름으로 천수백 년을 지나왔다.

"1975-1980년간 월지는 근처 논에 물을 대는 저수지이고 낚시터였습니다. 주변은 모두 펄이었지요. 정원 자리엔 나무 하나도 없다가 복원하며 숲을 조성했습니다."라고 사적관리 공무원으로 평생 살아온 경주인 손수태 씨는 회고한다. 안압지가 정비되고 못에서 건져낸 마구와 배·불상·금동가위 등 3만 점의 유물은 경주인들의 과거 풍요한 생활상도 알려주는 것이 되었다.

태자의 거처인 동궁과 연결된 월지는 동서 약 180-190미터, 남북 약 190-200미터의 길이와 폭을 한 정방형 터가 건축적으로 변형된 형태이다. 이 건축물의 설계는 정교하다. 연못의 서쪽은 직선으로 몇 번 꺾어지게 하여 건축된 5.4미터 높이의 축대 위에 못 안으로 돌출되게 위치한 5개 건물에서 못과 정원 전체를 내려다보게 했다. 큰 돌로 괴인 것이 고구려식 건축을 연상시킨다. 동궁 경내에는 전체 26개 건물군의 자취로 몇 개의 오리지널 초석이 남아 있었다. 건물과 마주보는 동북쪽은 높이 2.1미터에 40여 번의 굴곡을 주어 변화가 심한 호안선을 만들고 구릉을 만들어 조성한 숲 정원과 연결된다. 이곳엔 높이 3-6미터의 구릉 9개가 못 안에 떠 있

사적 제18호 동궁과 월지 전경. ⓒ 김남일

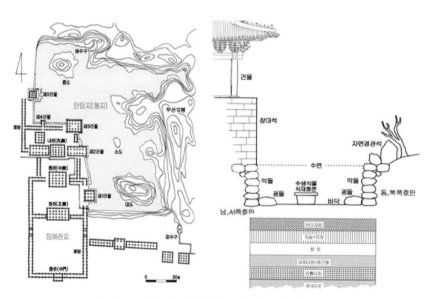

월지(안압지) 배치도와 호안 및 바닥의 단면. ⓒ 김남일

는 3개의 섬과 함께 도교적 사상의 무산 12봉(巫山十二峰)을 상징하였다. 이런 조경술은 백제의 것이라고 한다.

월지의 돌로 쌓아 만든 호안선 총길이는 1,005미터에 달한다. 제일 깊은 데가 1.8미터 수심이다. 못바닥은 진흙, 강회 다짐에 돌을 깔아 수초가 마구 자라지 않게 하고 연꽃은 아주 부분적으로만 자라게 했다.

복원된 월지에서 입수와 배수시설은 7세기 통일신라의 원래 구조가 그대로 남아 있다. 동남쪽에서 입수되는 물은 작은 폭포가 되어 큰 섬 바로 앞에 소리내며 떨어지면서 양쪽으로 갈라져 연못 전체로 퍼진다. 배수시설은 중간 섬이 있는 북쪽에 돌비석처럼 생긴 수문이 건축되어 있다.

입수와 배수, 두 시설은 월지가 어떻게 1500여 년을 버텨오면서 경주의 물길과 연결되는지

를 보여준다. 2015년 경주에서 열린 세계물포럼에서 김남일 당시 경주 부시장은 '경주 물문화와 미래' 발표 논문에서 입수로와 배수로, 못의 구성을 여러 자료를 총동원해 제시하며 그 가치를 다음의 문장으로 정리했다.

"월지는 우리나라 고대 정원문화와 물 이용의 정수로 입수와 배수의 과학적 구조와 예술적 조형은 신라인의 물에 대한 이해도가 어떠했는지 보여주는 것이다. 월지 내의 3개 섬은 삼신(三神)사상을 바탕으로 기술적으로는 입수구와 배수구에 배치함으로 물 흐름을 분산시키고 소용돌이 현상을 유도한다. 협곡 등 특정 부분에 물고임을 방지하기 위한 것으로, 전체적 물 흐름을 유지하기 위한 실질적 장치이다."

물이 입수되는 과정은 물길이 안압지 영역 지표면에 처음 나타나는 동남쪽 담장 아래에서 약 십수 미터 떨어진 못까지 세 번의 굴곡이 있는

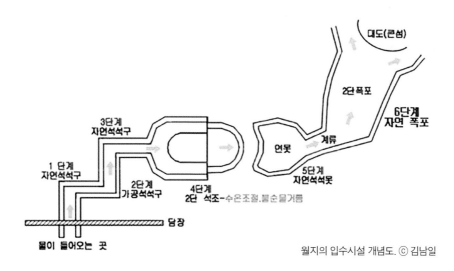

월지의 입수시설 개념도. ⓒ 김남일

259

월지 동궁 건물터의 옛 주춧돌은 안압지 정원 깊숙한 구석에
따로 모아놓았다. 새로 만들어 배치한 건물터 주춧돌과는 다
른 시간의 축적이 느껴진다.

화강암 직선 수로를 따라 물이 흘러들어왔다. 수로를 따라 흘러들어 온 물은 신라시대 원형을 부분적으로 지닌 돌쟁반 같은 수구 위에 받쳐진 2단의 장식적 석조로 넘어가고 다시 자연석으로 이루어진 물길을 지나 120센티미터 높이의 2단 폭포를 이루며 월지로 힘차게 흘러든다. 폭포물이 떨어지는 월지 바닥엔 돌을 깔아 물이 세게 튀어오르도록 변화를 더하였다. 이 과정에서 물은 한껏 산소를 머금고 못으로 흘러든다. 이들 시설에서 674년 안압지 건축 당시의 신라 분위기를 느낄 수 있다.

여러 형태로 이뤄진 입수로를 지나는 과정에서 불순물이 걸러지고 물의 속도와 회전, 온도, 산소 주입 등 못물을 맑게 유지하기 위한 여러 절차가 진행된다. 수로 바닥에는 자갈과 돌이 깔려 있다. 석조에는 원래 용머리 조각이 있어 분수처럼 물을 토해내는 장식이 있었다는데 지금은 사라져서 물은 그저 지표면 위로 평면적으로만 흘러든다. 1974년 복원 때 입수구와 연결시킨 직선형 화강암 수로는 674년의 변화무쌍한 신라 고대 조각수로와는 확연히 구분되어 보인다.

애초에 월지가 생겨날 때 이렇듯 극적인 형태로 입수 과정이 건축된 것은 단순한 입수 기능만을 위한 것이 아니라 예술적으로 보기 좋게 하여 월지의 물놀이를 즐기려는 의도가 반영된 것이다.

월지로 물이 들어오는 부분은 흐르다가 순차적으로 고이고
마지막 순서로는 못으로 소리내며 떨어지는 폭포가 된다. 7
세기 월지 조영 당시의 본 모습이 유일하게 남은 유적으로
용머리 조각 등은 사라졌으나 입수되는 과정에서 불순물이
걸러지는 과정까지가 고려된 7세기의 설계이다.

월지의 굴곡진 호안. 직선 구조와 곡선 구조가 대비된다.

월지의 여러 경관 중 가장 고풍의 신라 분위기를 머금고 있는 수로의 조각은 포석정과 비슷한 인상도 들었지만 그렇지만 포석정의 수로와 같은 기능은 아니었다는 추론이다. 여기는 지금도 맑은 물이 지금도 끊임없이 흘러들고 있어 물이 말라버린 포석정과는 다른 생동감을 준다. 이런 화강암 수로 조각 위로 웬 청소년 하나가 줄을 타듯 밟고 다니며 "이거 뭐 시멘트 아이가? 내 눈엔 그렇게 보인다 안 하나." 했다. 사람들이 귀중한 7세기 유물이 모욕당하는 어이없는 광경을 쳐다보았다. 이런 공격에 무방비로, 월지 수로의 과학과 예술을 7세기 모습 그대로 보여주는 이곳이지만 울타리도 없이 공개되어 있다.

비탈진 못 가장자리는 월지 물이 깊숙이 스며들며 흐르도록 유도한 굴곡이 심원한 풍경을 이루고 높낮이가 각각인 구릉을 따라 돌과 나무를 배치한 뛰어난 조경을 알아채게 만든다. 여기는 단순한 연못을 넘어 고대의 정원 철학과 아름다움이 깃든 역사적 장소이다.

월지숲 정원에는 높고 낮은 9개의 언덕마다 검은색을 띤 괴석이 수없이 땅에 박혀 있고, 복원 당시 심은 나무들이 30여 년을 자란 그늘 아래 수십 번의 굴곡을 이룬 연못가를 따라 산책할 수 있다. 대나무·소나무·버드나무·개나리·모과나무·벚나무, 그리고 관광지를 의식해 여름 내내 피어 있게 한 배롱나무가 많다. 못 한쪽에는 어리연이 피고 월지와는 길 하나 떨어진 논에 연꽃이 가득 피었다. 이 논은 월지 경내지만 아직 발굴이 안 된 곳이라 연꽃을 심어두고 보는 중이다. 못에는 잉어·붕어에 사람들이 몰래 넣은 외래종도 있다. 못물이 녹조화되는 걸

막느라고 물고기는 별도 먹이는 주지 않는다. 촛불심지를 자르는 금동가위며 주사위 같은 독특한 안압지 유물 중 간략한 것들은 이곳에서 전시되지만 불상과 건져올린 배·큰 토기·목간 등 본격적인 유물들은 경주박물관 안압지관에 가야 한다. 토기는 곡식이 몇 섬 들어감직하게 큰 것들이 있다.

밤이 되면 월지 야경이 멀리서도 환하게 보인다. 2017년 5월 연휴에는 최고 관객을 기록한 3만 명의 입장객이 들어와 월지의 밤을 즐겼다.

경주시는 2018년 월지 서쪽으로 붙어 있는 연꽃 논과, 북쪽으로는 사천왕사지와 선덕여왕릉 사이로 난 동해남부선 철도를 옮겨내고 안압지 경내 영역을 넓힌다고 했다. 월지 빈터의 주춧돌 자리에 있던 건물 7동과 회랑도 복원한다고 했다.

월지는 궁성에 속한 큰 규모에다 그 건축에 최고의 과학과 예술, 자연과 철학까지 포함했기에 단순한 조경이 아닌 깊이 있는 유적으로 오늘날에도 한국인의 사랑을 받는 장소가 되었다.

알천의 징검다리, 남천의 월정교

현대에 와서 월지에 신라 때와 달라진 것이 생겼다. 신라시대 월지 입수의 근원은 경주 북쪽 알천(북천)의 물이 분황사를 거쳐 월성 주변의 해자를 채우고 월지로도 흘러들었다. 그후 천수백 년의 세월이 흐르며 농경지 등으로 북천의 물줄기가 점점 막혀가고 1975년 북천(알천)이 발원하는 곳에 덕동호가 건설된 뒤에는 자연의 물길이 더 말라버렸다. 보조수단으로 관정을 뚫어서 물을 얻어 제2의 입수구로도 활용했으나 그것도 충분치 못했다. 그 위에 농수로 물에 스며든 비료 성분이 그대로 입수되면서 월지 물이 녹조를 형성하기 때문에 수시로 이를 거둬내야 하는 난제가 생겨 여러모로 감당이 안 됐다.

자연 수로를 이용한 북천 물길의 입수가 여의치 않게 되니 2003-2008년 사이에 남천이 지나는 박물관 후문 부근에 강력한 모터를 묻고 남천의 물을 끌어와 안압지에 물을 대기 시작했다. 두 개의 모터가 교대로 하루 20시간씩 가동하면서 남천 물을 끌어올려 수로를 통해 못으로 떨어지도록 유지하는 것이다. 월지의 현대식 입수 과정은 오랜 기간 월지 담당 공무원을 지낸 정희영 씨의 증언으로 확인되었다.

"남천의 물을 끌어다 펌프로 입수한 물은 연못 전체 구석진 데까지 물이 고루 가 닿도록 섬세 개로 유도되어 물살이 갈라져 흐르다가 배수구를 통해 빠져나갑니다. 그러면서 월지에 면한 연꽃 논에 물을 대고, 더 흘러서 계림을 거쳐 나가며 다시 남천으로 유입됩니다. 과거엔 그냥 농경지로 물이 배수되어 나갔습니다. 입수구 바로 앞의 큰 섬과 배수구 바로 앞에 있는 중간 섬과 작은 섬이 그 위치를 가지고 월지 전체 물길을 다스립니다."

배수로는 입수로에서 대각선 방향, 중간 섬이 들어선 북쪽 모서리에 있다. 호안에 붙어 비석처럼 생긴 1.5미터 길이의 몸통 돌에 지붕돌을 얹은 조형물이 원래의 신라시대 배수구 장치이다. 못바닥에 장대석 2단을 놓은 위에 올라선 몸통 돌에는 높이가 다른 다섯 개의 배수구멍이 나무마개로 막혀 있다. 월지를 복원하면서 이 7세기 배수구 유물 뒤로 기계식의 새 배수시설

7세기 월지 조영 당시의 고유한 배수로. 비석 모양을 한 몸통에 수위를 조절하기 위한 5개의 배수구가 있다. 현재는 이 배수구 바로 뒤에 현대식 배수로를 건축해 배수시킨다. 물과 맞닿은 곳에 구멍이 슬쩍 드러나 있고 새로 연결된 현대식 배수구 길이 지표면에 보인다.

수문을 만들었다. 땅 표면에 배수로를 따라 투명유리를 깔아 위치 표시를 했기 때문에 못가를 걸으면서 금방 알아볼 수 있다.

"월지에 들어온 물은 물넘이 방식으로 넘쳐서 배수되는 것이 아니라 못바닥에서 배수되는 방식입니다. 우리는 입수되는 물과 배수되는 물의 양이 같도록 조절합니다. 수문에는 7세기 배수구 뒤에 새로 만든 돌문이 있어 물 나가는 구멍이 높이에 따라 3개 만들어져 있고 그 뒤에 또 다른 현대식 수문이 있어 갑문처럼 올리고

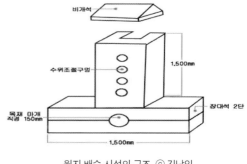

월지 배수 시설의 구조. ⓒ 김남일

내려 작동합니다. 평상시에는 맨 아래쪽 배수구를 2-3센티 열어놓고 매일 수동으로 조절하여 배수하면서 연못물 수위를 유지합니다." 정희영 씨가 설명하는 현장의 배수 과정이다.

월지의 섬 3개는 도교적 신선사상으로 정원의 철학을 완성하기도 하면서 입수, 배수와도 관련되어 물이 한군데로 모이지 않고 섬 양쪽으로 갈라져 고르게 흐르도록 한 기능을 겸했다. 3개의 섬 중 가장 큰 섬은 330평(1,094㎡), 중간 섬은 180평(596㎡), 제일 작은 섬은 18평(62㎡) 넓이다. 월지의 모든 것이 조화를 이룬 원리가 보인다.

월지 물을 알아보는 과정에 경주를 둘러싼 사방 네 군데 산(山) 지형 안에서 사방으로 흐르는 물길을 구분해 알아보기가 엄청 복잡했다. 그중 알천이란 신라 때부터의 이름을 가졌고 동천이라고도 불리는 북천은 신라사 초기부터 중요한 위상을 보여서 건국의 장소 나정과도 연관되며 월지로 들어오는 물줄기이기도 했고 신라의 정권다툼과도 연결된다. 지대가 낮은 경주시 한복판을 흐르는 알천은 홍수가 잦아 왕릉이 유실된 적도 있을 만큼 홍수 피해가 컸다. 경주 가는 곳마다 조그맣게 또는 큰 줄기로 흐르는 북천 물을 만나는데 이 북천 물은 있다가도 안 보이고 안 보이다가도 맹렬한 기세를 보이며 나타나기도 하는 것이 도무지 종잡을 수가 없었다. 경주의 남천에는 월정교가 있고 서천에도 현대

식 긴 교량이 가로질러 있어 금방 그 존재가 드러나는데, 북천인 알천은 수없이 역사에 기록되고 중요한 역사현장이기도 하면서 물을 건너는 제일 긴 다리는 돌 징검다리였다. 월성 해자는 최근의 발굴로 그 구조가 드러나는 중이고 계림에 들어가면 거기서도 도랑이 있어 물이 흘렀다. 그 물이 월지에서 배수된 물이고 다시 흘러 남천으로 빠져나간다. 월지는 경주 한복판에서 그런 물줄기를 활용한 저수지, 대궐 방어를 위한 해자의 역할을 하는 것처럼도 보였다.

학자들이 경주의 물길에 대한 연구논문을 발표했다. 최근의 것으로 예를 들면 계명대학 배상근 교수의 경주 지하수 연구는 강수량 통계치를 토대로 경주 지하수와 고대 우물과 연관시킨 것이고, 김호상 진흥문화재단 이사장의 논문은 고대 신라의 북천이 지금의 북천과는 아주 다른 형태였다는 것을 고찰한 논문이다.

"고대의 북천은 마치 손가락을 쫙 편 것처럼 지류로 흐르던 것이었으며, 지금과 같은 큰 지류를 형성한 것이 아니었다."는 것이다.

그 증거는 북천에 다리를 놓은 흔적이 전혀 없다는 것이다. 오직 홍수의 역사가 전하는데 알천의 물이 불어나 김주원이 제때 대궐에 들어오지 못한 것을 계기로 신라 하대 왕권의 대변혁이 시작된 사건도, 그 장소가 어디인지는 아직 확정되지 않았다고 한다.

이런 북천(알천)을 두고 치수정책을 펼친 고

위. 동천동 금학산 아래 1707년 알천의 물길을 보수하고 그 사실을 기록해둔 알천 수개기(修改記)가 새겨진 암벽. 이곳은 자고로 홍수가 많이 일어나는 곳이었던 듯 신라·고려·조선시대에 이르도록 물길을 다스리는 치수정책이 행해졌다.

아래. 수개기의 글자들. 조선 숙종 때인 1707년 공사를 담당했던 사람들의 이름과 공사 내역이 적혀 있다.

려 및 조선시대 유적 알천 수개기(修改記)가 남
아 전한다. 수자원 연구자인 영남대학의 이순탁
교수가 1980년 찾아냈다. 북천이 형산강과 만
나면서 기역(ㄱ)자로 꺾어지는 곳, 동천동 금학
산 아래 도로의 이름이 '알천로'인데 고려시대
에 쌓은 제방이 있던 자리로 조선 숙종 때 와서
경주부윤 이인징이 제방을 고치고 기록을 남겼
다.

"알천 물에 고려 때 쌓은 읍성 제방이 무너지
매 정해년(1707)에 다시 개수하여 지형 따라 잡
은 물갈래는 옛길대로 물을 터주었다. 여기 암
면에 공사책임자 등 사실을 적어 길이 후세에
전하려고 한다."는 내용의 알천 수개기가 산등
성이 화강암 자연석에 새겨져 있다. 왕조가 바
뀌어가면서도 대응한 치수의 중요성이 드러나
보인다.

이 동네 마을 이름은 제방을 쌓고 숲을 조성
하였기에 쑤머리(숲머리마을)이라 부른다. 수개
기가 있는 금학산 아래 북천을 건너는 징검다
리 돌은 233개의 육중한 바윗돌을 나란하게 설
치했다. 폭은 100미터는 넘어 보이도록 넓으나
수심은 야트막해 보였다. 상습적으로 홍수가 나
던 것이 덕동호 건설 이후 안정되었다고 한다.
경주의 알천을 보기 위해선 이곳 수개기가 있는
산등성이 아래 징검다리를 와보아야 한다. 대궐
바로 옆 남천에는 화려하기 짝이 없는 60여 미
터 길이의 월정교가 있는데 알천엔 역사적으로

270

알천 수개기(修改記) 벼랑 아래로 흐르는 알천에는 233개
의 큼직한 돌 징검다리가 놓였다. 경주의 상징이기도 한 알
천을 알려면 이곳 알천로의 수개기와 알천 흐름을 보아야 한
다. 이곳은 물이 자주 범람하는 상습지역이었던 듯 고려시대
의 치수 흔적인 수개기가 산턱 바위에 새겨져 있다.

알천에는 신라시대에 다리가 놓였다는 역사기록이 하나도 없는데 비해 월성대궐 옆으로 흐르는 남천에는 경덕왕 때 요석궁 근처에 길이 60미터의 월정교 다리가 놓였었다. 최근 복원됐다. 남천에 비치는 달이 어여뻐서 월정교란 이름이 붙었을까?

다리가 놓였던 적이 없고 돌 징검다리라니 경주를 좀더 깊이 바라보는 현장이 아닐 수 없다. 이 징검다리가 언제부터 있었던 건지는 알 수 없다. 주변에는 헌덕왕릉이 있는데 알천의 범람에 피해를 입었는지 능 앞의 석물 같은 것은 사라졌다. 1995년에 와서 아래쪽 폭이 좁아지는 자리에 알천교가 생겨났다.

포석정의 느티나무

포석정은 남산의 서쪽 끝자락에 있다. 포석사라는 사당(祠堂: 제사 지내는 곳, 절이 아님)이 있었다고 하는데 돌수로와 함께 지금은 고사한 당산나무 고목과 얼마 전까지 마을 사람들이 모여 동제를 올리던 돌제단도 있지만 경주시대와 바로 연관 지을 유적은 아니라 한다. 포석정 수로는 여기 숲 가운데 지표면에 단단한 화강암 63개를 조각해 이었다. 동서 긴 축은 10.3미터, 짧은 폭은 4.9미터의 전체 길이 22미터를 돌아나가게 한 전복 모양 수로를 통해 흐르는 물길에 술잔을 띄우며 즐기던 신라인의 풍류가 행해진 곳이다. 22센티미터 폭, 26-22센티미터 깊이의 수로를 이룬 돌들은 평균 30센티미터 폭의 크기이다. 전체 모양을 보면 입수구에서 들어온 물길이 포석정 수로 전체를 지나가는 데 맞춰 공학적 각도를 계산해 설계한 것처럼 보인다.

"물 들어오는 입수구가 약간 높고 물 나가는 뒤쪽의 지대가 약간 낮습니다." 문화해설사로 활동하는 이현숙 씨가 말했다. 포석정 바로 위쪽에 남산의 깊은 계곡물이 흘러내리고 있어 이 물길을 이용했으리라 한다. 어떤 잔을 써야 엎어지지 않고 부드럽게 물길에 실려나가게 할 수 있는가는 치밀한 계산이 따랐을 것이다. 수로가 주름 잡히듯 하는 부분에서 물이 소용돌이치며 잔을 붙잡아둠으로써 수로를 빠져나가기까지 8-10분의 시간을 확보해 그사이에 여흥을 즐기는 것이었다. 아마도 술을 담은 술잔을 띄워 보냈다기보다는 여유롭게 빈 잔을 띄워 흐르게 하고 집어들어서 차나 술이나 내용물을 담아 마셨기 십상으로 보인다. 수로를 에워싸고 둘러앉았을 인원은 십수 명이 될 것 같다. 이런 유상곡수연(流觴曲水宴)은 한국을 비롯해 중국과 일본에만 있고 서울 창덕궁 후원에도 비슷한 수로가 새겨져 있어 인조가 이곳 바위에 글을 새겨놓기도 했다.

포석정의 돌들은 흩어져 있던 돌들을 다잡아 일제강점기에 한 번 수리를 했다고 한다. 입수구에 거북 모양의 조각이 있었다고 이 동네의 옛사람들 사이에 전해져온다. 실제로 본 사람은 모두 고인이 되어 이 거북 조각이 언제 없어

신라시대 유물인 포석정의 돌수로와 이에 바짝 붙어 자라는
200년생 조선시대 느티나무. 돌확은 후대에 갖다놓은 것인
듯 세부도 수로 조각과 다르고 모양도 수로와의 일체감이 느
껴지지 않는다.

졌는지는 알려져 있지 않다. 주변에 조그만 우물이 있는데 1960년대 이전 마을에서 사용하던 것이라고 한다.

포석정과 관련이 깊은 고사로 49대 헌강왕의 일화가 전한다. 왕이 이곳에 와 있을 때 남산의 산신이 나타나 그와 함께 춤을 추었다. 아마도 산신과 왕이 같이 추는 2인무로 안무 된 춤을 공연했던 것 아닌가 한다. 흥이 일어난 자리에서 추어진 즉흥무일 수도 있겠다. 궁중무용으로 전해지는 5인이 추는 처용무가 그 비슷한 것 아닐까 상상해본다. 산신이 등장하는 춤이 있었고 제사가 집행되는 건물에 왕과 비빈들이 행차하던 곳이란 점에서 포석정의 성격은 단순한 풍류가 아닌, 왕과 왕비가 참석하는 국가적 의례의 장소였으리란 것이 어느 정도 추측된다.

신라사의 비극도 신라 말 55대 경애왕 때 이 자리에서 일어났다. 후백제 견훤의 군대가 이곳을 쳐들어와 경애왕은 피살되고 왕비도 처참한 운명을 맞았다. 신라 멸망의 예시였다. 경애왕의 피살 이후 신라 왕실이 포석정에서 어떤 행사를 가질 수 있었을까? 경애왕의 뒤를 이어 신라의 마지막 임금이 된 경순왕이 재위기간 중 이곳에 왔었을까? 고려시대와 조선시대에 수도와 멀리 떨어진 이곳에서 국가적인 행사를 가지거나 참가자들이 풍류를 즐길 기회는 없었을 것이다. 신라 멸망 이후 천몇백 년간 포석정이 어떻게 한국사회와 예술계에 수용되었는지 궁금해진다.

"포석정의 수로를 월지 입수구 수로와 비교하기도 하지만 두 곳은 각각 기능이 아주 다름

창덕궁 후원 옥류천 바위에 새겨진 수로. 조선의 인조가 쓴 글이 새겨져 있고, 이곳이 아주 경치 좋은 곳이었음을 알리는 옥류동 글자가 보인다.

니다. 월지의 돌수로는 흘러가면서 이물질을 걸러내는 정화작용을 할 뿐 곡선을 이루며 술잔을 띄워 실어보내는 그런 기능은 없습니다."라고 이현숙 해설사가 설명했다.

지금 포석정은 풍화되는 돌수로를 보호할 어떤 건물도 없고 수로의 서사적인 분위기와 입수의 중요기능을 장착했을 장치 및 돌거북의 모습도 알 수 없이 모호한 상태에서 수로의 첫 시작돌도 깨어진 채이다. 똬리처럼 한 번 휘돌은 수로의 배수구는 입수구 가까운 쪽으로 돌아와 땅에 스며들 듯 파묻혀 보인다. 원형은 지금보다 웅장했을 것이다.

그런데 입수구와 배수구 사이의 공간에 현재 2백 년생 느티나무 하나가 자라고 있다. 경주관광용 사진은 단풍 든 나무와 어울린 포석정을 소개한다. 식물학자 고 최병철 박사는 2011년 생전에 이 느티나무의 문제점을 지적했다.

"포석정 수로에 붙어 자라는 약 2백 년생 느티나무 뿌리가 수로의 화강암 돌을 들어올려 아마도 정밀한 각도를 계산해 조각했을 수로의 귀한 원형을 파괴하고 있다."

"포석정을 그렇게 방치하면 안 된다. 자연의 물길이 아니고 돌홈에 물길을 만들어 잔을 띄우려면 구조물의 각도가 무엇보다 중요하다. 고대인들은 그걸 다 계산해서 술잔이 자빠지지 않고 생각대로 흘러 떠내려가도록 수평과 각도를 맞춰놨는데 2백여 년 된 조선시대 느티나무 하나가 그 옆에 방치되어 나무뿌리가 굵어지면서 포석정 돌길이 위로 들리고, 틈새가 벌어지면 정교하게 설계한 고대건축 수로가 파괴된다.

지붕으로 더 이상의 풍화를 막고 나무는 없애든지 경관상 굳이 두겠다면 미리 예측을 해서 뿌리가 돌 쪽으로 뻗지 못하게 해야 했다. 잘 다듬어서 많이 안 크게 하고 뿌리가 돌 틈으로 들어가거나 돌을 들어올리지 않게 할 수 있다."

그러나 포석정 느티나무 뿌리에 대한 최교수의 의도는 실현되지 못하고, 느티나무는 지금도 입수구 자리에서 자라고 있다.

제6장
삼화령에서 내려오다

경주남산; 불상 연구의 최적지

경주를 둘러싼 네 개의 산이 있다. 동의 명활산(245m), 서의 선도산(390m), 남의 남산(494m), 북의 금강산(177m)이 그것이다. 불국사와 석굴암으로 유명한 토함산은 명활산 너머 경주 외곽, 그 옛날에는 걸어가자면 한나절 걸리던 경주 동쪽 외곽의 산이다. 남산 바로 앞에는 구황동이 부각되면서 돋보이게 된 낭산이 경주 도심 한복판에 자리잡고 있다.

그중 남산은 동서 4킬로미터, 남북 8킬로미터에 걸쳐 길게 뻗어 있고 경주의 도심 한가운데인 월성과 연이어져 있고 신라 건국 이래의 역사가 집중된 곳이다. 제일 높은 봉우리는 고위봉 494미터, 금오봉 468미터이며 성터가 세 군데 있다. 박혁거세의 출생터인 나정에서 시작해 최초의 궁성터인 창림사지가 펼쳐지고 신라의 풍류와 함께 말기의 비극이 벌어진 포석정이 있다. 박혁거세의 무덤인 오릉 또한 남산 범주에 들어가는 구역에 있고 건국 초기 6부 촌장이 제사 지내던 양산재가 있다. 전체적으로 보면, 남산에서는 청동기시대 지석표부터 신라·고려·조선시대를 망라하는 유적지가 발굴된다.

남산의 특징은 토질이 다 마사토라 물이 잘 빠져서 비가 와도 질퍽거리지 않는다. 비가 아무리 많이 와도 바로 땅속으로 스며들어 계곡으로 흐른다. 그래서 폭우가 쏟아질 때는 남산의 계곡을 건너기가 엄청 힘들지만, 비가 그치면 개울의 물도 곧바로 사라져버린다. 이런 남산에 마실 물 나오는 데가 드물어서 남산에 오르려면 식수를 챙겨서 올라야 한다. 약수가 있는 계곡은 삼화령과 삼릉에서 물을 끌어온 상선암 정도이고 창림사지에서 오르는 코스에도 한 군데 약수가 나온다. 칠불암에도 약수가 있지만 물이 마르면 산 아래에서 물을 길어다 절의 용수로 쓴다.

더 특별한 것은 남산은 완전 바위산, 대부분 질 좋은 화강암으로 이루어져 있어 다른 세 산에 비할 수 없이 많은 불교 유적을 품고 있다는 사실이다. 무려 694개소에 이르는 불상과 탑이 있다. 불상은 쓰러지고 깨지고 흔적만 있는 것까지 100여 기, 120여 개 정도가 확인됐다. 천수

황룡사 9층탑지에서 정남으로 바라보이는 경주남산.
남북으로 8킬로미터에 걸쳐 뻗어 있다.

경주남산 유적지 지도 2021년판.

백 년을 지나는 동안 비바람 풍상 속에 남산의 굳은 화강암이 돌부처나 탑 등은 지금 아니었으면 이만큼 못 버텼을 것이라고 한다. 사암·석회암·안산암·열암은 무르고 조각도 화강암보다 수월하다. 절터만 150군데나 된다. 남산에 작은 대나무 숲이 있는 곳이면 절터로 보아 무방하다. 전쟁이 많던 시절 절마다 대나무 화살촉 몇 섬을 내라는 부역이 있었다. 이렇게 불교 유적이 가득 찬 경주남산을 '거룩한 불국토'라고 부른다.

"박혁거세 건국관련 역사가 모여 있는 곳이고

다른 산들보다 규모가 커서 경주 사람들에겐 남산이 신성한 곳이라는 개념이 바탕에 있는 곳입니다. 거기에 종교적 신앙이 향하게 된 것 아닌가 합니다." 경주남산연구소의 이사이기도 한 오세덕 경주대 교수가 풀이한다. 불교의 보살이 외적을 막아준다고 여겼을 국방개념으로도 해석한다.

남산의 불교 유적은 국가적으로 기획되거나 권력자가 개입하여 움직여 갔다기보다는 민간 예술가들이 신분계층을 뛰어넘어 자기 의지로 종교적 심성을 위로하고 예술로 표현한 열정의 장소로 느껴진다. 동양미술사학자 존 코벨은 '산골짜기의 돌부처를 찾아 들어가보는 것은 한국인의 마음속으로 들어가보는 것 같다'고 표현했었다.

신라시대에 번성했을 남산 불교조각은 이 시대 불교 유적을 한자리에서 망라해 연구할 수 있는 최적의 유적지이며 지금도 어딘가에서 못 보던 유적들이 발견되기도 한다. 홍수가 나고 지표면이 새로이 드러나면 낙엽을 긁어보다가 불상 머리를 발견하기도 했다. 2007년 엎드려 넘어진 채로 발견된 열암곡 불상도 있다. 가파르고 험한 계곡에서 넘어질 때 코끝이 땅에서 불과 5센티미터 정도 떨어진 채로 아슬아슬하게 고정되어 기적적으로 얼굴 조각이 훼손되지 않았다. 전체 560센티미터의 높이의 불상이고 2021년 현재 발굴공사 중에도 계속해서 불교 유적이 발굴된다.

현대에는 이곳을 탐색 과제로 삼는 기관이나 개인이 부지기수다. 사진가들도 빠지지 않는다. 경주지역뿐만 아니라 서울과 외국 등등 멀고 가까운 외지에서 이곳으로 찾아드는 수고를 아끼지 않는 것이다. 원로사진가 강운구 씨가 1980-1990년대 경주남산 사진을 사실적으로 찍어 전시회 등으로 보여준 이래 이원철·이호섭 등 수많은 사진가들이 변화를 모색하며 경주를 열심히 사진 찍는다. 남산 이외에도 이원철의 경주 왕릉 사진은 경주의 면모를 다른 차원으로 끌어올렸다. 경주지역 유물 사진이 전문인 이순희 씨도 학생시절부터 당연히 경주남산도 찾아다녔다. 그가 이십 수년에 걸쳐 남산 사진 찍는 이야기를 들려주었다.

"사진전공자에게 남산의 불교 유적은 당연히 주어지는 촬영과제였다. 처음엔 접근하기 쉬운 옥룡암과 보리사 같은 곳에 갔다. 차츰 남산의 깊은 갈피를 인식하고 틈틈이 찍는 데 명색이 사진전공이라 해도 누가 찍으나 똑같은 사진밖에 나오지 않고 내 사진이라는 차별화가 이루어

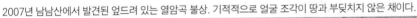

2007년 남남산에서 발견된 엎드려 있는 열암곡 불상. 기적적으로 얼굴 조각이 땅과 부딪치지 않은 채이다.

침식골의 목 없는 석불 좌상. 깊은 숲에서 연화대좌에 앉은 목 없는 불상을 45도 비껴선 위치에서 찍었는데 그 모습이 매우 고독해 보였다. 남산의 부처들은 대체로 풍만하고 육감적인 편이지만 어떻게 보느냐에 따라 어깨선이 몇 밀리 정도 내려가 보이며 어딘지 우아한 자세가 된다. 천년이나 된 숲이라는 오래된 공간과 시간 안에서 목도 없이 혼자 앉아 있는 모습에서 돌이 된 고독한 수행자의 정신적 분위기가 느껴졌다.

지지 않았다. 그곳 불상과 탑의 예술성을 살려 내 것처럼 변화시키는 것이 너무나 힘들었다.

빛의 작용을 염두에 두면 하지나 동짓날에만 보이는 불상도 몇 있고 빛 좋은 날이라든가 안개 낀 날, 비 오는 날에 몇 번씩 찾아가 찍어봐도 남들이 찍은 사진과 별다를 것이 없었다. 몇 년간 같은 고민이 계속되었다. 그렇게 시간이 흐르면서 굳이 날씨에 구애받지 않고 어느 날엔가 다르게 보일 순간이 있음을 알게 되었다. 그 과

정에서 얻어진 사진 몇 장이 나왔다.

삼릉골 석불좌상을 찍으러 간 것은 흐린 날 11시쯤이었다. 숲 주변이 컴컴하다가 어느 순간 해가 구름 사이로 잠깐 나왔다. 그 순간 부처도 환히 드러나면서 숲 그림자도 너무 진하지 않고 좌대 아래 바윗돌도 결이 모두 드러나면서 전체 사진이 완성됐다. 이 불상을 만든 조각가

▶ 경주남산 상선암.

286

부처골 감실 부처. 동짓날에 햇살이 감실 속 깊숙이까지 들어오며 부처의 얼굴 표정이 드러난다. 경주에서는 이 불상을 할매불상이라지만 내게는 수줍고 절제된, 어디에 드러나 본 적 없는 새색시의 얼굴로 보였다. 프랑스의 한 사진가가 이 불상을 마리아라고 부르는 것을 보았다.

포석골 마애불이 새겨진 바위에는 온통 이끼가 끼어 있다.
비가 내린 뒤 바람이 불었다. 바위에서 물기가 빠지면서 이
끼는 물기를 머금어 어두워 보여도 부처가 새겨진 가운데는
이끼가 없었기에 그 부분만 금색으로 드러나면서 부처님이
앉아 있는 모습이 극적으로 살아났다.

천동골 미완성 탑. 돌비석 2개 한 쌍에 사면으로 구멍이 뚫려 있는 것이 당시 조각가는 부처를 봉안할 감실을 마련하려고 했던 것 같다. 운명이 그렇게 끝났는지 조각가는 비석 두 개에 감실 하나도 완성을 못하고 구멍 자리만 뚫다 말았다. 2개의 비석 중 하나는 숲에 쓰러져 있고 하나는 바로 서 있다. 예술가의 포부와 고된 작업이 미완성으로 끝나게 된 비극적 결말이 가슴에 와닿는다.

도 애초부터 이런 순간을 알고 선택한 입지였으리라 생각한다. 석불 좌상만 밀착해 찍은 세부 사진은 광배에 새겨진 무늬까지 자세히 보이지만 그 경우 불상의 배경은 진한 숲 그림자가 깜깜하게 드리워 있다.

전에는 사진 찍을 때 '주변에 사람이 없어야 되고 있으면 구도를 어찌 잡아야 할지' 신경 쓰였는데 이제는 상황이 만들어내는 대로 마음에 드는 장면을 찾아 찍게 되었다. 평소에 보던 것

과 다르게 느껴져 내가 깊이 느낀 결과물이 얻어진다.

계림의 나무를 처음 찍었을 때 구본창 교수가 평하기를 '네가 말하는 감정이 이 사진들에서 안 보인다. 시간대를 바꿔서 다시 찍어봐라.' 했다. 새벽 동이 트는 시간, 주변에 아무도 없고 나무와 나 둘이서만 대면하는 그 시간에 매일 가서 계림을 찍었다."

종래의 사실주의적 이미지나 아름다움을 추구하는 가치관과는 달리, 기(氣: 에너지로서의)와 직관의 사진으로 독특한 사진세계를 지닌 이갑철 씨도 남산에 들렀다.

"남산을 꾸준하게 찍을 생각은 못했다. 남산의 유적이 어디 있는지 지리에 대한 지식도 없어서 내키는 대로 동료 사진가들을 따라가며 유적들을 보았다.

내가 불교도 좋아하고 있는 데다 남산 그 자체에서 흐르는 불교적 흐름을 찍고 싶었다. 그렇다면 일반적인 접근의 사진찍기와는 달라야 한다. 남산이라는 자체가 수만 년간 스치는 구름, 바람, 비 그런 것들과 공존하며 오랜 세월에 걸쳐 탑이 무너져내리고 주변 환경이 바뀌어가는 과정이 다 포함된 존재이다. 돌부처, 돌유적, 그들은 사람 대신 그 산에 있다. 거기에 걸쳐진 그림자, 돌, 그런 것들이 함께하지만, 그 자체가 아름다워서 찍는 것이 아니다.

처음엔 현대 관광객들이 몰려 있는 장소는 일부러 배제시키곤 했는데 어느 날 바위에 새겨진 불상 앞에 선생님이 인솔해온 한 무리의 꼬마 중학생들이 모여 있는 장면에 문득 '몇천 년 전에도 이런 광경이었겠지, 사람만 바뀌었을 뿐', 석불과 중학생들이 어울린 실루엣의 엉김이 겹쳐졌다. 기억되어 남는 것을 배제하고 느껴지는 것을 찍는 것이다. 좋은 날씨를 골라 다니기보다도 어두워진 시간 같은 시간대를 취했다.

삼릉계곡에 가고 삼화령 연화대좌에 갔다. 연화대좌는 다른 여느 불교 유적보다 큰 느낌이었다. 대좌 위의 불상은 없어졌지만 여전히 그곳에 온전하게 같이 있는 느낌이었다. 다른 불상에서는 느끼지 못하던 '함축된 큰 느낌'이 불상도 없는 이곳에서 느껴지는 것이다. 대좌에서 굽어 내려다보이는 광경이 웅장해 불교적 에너지가 크게 다가왔다.

남산 전체는 불국토라는 거룩함이 느껴지는 곳이다. 나의 작업은 보여지는 형상의 아름다움 그 너머의 깊이와 에너지를 구하는 것이다."

삼화령에서 내려오다
충담과 경덕왕

3월 중순, 경주남산 삼화령을 오르게 되었다. 이곳의 연화좌대를 보려는 생각이 간절했다. 남산에서 제일 높은 494미터 높이 고위봉과 금오봉을 잇는 삼각지점의 고개란 위치가 연화좌대를 보러 갈 특별한 명분이었다. 월성 안팎을 연결하는 월정교를 끼고 가서 천관사 터를 지나고 서출지까지 온 뒤 남북으로 길게 뻗은 남산의 중간쯤 되는 곳, 삼화령까지 가장 완만한 경사의 순환도로를 따라 오르는 길이었다.

새잎과 진달래가 더러 피어나고 길가에 보이는 밭에는 봄농사 준비로 흙을 다 갈아엎어 놓은 동네를 통과했다. 마당 담장에 붙어 피어 있는 매화가 조용한 동네에 봄이 역력함을 말해주었다.

소나무들이 저마다 바윗돌에 뿌리를 기대고 촘촘히 들어선 산길은 현대에 조성된 널찍한 폭으로 펼쳐지고 햇살이 가득 비쳤다. 오르는 중간에 약수가 수돗물처럼 쏟아져나오는 곳이 있고 가끔씩 삼화령 너머로 오가는 등산객들과 마주쳤다. 햇살에 물이 들 듯한 그 길을 가면서 처음부터 끝까지 생각한 것은 765년 음력 3월 삼짇날 있었던, 경덕왕과 충담 스님의 만남이었다.

『삼국유사』 권2 기2편과 권3 탑상편에 경덕왕과 충담 스님의 이야기가 나온다. 한 사람은 '열치매, 나타난 달이…'로 시작하는 향가 「찬기파랑가」의 저자 충담, 해마다 3월 삼짇날과 9월 9일 중양절에 삼화령 미륵불에게 차를 드리러 오는 스님이다. 또 한 사람은 신라 35대 임금으로 24년 재위의 마지막 해 죽음을 석 달 앞둔 765년 음력 3월 삼짇날, 월성대궐 귀정문(歸正門) 누각에 올라 소박한 외관의 충담을 굳이 청해 차 한 잔과 시 얘기를 나누던 경덕왕(723-765, 재위 742-765)이다.

그날 왕이 귀정문 누각에 나가서 측근에게 말했다. "누가 길에서 위의 있는 승려 한 사람을 데리고 올 수 있겠소?" 이때 마침 모습이 깨끗하고 덕이 높은 고승이 거닐면서 지나갔다. 신하가 보고 그를 데리고 와서 뵈었다. 왕은 말했다.

"내가 말하는 위의 있는 스님이 아니다."

왕은 그를 물리쳤다. 다시 승려 한 사람이 장삼을 입고 앵통(혹은 삼태기)을 걸머지고 남쪽에서 왔다. 왕은 기뻐하면서 그를 누 위로 맞아들였다. 앵통 속을 보니 다구만 담겨 있었다. 왕이 물었다.

"그대는 누구요?"

"충담입니다."

"어디서 오오?"

"제가 해마다 3월 3일과 9월 9일이면 차를 다려서 남산 삼화령의 미륵세존께 드립니다. 오늘도 드리고 오는 길입니다."

"나에게도 또한 차 한 잔 주겠소?"

충담이 이에 차를 다려서 왕에게 드렸는데 차의 맛이 이상하고 찻사발 안에서 이상한 향기가 풍기었다. 왕이 말했다.

"내 들으니 스님이 지은 기파랑을 찬미한 「사뇌가」가 그 뜻이 매우 높다 하니 과연 그러하오?"

"그렇습니다."

양주동, 이재호 역을 통해 본 「찬기파랑가」는

초봄 삼화령 오르는 길.

충담이 매년 봄 가을 차를 올리던 삼화령 꼭대기 미륵불 자
리의 연화좌대 바위. 좌대 바위만 남았을 뿐인데도 불상이
바위 위를 가득히 차지하고 있는 듯한 느낌이 든다.

이렇다.

> 열치매
> 나타난 달이
> 흰 구름을 좇아 떠가는 것이 아닌가?
> 새파란 시내에 기파랑의 모습이 있도다.
> 일오천 조약돌에서
> 낭이 지니신 마음 가를 좇으려 하노라.
> 아아! 잣나무 가지 드높아
> 서리모를 화랑의 장(長)이여!

"그렇다면 나를 위하여도 백성을 다스려 편안히 할 노래를 지어주오."

충담이 명을 받들어 곧 「안민가」를 지었다. 왕은 그를 아름다이 여겨 왕사로 봉하니 충담사는 두 번 절하고 굳이 사양하며 받지 않았다.

그때는 아마 봄이 무르익은 화창한 양력 4월 중순께이고 경덕왕은 43세가량의 장년, 충담 또한 나이 지긋한 연배의 남성이었으리라. 외관상 두 사람은 아주 대비되어 보인다. 머리끝부터 발끝까지 고귀한 복식으로 감쌌을 최고권력자 경덕왕과 승복에 차 달이는 도구만 갖추고 돌부처 공양을 위해 남산을 오르내리던 충담이었다. 그리고 5백 년도 더 지난 고려시대에 와서 역사가 김일연이 이 두 사람의 조우를 『삼국유사』 그 압축된 역사책의 한 부분에 기록함으로써 이들의 일화가 지금까지 전해지게 했다.

『삼국유사』의 이 기록은 경덕왕과 충담, 역사가 김일연이 시공을 넘어서 한데 엮어진 테마로 오랫동안 머릿속에서 맴돌았다. 나는 이 두 사람의 만남이 『삼국유사』에서 비정치적인 부문의 가장 고차원적 철학이고 서정적인 아름다움을 보여주는 기록 중의 하나라고 믿는다. 저자 김일연은 분명히 경덕왕과 충담의 만남을 단순한 일화로 『삼국유사』에 기록한 것은 아니리라 확신한다. 차를 매개로 한 이 일화의 깊이와 아름다움을 역사가로서 일연 스님도 너무나 잘 알고 있어 그 귀중한 책의 한 페이지를 내주어 한국다도의 깊이 있는 심미안과 철학을 이렇게 말해주는 것으로 보인다. 중국에는 왕희지의 「난정서(蘭亭叙)」 이야기가 한 폭의 그림처럼 기억된다. 그리고 한국 역사에는 이 충담과 경덕왕의 이야기가 어디 걸리는 데 없는 봄바람 같고 하늘에 뜬 달처럼 아름답다.

경덕왕은 왜 굳이 차 달이는 충담을 대화 상대로 택했을까. 전후좌우 모든 사실이 다 생략된 상태의 담백하고 단순한 역사기록이지만 낱말 하나하나마다 서려 있는 여러 가지 상징들이 유추된다. 왕은 허세 가득한 권력과 세속 이야기가 아니라 정신을 고양시키는 대화 상대를 기필코 찾아냈다. 대덕의 칭호를 받은 위의 있는 화려한 고승을 만날 수도 있었지만 왕은 그를 내치고 꾸밈없는 외양에 「기파랑가」를 통해 그 깊이가 짐작되는 철학자 같은 충담과의 대화의 장을 마련했다. 궁문 누각은 왕으로서 선택할 수 있는 최선의 자유롭고 소박한 장소였을 것이다.

눈 내린 날의 연화좌대. 삼화령 연화좌대 바위를 가까이서, 또 멀리 용장사지로 내려가면서 돌아본 사진. 좌대는 나무들 틈에서 햇살을 받고 노랗게 빛나 보였다.

궁과 민간의 경계선이랄 대궐 문루에서의 차회(茶會), 왕이 속해 있는 귀족계급 간에 신물나게 차려지는 산해진미 대신, 특별한 향기가 나는 차를 다리는 충담 스님의 손놀림이 느껴진다. 여기서부터는 주객이 전도되어 불교철학을 배경으로 깔고 차를 베푸는 충담이 주인이 되고 경덕왕은 그가 만들어주는 차가 사발에 담겨 베풀어지는 것을 기다리는, 어떤 본질의 추구를 고대하는 하나의 구도자가 된다. 차가 달여지면서 몇 가지 다구가 펼쳐졌을 것이다. 어디선가 물을 길어왔으리라. 주전자의 물이 끓는 소리가 두 사람이 앉아 있는 누각 자리에 대나무 숲이 바람에 흔들리는 소리처럼 생겨났을 것이다. 차 맛은 향기롭고 차를 담은 사발 또한 호화로운 금잔 은잔 같은 것이 아닌, '향기가 나는 잔'이었다고 한다.

여기서 두 사람 간에 오고간 대화는 충담이 지은 「찬기파랑가」이다. '열치매 나타난 달이…' 하는 서두 한 줄만으로도 시에서 펼쳐지는 고귀한 세계의 깊이가 느껴진다. 이런 내용을 대화로 끄집어내는 경덕왕은 그가 고도의 지적 인물임을 드러내준다. 권력자로서 「안민가」를 지어줄 것을 요구하면서도 충담과 「찬기파랑가」를 통해 사물의 본질을 알아보는 정신 또한 뛰어난 인물이었다. 그런 사람과의 대화에 누구보다 겸허하게 차를 다루는 충담이 적격이었음을 『삼국유사』 기록은 말하고 싶어하는 것처럼

느껴진다. 두 사람의 대화는 부드럽고 천연스러웠다. 이처럼 자연스럽고 고귀한 대화와 지성은 쉽게 나타나는 것은 아니다. 경덕이 왕이었기에 역사기록의 대상이 된 기본 전제가 있긴 하지만, 그런 정신적 고양을 주제로 한 철학 이야기가 바닥에 깔리지 않고서야 고작 왕이 스님과 차 한 잔 마신 '사건'이 역사 기록으로 1천수백 년 전해진 것은 아니었을 것이다. 한국 다도의 정수가 바로 이런 장면이라는 확신이 생긴다.

충담 스님은 경덕왕을 만나기 전 삼화령에 와서 돌미륵불에게 차 공양을 하고 돌아가던 길이었다. 수많은 불상들이 자리잡고 있는 남산이지만 삼화령 가장 높은 자리에 남아 있는 연화좌대의 존재를 안 순간, 바로 충담이 이곳에 왔으리라는 생각을 하게 되었다. 삼화령은 삼화수리라고도 하는데, 수리란 높은 곳을 의미하는 순우리말이다. 신라시대에도 이곳이 삼화(三花)란 이름으로 불렸을까? 고위봉과 금오봉을 연결하는 또 하나의 높은 고개란 뜻으로 세 송이 꽃, 삼화란 이름을 지니게 된 것이라는 설명이 안내판에 나온다.

삼화령은 고개 높이 걸리는 데 없이 하루 종일 햇살을 받는 장소 같았다. 용장계곡이 서남향으로 펼쳐져 발치에 내려다보이는 고갯마루에 200-300미터가량 이어진 암석 벽이 길가에 면한 곳, 두 그루 소나무가 땅에 엎어질 듯 서 있는 곳이 연화좌대 바위로 올라가는 길이

었다. 무슨 대문이 있는 것도 아니고 자칫 못 알아보기 십상인 그런 숲속 틈새이다. 몇 구비 거친 디딤돌을 밟고 올라가니 곧 높이 160센티미터쯤 되는 자연석 바위가 눈에 들어왔다. 그 꼭대기 원형으로 평평하게 닦인 자리에 연꽃잎이 돌아가며 새겨진 것이 보였다. 이곳이 연화좌대였다. 주변에는 크고 작은 바윗돌들이 잔뜩 널려 있는데, 좌대가 새겨진 이 돌은 어떤 장애물에도 가려지지 않고 솟아 눈앞에 고위봉을 마주하고 아래 펼쳐진 용장계곡과 경주시 내남면 일대, 저 멀리 언양 부근 가지산 능선까지 겹겹이 이어진 땅을 그윽이 내려다보고 있었다. 햇살이 바위 전체에 그림자 없이 노랗게 내리쬤었다. 누군가가 미술사 논문에서 "불상은 만들어진 것이 아니라 워낙 그 자리에 있다가 돌을 깨고 나온 것"이란 말을 했었다. 그 표현이 '너무나 감상적이고 독선적인 표현'이라고만 생각했었다. 한데 이 연화좌대를 보는 순간 종교 유무에 상관없이 '아 여기는 부처님이 있을 자리로구나' 공감하게 됐다.

좌대 위의 불상은 언제 없어졌는지 그 생김새에 관한 어느 정보도 없이 완전한 허공이었다. 충담이 삼화령 생의사(生義寺) 터 돌미륵에 차 공양을 했다는 『삼국유사』 기록에 근거해 이 연화좌대 위의 부처가 미륵불이었으리란 짐작을 한다. 그렇다면 7세기 미륵불 중 가장 아름답기로 유명한 반가사유상 미륵이었을까? 이곳 부처님은 어느 시기에 어떻게 사라진 것일까. 허공엔 바람만 스쳐지나간다.

하늘에 떠 있는 듯 보이는 좌대에는 불상을 고정시키느라 쐐기가 박혀 있던 자리만 패여 있었다. 툭툭 대범하게 쳐낸 듯 다듬은 화강암 바윗돌 위에 새겨진 연꽃잎의 돌새김도 1천수백 년의 풍상에 그다지 생생하게 보이진 않았지만, 그 좌대가 주는 느낌은 한마디로 위압적이었다. 불상은 어떤 미혹도 없이 선택된 신념의 예술 같았다. 허공에 드러난 좌대뿐인 유적임에도 왠지 그 자리를 가봐야 될 것 같은 기분이 이곳으로 이끌었다. 같은 삼화령의 불상인 애기 같은 얼굴의 삼존불은 그렇게까지 마음을 뒤흔들지는 않았다.

충담은 이미 통일신라 시대에도 골골이 들어선 남산의 돌부처와 탑들을 지나 이곳으로 왔을 것임에 틀림없다. 이곳 연화좌대에 있었을 부처에게 봄의 삼짇날과 가을의 맑은 날에 가장 정신을 고양하는 의례로서 차를 공양하러 남산 꼭대기에 올랐으리란 것은 알 수 있었다. 760년대의 삼화령 오르는 길은 지금처럼 정돈된 순탄한 산길도 아니었을 것이다.

좌대가 있는 바위 옆에 그보다 더 큰 바위도 있었지만 바위 색깔이나 자리잡은 위치가 좌대 바위보다 못했다. 미륵불은 서남향으로 터진 앞쪽의 용장계곡을 바라보고 설치되지 않았을까. 그렇다면 차 공양은 어디서 올렸을까. 불상은 산꼭대기 쪽으로 등을 돌리고 있었을 좌대 바위 주변은 울퉁불퉁한 돌들이 땅바닥에 깊이 박혀 있다. 1천수백 년 전 이곳 풍경은 뭔가가 달랐을 것이다. 지금의 길 쪽에 미륵불 가까이 어떤 공양 자리가 마련되어 있었고 거기서 부처님을 정면으로 올려다보는 것이었을 듯했다. 연화좌대 뒤로 접근해서 거친 돌멩이 바닥들 틈에서 부처님 뒤쪽에다 공양을 올리지는 않았을 것이지만, 현재 상황에서 연화좌대를 자세히 보기 위해서는 이쪽으로 접근하는 방법밖에 없다.

촬영차 이곳을 여러 번 올라왔던 사진가들의 말로는 용장계곡 깊숙이서부터 안개가 피어오르고 비가 오는 날씨엔 이곳이 정말 신비롭게 보인다고 했다. 나도 비 오는 날 이곳에 와보고 싶지만 그게 가능한 일인지는 알 수 없다. 그래도 10여 년간 생각만 하다가 올라와 본 봄빛 강렬한 날의 풍광만으로도 좋았다.

좌대 앞 돌 틈바구니에 누군가 차나무 여러 그루를 심어놓았다. 큰 바위 한구석에 세워진 팻말에 빛바랜 글씨로 "안민을 노래하고 / 이 지역은 서라벌 삼월 삼짇날 충담 스님이 차를 다려 남산 삼화령 부처님께 차를 드린 / 고운 뜻을 받들어 차나무를 심고 가꾸어 / 정답게 살 수 있는 슬기를 함께하고자 차나무를 심습니다. 차나무가 크게 꽃 필 수 있도록 마음 모아 주세요."라고 새겨져 있다.

충담이 여기서 차를 다려 공양했음을 가슴 벅

전남 순천 금둔사 차공양 조각이 새겨진 탑을 마주한 불상에
차 한 잔을 공양 올리는 2012년 3월의 지허 스님. 기단석 위
탑신 1층에 새겨진 공양상의 팔과 스님이 차를 올리고 있는
팔의 곡선이 똑같다. 충담 스님이 연화대 미륵불에게 올리던
차공양도 이런 팔 움직임이고 경덕왕과 담소하며 달이던 차
도 이런 팔놀림을 보였을 것이다.

차게 받아들이고 이곳에 차나무를 가지고 올라와 돌투성이 땅에나마 심어 그를 기리려는 후대인의 진정성이 그렇게 나타난 것인 듯했다. 경주시에서는 매년 10월 다인들이 모여 차를 달이는 충담제 행사를 한다.

연화좌대에서 내려와 곧바로 용장계곡으로 내려가는 가파른 길로 김시습의 흔적이 담긴 용장사지를 가볼 수 있었다. 그 또한 차에 관한 많은 일화를 남긴 사람이다. 나무들 많은 산속으로 가는 동안에도 돌아보면 연화좌대 바위는 멀리서도 공중에 뜬 듯 높이 떠서 노랗게 돋보였

다. 다른 바위들은 어두운색으로 물러나 보였다. 이 바위가 불상을 세울 연화좌대로 선택된 필연적인 조건이 너무도 확연했다.

해지기 전에 다시 서출지 있는 쪽으로 되돌아 내려왔다. 여전히 동네는 조용하고 사람들은 거의 보이지 않았다. 충담이 어느 길로 남산에서 내려오다가 경덕왕과 조우하게 됐을까. 월성의 서북 방향 문인 귀정문 자리에서 가장 가까운 남산 오르는 길은 지금의 경주향교 자리에서 가까운 상서장(최치원의 사당) 주변의 남산 가는 길이 있다. 충담은 남쪽에서부터 대궐이 있는 북

연화좌대 있는 곳에 차나무를 심어 충담을 기린다는 글귀를 쓴 팻말이 커다란 바위 밑에 빛바랜 채 놓여 있다.

초봄 삼화령에서 내려오는 길가의 꽃나무.

쪽 방향으로 돌아오고 있었다.

기파랑이라는 화랑을 높이 우러른 시를 지은 것으로 보아 충담 또한 화랑 출신이 아닐까 한다. 이 시절의 승려는 최고 지식인층에 속한 사람이기도 했다. 그는 화려한 고승 대덕의 권력을 누리기보다는 다구만 들고 미륵불에게 차를 공양하러 산을 오르기도 하는 승려가 되었다.

불교가 최고 성세를 떨치던 당시, 경덕왕은 왜 굳이 제도권의 위의를 갖춘 스님을 물리치고 야인과 같은 충담을 맞아 이야기를 나눴을까. 아마도 왕은 이미 권위의식과 사치에 익숙한 승려들에게 염증을 느끼고 있었던 것인지 모른다. 왕은 오랜 경험을 통해 허울과 허영을 벗어난 본질을 구별해보는 의식이 있었기에 아무 가진 것 없는 충담에게 차를 청해 마시며 그와 「찬기파랑가」를 논했던 것인지 모른다. 왕은 누군가와 초월한 사상을 나누고 싶어했던 것이다. 그런 자리에 베풀어진 차는 맛이 특별나고 찻사발조차 향긋한 최상의 것이었다. 왕은 충담에 대한 최대의 예우로 왕사라는 최고위직을 권했으나 충담이 이를 거절한 것까지 『삼국유사』는 기록하고 있다. 충담이 만약 이를 '얼씨구나, 이제 출세하게 됐다.'하고 받아들였다면, 이 고사는 역사책에 오를 만큼 기억되지 않았을 것이다.

삼화령에서 내려와 주택가로 들어섰다. 집집마다 꽃나무들이 많았다.